A.S.S.A.S.I.N.A.T.I.O.N.

GUIDO SGARDOLI

A.S.S.A.S.I.N.A.T.I.O.N.

Rizzoli

I edizione Rizzoli giugno 2009

ISBN 978-88-17-03316-9

All'amico Franz,
in ricordo delle entusiastiche serate
trascorse ad emulare maldestramente
i nostri miti letterari.

E a E.A.P., per i suoi duecento anni.

The Times

Londra 11 Maggio 1891

SHERLOCK HOLMES SCOMPARSO

Arriva dal villaggio alpino di Meiringen una drammatica notizia ancora avvolta nel mistero: il celebre investigatore londinese Sherlock Holmes è scomparso pochi giorni or sono vicino alle cascate di Reichenbach durante un'escursione con il fedele amico dottor Watson. I due si trovavano in Svizzera per trascorrere un breve periodo di vacanza.

«Mi ero allontanato per soccorrere una donna in albergo» ha dichiarato affranto il dottor Watson, «e quando sono tornato da Holmes lui non c'era più!»

Confuse testimonianze parlano di una bizzarra figura apparsa lungo il sentiero che conduce alle cascate poco prima della sparizione di Sherlock Holmes.

A Londra, Scotland Yard è in subbuglio: che ne sarà della nostra cara Inghilterra senza un paladino della giustizia integerrimo quale Sherlock Holmes? Senza il migliore e più retto degli uomini, come è stato più volte definito, dovremo dunque aspettarci un aumento della criminalità? Le nostre strade potranno ancora dirsi sicure? L'ispettore Lestrade indaga.

Servizio dettagliato all'interno

1. Un umido inizio

«Pioverà» osservò Calum Traddles, posando la fronte contro il vetro della finestra. Il piatto di sbobba verdognola che all'istituto chiamavano cena era pressoché intatto. Non era sua abitudine ignorare il cibo, e per questo motivo gli occhietti porcini di Willy Chuzzlewit III, seduto tre o quattro posti più in là, indagavano sospettosi, smaniosi di scoprire che cosa si celasse dietro quell'insolita indifferenza.

«Smettila di guardare fuori, Calum, e mangia» abbaiò il sorvegliante. E per dare più forza alla sua esortazione batté il pugno sul tavolaccio facendo traballare le coppe dell'acqua e le posate sudice.

L'ambiente, illuminato a fatica dalla debole fiamma delle candele di sego, era cupo e opprimente, l'ideale per meditare su propositi di fuga. Per tutto il pomeriggio nuvole gonfie e scure come ematomi si erano radunate sopra la linea piatta dell'orizzonte, rumoreggiando e borbogliando come viscere a digiuno. L'imbrunire, quella sera, era sembrato sopraggiungere assai più rapido degli altri giorni sopra la tetra costruzione di Montague Hall e sulla landa oscura che si estendeva intorno.

«Sì, forse pioverà» convenne David con noncuranza, seguitando, all'opposto, a mangiare. La sua allampanata figura si rifletteva sulla vetrata. Egli, abituato all'osservazione dei minimi dettagli, non poté fare a meno di notare che essa era oltremodo sporca e che numerosi insetti vi si trovavano spiaccicati da un tempo che non avrebbe saputo stabilire. Quello dell'igiene era un concetto piuttosto vago a Montague Hall. Ad ogni modo, non sarebbe più stato un problema per David. E nemmeno per Calum Traddles. Tutto ciò, grazie a Dio, stava per aver fine.

Calum impugnò svogliato il cucchiaio e dopo aver scalzato con l'unghia del pollice la crosta brunastra che lo ornava lo immerse nella brodaglia.

«Bravo» sussurrò David Pip, seduto al suo fianco. «Mangia e non attirare l'attenzione.»

«Non si chiacchiera a tavola!» latrò il sorvegliante. «Per punizione resterete a pulire quando tutti avranno finito!» ordinò.

Qualcuno tra i ragazzi attorno al tavolo sghignazzò. David Pip non godeva delle simpatie degli ospiti di Montague Hall, e questo non perché fosse antipatico o sgarbato, e nemmeno perché era amico di Calum Traddles, ma a causa del fatto che egli appariva, in ogni situazione, determinato e glaciale, padrone di sé e conscio delle proprie possibilità. E questo, agli occhi della maggior parte dei ragazzi, era insopportabile.

Mezz'ora più tardi David e Calum erano intenti a passare umidi stracci maleodoranti sulle assi consunte del pavimento del refettorio.

«È solo grazie alla tua pusillanimità che siamo qui» disse David.

«Non è colpa mia se mi si è chiuso lo stomaco. Questa faccenda della fuga mi sta snervando.»

«Taci! Vuoi che ci scoprano? Nel caso non lo sapessi, anche i muri hanno orecchie.»

«Dico solo che in caso di pioggia forse dovremmo rimandare» disse Calum, abbassando la voce.

David smise di pilotare lo spazzolone e rizzò le spalle. «Nulla modificherà il mio piano» ribatté, perentorio. «E di certo non saranno la tua fifa blu e i tuoi sciocchi pretesti a fermarmi. Farò quello che devo fare e, per Dio, lo farò stanotte, se anche piovessero gatti!» (Era un modo di dire, naturalmente. Infatti non si erano mai visti piovere gatti in quell'angolo d'Inghilterra. Gli annali riportavano piogge di rospi, di pesci, di cavallette e una volta perfino di un cavallo da tiro, ma di gatti mai.)

Un tuono assordante sottolineò la risolutezza

delle sue parole. Le vetrate vibrarono, le fiammelle dei moccoli tremolarono e furono quasi sul punto di spegnersi. Un topo fuggì con uno squittio spaventato.

Calum Traddles deglutì, a disagio. Sentiva puzza di guai, e a dirla tutta gli si strizzavano le budella dalla paura (e anche un po' dalla fame, dal momento che non aveva praticamente cenato), ma non gli passò nemmeno per l'anticamera del cervello di replicare: guai a contraddire David Pip, ch'egli sapeva essere assai suscettibile.

Montague Hall, un grande, sinistro edificio vittoriano che un tempo aveva ospitato la grigia prigione tra le cui mura era spirato il celeberrimo Montague R. James, era la sede dell'Istituto per l'Infanzia Abbandonata dedicato a Santa Odillina e sorgeva al centro di una landa inospitale denominata la Palude della Morte e del Tormento, una ventina di miglia a sud di Londra. Si trattava di una piatta e fradicia distesa, intersecata da canali acquitrinosi, che faceva desiderare, se non di morire, di essere almeno una rana o un'anguilla.

Da che gli uomini avevano memoria di quel luogo, sempre s'era narrato di maledizioni e sciagure capitate a chi vi si fosse avventurato, e non c'era bisogno di aver troppo sale in zucca per sapere che, se proprio ci si vedeva costretti ad entrarvi, conveniva raccomandare per bene la propria anima a Dio. C'erano infatti segreti che non andavano svelati e presenze che non andavano disturbate. Si narrava di bianche figure spettrali che fluttuavano nottetempo sull'acqua limacciosa, accompagnate dal pigolio stridente di zufoli invisibili e dalla danza di misteriosi globi di luce. Si favoleggiava che al di sotto del mefitico acquitrino si celassero gli antichissimi resti di una città di pietra la cui popolazione era stata decimata da una tremenda pestilenza in un'epoca tanto lontana da precedere la storia.

Non erano da meno, in quanto a spaventevolezza, i racconti che circondavano il cupo orfanotrofio. Si diceva che ai bambini venissero imposte umiliazioni umilianti, faticose fatiche e obbedientissime obbedienze. Si diceva che dovessero pettinarsi con istrici morti, che nelle loro zuppe sguazzassero esseri striscianti e che i materassi fossero imbottiti con le ossa tritate di tutti i bambini dipartiti a Montague Hall. Si diceva che l'acqua da bere fosse quella ferma e infetta della palude, che i capelli dei giovani ospiti venissero strappati alla radice a ciocche di cento e che i denti venissero estirpati anche quando non ve n'era alcun bisogno.

Benché retta dalle suore del rigorosissimo Ordine delle Determinate, Montague Hall era considerata un posto dimenticato da Dio, e forse anche dagli uomini.

David Pip era giunto a quel mesto indirizzo un Natale di quindici anni prima, avvolto in una lacera coperta di lana grigio topo, con un biglietto appeso al collo: da un lato era rappresentata l'immagine sbiadita di santa Odillina in atteggiamento ieratico, dall'altro erano vergate con mano inquieta queste righe:

Possa Dio avere misericordia di questo innocente
e di sua madre, che si trova costretta ad abbandonarlo.
Abbiatene cura.
p.s. Se possibile mi piacerebbe che diventasse giudice
o avvocato o professore di Astronomia
all'Università di Oxford.
p.p.s. Tanti auguri a tutti, visto che è Natale!
p.p.p.s. Non cercatemi, sto per partire.
p.p.p.p.s. Chiamatelo David, come mio padre, e Pip, come
mio nonno. Arrivederci.
p.p.p.p.p.s. Anzi, addio, perché non ci vedremo più!

Firmato:
Una madre piuttosto ottimista

Suor Ebenezer di Baskerville, la terribile superiora di Montague Hall, nel leggere quel messaggio era esplosa in una grassa risata (brutto segno, perché suor Ebenezer non aveva alcun senso dell'umorismo e quando rideva, di solito, erano guai). Quindi aveva preso il biglietto tra le grasse dita e ci si era soffiata il grasso naso, incurante del fatto che vi fosse rappresentata l'immagine di santa Odillina.

"Vedrò di occuparmene personalmente" l'avevano sentita sibilare.

E così era stato. Suor Ebenezer aveva reso la vita del piccolo e incolpevole David un vero inferno, costellato di punizioni, umiliazioni, offese, avvilimenti, oltraggi, villanie, mortificazioni e irrisioni. Tuttavia David doveva possedere dentro di sé una fiamma rara, che si era accesa secoli addietro nel cuore di un qualche oscuro antenato e seguitava ad ardere imperterrita e impavida nel suo. Una fiamma che era addirittura cresciuta, alimentata dalle continue angherie a cui era stato sottoposto. L'eccezionale tempra di David, la sua resistenza fuori dal comune e l'incrollabile fiducia in se stesso fiaccavano, rendendoli vani, i tentativi di suor Ebenezer di domarlo. E ogni volta che le punizioni, le umiliazioni, le offese e tutte le altre cose che ho già elencato prima lo colpivano, egli si faceva sempre più forte, nella convinzione di poter raggiungere, un giorno, il suo scopo: fuggire da Montague Hall e trovare suo padre.

David Pip spiegò sul tavolaccio del refettorio il foglio con i tre piani che aveva ideato per l'evasione di quella notte.

Piano Numero Uno

Scavare un tunnel utilizzando i cucchiai della minestra. Il tunnel dovrà partire dallo scantinato, scendere in profondità per circa tre piedi, poi proseguire a nord-est per 54 iarde, infine sbucare oltre il recinto di Montague Hall. Tempo stimato per lo scavo: 182 settimane, pari a 1.834.560 minuti.

Il Piano Numero Uno era stato ostacolato da numerosi imprevisti. Innanzitutto i cucchiai si rompevano di continuo. Così David aveva costruito per sé e per Calum un paio di picconi, utilizzando come manici le gambe di una libreria (nessuno si era accorto che quella libreria, ora, era più bassa delle sue simili di una buona spanna, perché l'unico a consultarne i vecchi tomi era per l'appunto David Pip). Ai manici aveva legato con lo spago due lunghi chiodi trovati nei sotterranei, forse un tempo serviti per fissare al muro i ceppi di un detenuto, magari proprio quelli del celeberrimo Montague R. James. Ma anche con i nuovi attrezzi la faccenda si era rivelata ben più complicata del previsto. Il terreno su cui sorgeva Montague Hall infatti era paludoso, argilloso e friabile, e dunque lo scavo si riempiva spesso di acqua, rendendo vano qualsiasi sforzo.

Piano Numero Uno: Bocciato!

Piano Numero Due

Risalire il camino del refettorio come fanno i rocciatori servendosi dei chiodi utilizzati per scavare nel Piano Numero Uno e di una corda intrecciata legando insieme i capelli tagliati ai bambini. Una volta raggiunto il tetto, calarsi con la medesima corda. Quindi servirsene ancora una volta per prendere al laccio il temibilissimo cane di suor Ebenezer e, una volta legatolo alla recinzione, scavalcare il cancello.

Anche l'ingegnoso Piano Numero Due aveva presto mostrato le sue pecche. Innanzitutto il camino del refettorio era quasi sempre acceso, e per potervi entrare avrebbero dovuto attendere l'alba perché non fosse troppo caldo. Inoltre i capelli, raccolti tra quelli tagliati ogni mese agli orfanelli, non si erano dimostrati particolarmente resistenti (forse a causa della cattiva alimentazione) e dunque non erano per niente adatti a formare una robusta fune.

Piano Numero Due: Bocciato!

Piano Numero Tre

Prendere in ostaggio suor Ebenezer minacciandola con i chiodi utilizzati nei Piani Numero Uno e Due. Legarla con la corda di capelli (vedi Piano Numero Due) e costringerla ad aprire il portone di ferro di Montague Hall. Quindi servirsi di lei per rabbonire il temibilissimo mastino e fuggire.

«Non ci resta che il Piano Numero Tre» disse David alzando lo sguardo dal foglio.

Calum Traddles annuì, a disagio. Dei tre progetti, il terzo era quello che più lo inquietava. L'idea di trovarsi faccia a faccia con suor Ebenezer, il suo mastodontico corpo e la sua inarrestabile furia lo terrorizzava. Per non parlare del mastino, di cui, pur senza certezza alcuna, tanto si favoleggiava.

«Finiamo di pulire, forza» concluse David, riponendo il foglio nella tasca interna della striminzita giacchetta di tweed. «Dobbiamo intercettare suor Ebenezer prima che si ritiri nella sua stanza.»

«Un piano infallibile!» esclamò all'improvviso una voce alle loro spalle. Il bagliore di un lampo rischiarò la stanza illuminando la sogghignante, diafana figura di Willy Chuzzlewit III.

Willy era il terzo di tre gemelli, orfani tutti e tre. (Il lettore converrà nel giudicare superfluo sottolineare che i tre gemelli Chuzzlewit erano *orfani tutti e tre*, giacché, trattandosi di fratelli gemelli e dunque nati dagli stessi genitori, risulterebbe assai difficile pensare che solo uno o due di essi possano essere orfani, ma dal momento che sono un amante della precisione e delle minuzie ho voluto puntualizzare ugualmente la cosa). Gli altri due erano Willy Chuzzlewit I e Willy Chuzzlewit II. Il fatto di numerarli non indicava alcuna nobile ascendenza, ma aveva il solo scopo di riconoscerli. (L'idea, non particolarmente luminosa, a dire il vero, era stata di suor Ebenezer).

«Willy Chuzzlewit III» disse David con la consueta flemma. «La spia della madre superiora. Da quale sudicio buco te ne sei uscito, topo di fogna?»

«Ero sotto il tavolaccio, mio caro. Si odono cose assai interessanti, da sotto i tavolacci.»

«Non vivrai abbastanza per raccontarle!» intervenne Calum, minaccioso.

Willy Chuzzlewit III si fece una bella risata e se la gustò fino in fondo (non c'erano molte occasioni per ridere a Montague Hall). Quand'ebbe finito, diede due colpetti di tosse, quindi tornò serissimo e arcuando i sopraccigli disse:

«A chi vuoi far paura, Palla di Grasso Rotolante Calum?»

Quasi tutti, a Montague Hall, chiamavano Calum Traddles *Palla di Grasso Rotolante Calum*. Tutti ad eccezione di David Pip, che l'aveva soprannominato Watson, e di suor Ebenezer, che lo chiamava semplicemente *Palla di Grasso Rotolante*, poiché riteneva superfluo pronunciare il suo nome. Ma Calum Traddles non se ne dava pena. C'erano modi peggiori, si diceva, d'essere apostrofati. Quando ci pensava non gliene veniva in mente nessuno, ma poco male: era sicuro che da qualche parte nel mondo esistessero epiteti peggiori. Prima o poi li avrebbe scoperti.

«Non avete una sola possibilità di farcela» disse Willy, sprezzante. «Suor Ebenezer non vi aprirà mai la porta di Montague Hall. Piuttosto si farebbe uccidere!»

«Non sono affari che ti riguardano» replicò Calum. «E comunque che cosa ti fa credere che ti lasceremo andare a spifferare il nostro piano?»

«Nulla. Infatti sono qui per aiutarvi.»

Non ci furono lampi né tuoni, questa volta, sebbene l'eccezionalità di una tale frase li richiedesse.

«Questa è la chiave di Montague Hall» disse Willy, porgendola ai due compagni. «L'ho sottratta a suor Ebenezer.»

David era guardingo. La redenzione di un tipo come Willy Chuzzlewit III poteva essere paragonata a un miracolo, e i miracoli sono faccende piuttosto rare.

«Dov'è il trucco, Chuzzlewit?» chiese.

Willy scrollò il capo. «Non c'è trucco, fanfarone di un Pip. Non questa volta. Prendi la chiave e sparisci da questo buco.»

«Perché lo fai?»

«Vi ho sentiti parlare, questa mattina...»

«Ma tu stai sempre a origliare!» sbottò Calum.

«Quando David ti ha mostrato la prima pagina del giornale, io ero appeso al lampadario, giusto sopra le vostre teste.»

«Willy Chuzzlewit, sei un vero demonio!»

Dunque facciamo un piccolo passo indietro, a quella stessa mattina, quando David, sottratto il giornale al sorvegliante addormentato, lo aveva mostrato a Calum Traddles.

SHERLOCK HOLMES SCOMPARSO

L'espressione di Calum era rimasta impassibile.

"Capisci?" lo aveva incalzato David.

Calum non era affatto sicuro di capire, ma, come detto, dissentiva raramente dall'amico poiché quest'ultimo era assai suscettibile.

"Il momento è giunto!"

"Il momento per... per cosa?"

"Watson, sei una frana! Se mai c'è stato un momento giusto per scappare da Montague Hall, ebbene… è questo. La mia, anzi la nostra presenza è richiesta a Londra!"

"Davvero?"

"Mio padre è scomparso ed io devo ritrovarlo!"

"Tuo padre, dici?"

"Per l'appunto."

"E chi sarebbe, di grazia, tuo padre?"

"Lui!" David Pip aveva indicato con indice risoluto il titolo del quotidiano.

"Un giornalista del *Times*?"

"Ma che cos'hai nel cervello, Watson? Pangrattato? Parlo di Sherlock Holmes!"

"Tuo padre è Sherlock Holmes? Il grande investigatore?"

"Il *più* grande. Il migliore e il più retto degli uomini" aveva risposto, citando l'articolo. Poi, con occhi trasognati, aveva aggiunto: "Ebbene sì, lui è mio padre. Non ho mai svelato a nessuno questo grande segreto, ma ora è giusto che tu lo sappia, mio fedele amico."

"Sì, ma se Sherlock Holmes è davvero tuo padre" aveva obiettato Calum, "mi domando: perché non è mai venuto a prenderti?"

"Elementare, Watson. Perché lui non sa di avere un figlio!"

"Ah, sì?"

"È così. Ma giunta è l'ora che lo sappia! Prima, però, dovremo ritrovarlo."

"Ma... non è morto?"

"Chi dice che è morto?"

"Il giornale! Dice che è scomparso."

"Dice scomparso, non morto."

Calum aveva aperto la bocca per replicare ma non era riuscito a produrre alcuna parola dotata di senso logico.

"Ce ne andremo stanotte" aveva concluso David. "È deciso."

Sulle ragioni per cui David Pip riteneva di essere il figlio segreto di Sherlock Holmes non staremo qui ora a disquisire. Se avrete la pazienza e la costanza di proseguire nella lettura, ne saprete qualcosa in più. In caso contrario, nella vostra misera vita rimarranno per sempre dei punti interrogativi privi di risposta. A voi la scelta.

La redenzione di Willy Chuzzlewit III aveva dunque del miracoloso, e potremmo stare ore a disquisire sulle motivazioni che portarono la sua anima a mondarsi in un provvidenziale bagno d'acqua e cenere. Vi basti tuttavia sapere che il poverino ne aveva abbastanza delle angherie di suor Ebenezer, e si sarebbe unito volentieri alla fuga di David e Calum (come spiegherà lui stesso tra breve). Una volta qualcuno ha detto che salvare un solo uomo equivale a salvare l'umanità. Egli non aspirava a tanto, ma il principio che lo sosteneva era il medesimo: salvare due ragazzi per salvare tutti gli altri.

«Come faremo con il mastino?» si preoccupò Calum.

«A quello» ammise Willy «non ho pensato.»

«Abbiamo sempre la corda di capelli» rispose David. «Non sarà un rozzo cagnaccio a fermarci! Grazie, Willy. Spero che per questo tuo gesto non passi troppi guai.»

«Raggiungi tuo padre, David Pip, e sii felice, se ti riesce.»

«Perché non fuggi con noi?» volle sapere Calum.

«Ci sono i miei fratelli qui: Willy Chuzzlewit I e Willy Chuzzlewit II. Non potrei mai abbandonarli. In fondo sono la mia famiglia.»

I tre ragazzi si salutarono con calore, quindi si separarono. Willy raggiunse la sua stanza conscio del fatto che, una volta che suor Ebenezer avesse scoperto l'evasione, i suoi giorni a Montague Hall sarebbero diventati tristemente memorabili, mentre David e Calum si acquattarono nell'ombra di un corridoio oscuro, in attesa del momento propizio per sgattaiolare dal portone d'ingresso e lasciare per sempre – con la benedizione di Willy Chuzzlewit III – l'inferno nel quale erano vissuti.

*

Quando finalmente Montague Hall fu avvolta dal silenzio e dal buio, due figure, una snella, una un po' meno, scivolarono accanto all'ingresso. Un raggio di luna s'infilò tra le sbarre di una delle finestre facendo rilucere la grande chiave che avevano appena infilato nella toppa.

David fece scattare la serratura e il rumore dell'ingranaggio parve assordante. I due ragazzi trattennero il fiato, ma a parte lo scrosciare della pioggia all'esterno non si udì altro.

Pioveva. Pioveva a scrosci, a secchiate, a bacili. Per intenderci, pioveva così forte che se il buon vecchio Noè si fosse trovato da quelle parti non ci avrebbe pensato un solo istante a caricare di provviste e animali la sua famosa barchetta.

Le gocce di pioggia scendevano in rivoli dalle grigie pareti di Montague Hall, come lacrime. Le lacrime di tutti i bambini che vi erano vissuti, pensò David, distogliendo lo sguardo. Tutt'intorno si apriva il cortile, uno spiazzo di fanghiglia e pozzanghere scure.

«Dove sarà il cane?» chiese Calum, guardandosi nervosamente le spalle.

«Se non è del tutto stupido, con questo tempaccio se ne starà all'asciutto» rispose David.

L'acqua li infradiciava colando dai capelli e dal collo fin dentro gli abiti.

«Avanti, togliamoci di qui, alla svelta!»

Procedettero cauti, attenti a cogliere qualsiasi suono che potesse metterli sull'avviso. Nessuno aveva mai veduto il cane di suor Ebenezer. Si diceva che lo liberasse soltanto di notte e che non fosse un cane, ma un incrocio tra una bestia e un diavolo. Dicevano ch'era silenzioso poiché in tal modo poteva sorprendere le sue prede e non dar loro scampo. Al contrario, qualcuno sosteneva che non esistesse, che fosse un'invenzione della superiora per scoraggiare qualsiasi tentativo di fuga.

Seguirono l'inferriata puntando verso il cancello che si ergeva nella notte come un lucido, impassibile gigante. La luce della luna proiettava la lunga ombra di Montague Hall sul cortile e le sagome dei camini parevano dita protese verso i due evasi.

D'un tratto dal muro d'ombra apparve, senza fretta alcuna, una forma spaventosa. Era un cane, nero come il carbone, dalle cui fauci ansimanti sprizzavano fiamme. I suoi occhi ardevano di un fuoco demoniaco. Nemmeno il delirio di un folle avrebbe saputo immaginare una creatura tanto orrenda.

David si pietrificò, schiudendo le labbra, attonito. Calum invece urlò di terrore e si gettò faccia a terra nel fango.

Il mastino avanzò, sprofondando le poderose zampe nel terreno zuppo di pioggia.

«Moriremo» piagnucolava Calum. «Ci divorerà!»

David cercò di recuperare la propria proverbiale fermezza. Con mano tremante afferrò la corda di capelli e dopo averne fatto un lazo cominciò a farla roteare sopra la testa con movimenti misurati, come un cowboy in un rodeo. La creatura lo osservava immobile: sembrava studiare il momento opportuno per saltargli alla gola.

David contò mentalmente fino a tre e poi lanciò la corda. Mentre il laccio fluttuava nell'aria bagnata della notte, David pensò che non sarebbe servito a nulla, che non avrebbe mai centrato il massiccio collo della bestia e che se anche ci fosse riuscito, l'enorme animale, con un colpo secco, avrebbe tranciato la fune di netto. E poi si sarebbe avventato sui loro poveri corpi indifesi con la smania di un diavolo.

Il lazo compì un arco perfetto, finì tra le fauci spalancate del mostro e si fuse all'istante a contatto con la sua lingua rovente. La corda di capelli esalò il suo ultimo respiro in un filo di fumo azzurrognolo.

«Ecco, siamo spacciati» disse Calum, sempre disteso a terra. «Spacciati, finiti. In una sola parola, morti!»

David indietreggiò cercando di far lavorare il suo brillante cervello. Che cos'altro poteva escogitare?

*

Hans Pfaal, un accomodatore di soffietti per camini, aveva lasciato la sua città, Rotterdam, in Olanda, ormai da alcuni mesi. Essendo decaduta la sua nobile professione e non riuscendo di conseguenza a pagare i creditori, aveva risolto di volarsene lontano a bordo di una navicella appesa ad un pallone aerostatico. Se solo io osassi dire *quanto* lontano Hans Pfaal aveva intenzione di volarsene via, prendereste lui per un pazzo e me per un cialtrone gabbamondo. Ragion per cui non ne farò parola, almeno per il momento. Vi basti sapere che nessuno aveva più sue notizie da parecchio tempo e molti, in realtà, lo credevano morto, sfracellato da qualche parte tra l'Oceano e l'Europa. Ma Hans Pfaal, a dispetto di tutto e di tutti, era ancora vivo e viaggiava con il suo pallone per i cieli dell'emisfero boreale.

Mentre sorvolava la periferia di Londra, quella notte, era incappato in una perturbazione violentissima che aveva squassato e sballottato la sua navicella fino a fargli venire il mal di mare (o meglio il mal d'aria, trattandosi di cielo). Durante una di quelle spaventose piroette, la sua fedele gattina, Rubens, se n'era volata giù dal cestello precipitando nel vuoto con un miagolio raccapricciante. Nulla aveva potuto Hans Pfaal per salvarla, a parte piangere e disperarsi mentre guidava il pallone verso cieli più sicuri.

Doveva passare ancora molto tempo prima che quello stesso Hans Pfaal desse notizie di sé al mondo e prima che un certo scrittore ne raccontasse l'impareggiabile e strabiliante avventura. Ma questa è un'altra storia. Non divaghiamo.

La gattina Rubens precipitò nel buio bagnato della notte inglese, sfiorando fulmini e raccomandando la propria anima al creatore degli animali in una discesa che sembrava non avere mai fine. Povera gattina Rubens: aveva visto tante e tali cose e non le avrebbe mai potute raccontare a nessuno (sempre ammesso che qualcuno potesse mai riuscire ad interpretare i suoi lagnosi miagolii).

La fine di Rubens si avvicinava rapidamente, iarda dopo iarda, inesorabile; una fine a dir poco orribile.

E mentre la povera gattina Rubens vedeva avvicinarsi la propria fine, David intravvedeva lo spettro beffardo della sconfitta. Il mastino di suor Ebenezer di Baskerville li avrebbe divorati e lui non avrebbe mai potuto ritrovare suo padre e salvarlo, se da salvarlo aveva.

La bestia era a una cinquantina di passi dai due ragazzi, immobile, gli occhi brucianti d'odio, a godersi la vista, con tutta probabilità, di quanto le sarebbe toccato di lì a poco, come un avventore affamato osserva il cuoco grigliare sulla brace la bistecca che mangerà.

A terra, per metà affondata nell'acqua di una melmosa pozzanghera, brillava l'enorme chiave di bronzo con la quale i due ragazzi avevano aperto il portone. David la vide e subito diede forma a un'idea delirante, ma forse proprio perché delirante – come delirante era l'aspetto della creatura – *assolutamente* attuabile. Si chinò lentamente a raccogliere la chiave e poi si rimise in piedi.

«Bel cagnone!» disse, udendo la propria voce tremare. «Bel cagnone, ecco un osso per te!» E fece il gesto di lanciare la chiave lontano. Tutti i cani, per quanto mostruosi e demoniaci, corrono dietro agli ossi. Perché quello non avrebbe dovuto?

Sotto lo sguardo spiritato e impillaccherato di Calum, il braccio di David si tese all'indietro per poi scattare in avanti mentre la chiave, luccicando nel buio, roteava verso la casa.

«Stai pronto a scattare» sussurrò David all'amico. «Non appena si lancerà dietro la chiave noi scatteremo verso la recinzione!»

«Perché dovrebbe lanciarsi dietro la chiave?»

«Perché la crede un osso, e tutti i cani corrono a prendere gli ossi.»

Calum annuì, rianimato da quella nuova possibilità.

Il mastino chiuse la bocca e rimase a guardare la

chiave che gli passava in volo sopra la testa. Per la prima volta la sua espressione assunse una debole sfumatura d'intelligenza. Ma durò poco. Dopo che la chiave fu inghiottita dal buio, egli riprese a fissare i due malcapitati, sognando bistecche e squartamenti.

«Direi che non ha funzionato» commentò David.

«Direi che ora siamo veramente morti» disse Calum, rituffando la faccia nella fangosa poltiglia.

Ecco, il mastino si preparava a caricare. Le orecchie abbassate all'indietro, i muscoli tesi come colonne di marmo, le zampe anteriori che raspavano il terreno, lo sbuffo dell'alito caldo che gli fuoriusciva potente dal naso, e gli occhi stretti in due fessure malevole, circondate da un anello di fuoco. Egli era la morte, e presto avrebbe danzato sui cadaveri delle sue giovani prede.

Ma la danza non ebbe luogo, poiché qualcosa di inaspettato cadde dal cielo, sbucando dalle nuvole zeppe di pioggia. Piombò sulla testa del mostro e lo tramortì all'istante.

David e Calum strabuzzarono gli occhi, increduli.

Una gattina giunta dal firmamento celeste annusava disgustata la testa irsuta del molosso a mollo nel fango del cortile. Scambiandolo per un luogo opportuno, pensò bene di urinare su quella cosa stramba. Dopodiché, scrollando infastidita le zampine, entrò nello scantinato passando attraverso la stretta grata, come se quella fosse sempre stata la sua casa e lei se ne fosse allontanata solo per una breve scampagnata nei dintorni.

«Gatti piovuti dal cielo?» esclamò Calum, guardando sopra la sua testa. «Ma...»

«Non una parola!» lo ammonì Pip con il dito alzato. «In marcia!»

Posso garantirvi che fu l'unica volta in cui in quell'angolo d'Inghilterra piovvero gatti.

La Palude della Morte e del Tormento li attendeva col suo alone di morte e tregenda. La pioggia incessante rendeva ancor più infido ed instabile il terreno. E il fango, nel buio, sembrava quasi avere braccia, per come rallentava, trattenendole, le gambe dei due ragazzi. Ovunque intorno ad essi galleggiava una nebbia malefica che celava insidie e minacce terribili e che portava latrati e ululati e canti di uccelli notturni annunciatori di disgrazia.

«Moriremo» piagnucolava Calum.

«L'hai già detto prima, e come vedi non siamo affatto morti.»

«Gli spettri bianchi, che suonano gli zufoli di canna, ci guideranno verso le pozze, e annegheremo come topi...»

«I topi sanno nuotare.»

«I cadaveri di quegli antichi uomini, con i volti e i corpi devastati dalla peste e dalla putrefazione, emergeranno dalle profondità della palude...»

«Non vorrai credere a quelle sciocche superstizioni?»

«Ci credo, invece! E con le loro mani scheletriche ci afferreranno portandoci sempre più giù, sempre più a fondo, in un abisso nero e senza fine...»

«Calum?»

«Sì?»

«La vuoi finire?»

«Non voglio morire... Non ancora.»

«Non moriremo. Anzi, ti dirò di più. Questa è la notte ideale per una fuga!»

«Tu credi?»

«Sicuro! Anche se suor Ebenezer avesse scoperto la nostra fuga, chi mai uscirebbe a darci la caccia con questo tempo da lupi?»

«Dovevi proprio dire *da lupi*?...»

A quel tempo (ve lo ricordo, siamo nel 1891) nella brughiera non vi erano strade, né illuminazione, né uomini a passeggio col cane a cui chiedere informazioni (all'uomo, non al cane). Sicché capirete che nelle notti scure era molto facile perdere l'orientamento e girare in tondo senza giungere da nessuna parte, e morire infine di spossatezza e, una volta morti, essere sbrindellati da misteriose e voraci creature della notte o ghermiti da antichi spiriti che suonano flauti di canna.

«Mi pare di aver già visto quel cespuglio!» disse d'un tratto Calum.

«I cespugli sono tutti uguali» tagliò corto David. «Piuttosto, ho un piano infallibile per uscire da questo pantano.»

«E sarebbe?»

«Andare sempre in linea retta.» Reggendosi a un tronco secco, puntò il dito verso un nulla fatto di nebbia, vapori e sinistre incertezze.

David Pip applicava a ogni situazione il cosiddetto metodo deduttivo. Lo aveva imparato dal grande Sherlock Holmes, suo padre. (In realtà non lo aveva imparato *direttamente* da suo padre, dal momento che i due non si erano mai visti né parlati, tuttavia doveva esserci qualcosa di *deduttivo* nel sangue di David che gli rendeva *deduttive* tutte le situazioni in cui si trovava. Inoltre aveva seguito sui giornali tutti i casi risolti da Holmes grazie alle sue brillanti capacità *deduttive* e dunque si riteneva, a torto o a ragione, particolarmente ferrato in *deduttività*).

«Andare in linea retta?»

«Perché ripeti sempre quello che dico, Watson? È da sciocchi. Se seguiamo una linea retta non torneremo mai nello stesso punto, e considerando che la Palude della Morte e del Tormento, per quanto infida e spaventosa, come tutte le cose dovrà prima o poi avere una fine, ci basterà procedere con cautela per uscirne. Elementare, amico mio!»

«Elementare?»

Un'ora più tardi si ritrovarono davanti allo stesso cespuglio.

«Sono mortificato, David, ma ho la vaga sensazione che questo sia sempre lo stesso dannatissimo cespuglio...»

«Impossibile, Watson! Tu farnetichi, oltre che imprecare! Ti dico che...»

«Vedi, David, quel fazzoletto legato al ramo? È mio.»

«Curioso, Watson... E che cosa ci farebbe un fazzoletto di tua proprietà legato al ramo di un cespuglio?»

«L'ho legato io più o meno un'ora fa.»

«Ah, capisco. Direi allora che stiamo girando in tondo. Ne convieni, Watson?»

Calum Watson ne convenne, ne convenne a tal punto che il labbro inferiore prese a tremolargli. Era ormai sul punto di scoppiare in un pianto lagnoso e dirotto quando una voce lo raggelò più di quanto avessero già fatto la pioggia gelida e il vento malsano di quella nottata.

«Heathcliff!» gridava la voce. «Heathcliiiiiiiifff...»

*

La baracca di tronchi era sporca e maleodorante ma asciutta. Nel camino ardeva un fuoco asfittico che a malapena riusciva a riscaldare la zona davanti al focolare. Al centro si trovava un tavolaccio con una panca. E addossato al muro c'era un armadio che aveva visto giorni migliori, all'interno del quale si intravedevano alcune candele e recipienti polverosi.

«Voi vivete qui dentro?» chiese Calum.

La ragazza che li aveva condotti al riparo dalla furia della tempesta aveva il viso dolce e i lineamenti minuti. Sedeva vicino al camino sull'unica sedia della baracca e teneva i piedi scalzi rannicchiati sotto la lunga gonna bianca. Per quanto a prima vista potesse dare quell'impressione, non era affatto una zingara o una stracciona: la camicetta era di buona fattura e lo scialle, posto ad asciugare sopra un filo teso in un angolo della stanza, di lana pregiata. Le mani, per quanto sporche, non presentavano callosità; la pelle del viso era candida e liscia, non abituata ad esporsi al sole: dunque non si trattava nemmeno di una contadina. Al contrario, la sua vita doveva essere contraddistinta da una certa agiatezza, tale da permetterle di non eseguire mai lavori faticosi, e l'abbigliamento inusuale era probabilmente dovuto a una sua peculiare estrosità.

(Vedete? In questo consiste il metodo deduttivo: intuire dai particolari.)

«No, non vivo qui» rispose la ragazza. «Questo è solo il nostro rifugio nella brughiera... Mio e di Heathcliff.»

«È la persona che stavate cercando là fuori?» volle sapere David.

La ragazza annuì. «Lui è mio... il mio fratellastro, in verità. Mi chiamo Catherine Earnshaw, ma potete chiamarmi Cathy, se vi va.»

«Io invece sono David Pip, e ci tengo che il mio nome rimanga tale. Questi è il mio fido compagno di avventure, il dottor Watson Calum Traddles.»

«Non siete troppo giovani per andarvene a zonzo per la brughiera in piena notte?»

«Potrei farvi la stessa domanda, signorina» le rispose con garbo David.

«Heathcliff ed io viviamo a Cime Tempestose» spiegò Cathy. «Al di là delle colline e dei muretti in pietra. La brughiera è la nostra casa...»

«E la palude? Non temete la palude?» disse Calum. «Dicono che bianche figure spettrali fluttuino nottetempo sull'acqua limacciosa...»

David osservò gli abiti della ragazza che, per quanto inadatti a quell'ambiente acquitrinoso, erano indiscutibilmente bianchi.

«... accompagnate dalla danza di misteriosi globi di luce...» proseguì Calum.

David indugiò con lo sguardo sulla lanterna con la quale la ragazza si era fatta luce, precedendoli, nel buio della notte. E notò che aveva il vetro tinto di rosso.

«... e dal pigolìo stridente d'invisibili zufoli...»

Si udì un pigolìo stridente, e subito dopo la porta si spalancò.

Inseguito da una folata di vento gelido e da una secchiata d'acqua piovana, Heathcliff varcò la soglia della capanna. Era un ragazzo vigoroso, dalla chioma nera e ribelle, con gli occhi scuri come due pozzi senza fondo. Tra le mani reggeva uno zufolo di canna.

Ecco bell'e smontata un'antica credenza, osservò David tra sé e sé. Il metodo deduttivo a volte possiede questo potere.

«Chi siete?» domandò Heathcliff, diffidente.

«David Pip e Calum Traddles, gentiluomini d'affari in viaggio per Londra...»

«Oh, Heathcliff!» esclamò Cathy, abbracciandolo. «Credevo che Hindley... Oh, credevo che lui... che lui ti avesse...»

«Che Hindley mi avesse ucciso? No, non ne avrebbe il coraggio, quel codardo pusillanime! Si è limitato a rifilarmi la solita razione di nerbate.»

«Maledetto! Se non fosse mio fratello, io...»

«Non ti crucciare, Cathy. Hindley non può farci alcun male. A parte le nerbate, s'intende.»

«Uno strano tipo, questo vostro fratello» commentò Calum, imbarazzato.

«Lui odia anche me» proseguì Cathy, «perché difendo Heathcliff. Per questo, quando vogliamo stare lontani da Cime Tempestose e dalle nerbate di Hindley, ci rifugiamo quaggiù. Ma vi prego di non farne parola con nessuno!»

«Saremo muti come un muto» la rassicurò Calum.

«Potete fidarvi di noi, Cathy. Siamo gentiluomini. Ora, però, sareste così gentile da indicarci la via più breve per Londra? Abbiamo una certa fretta di concludere i nostri... ehm, affari.»

Heathcliff si avvicinò al camino e protese le mani intirizzite verso le fiamme.

«Non siete gentiluomini d'affari in viaggio per Londra» disse, osservando attentamente i due ragazzi. «Ma fuggiaschi di Montague Hall! Non è così?»

«Ma Heathcliff! Come puoi insinuare?...»

«Puzzano di brefotrofio, Cathy. Conosco bene l'odore della paura, della frustrazione e della rabbia che ti lascia addosso un posto come Montague Hall. Sono un orfano anch'io, non lo dimenticare...»

«Oh, Heathcliff!»

«Guardali bene. Indossano abiti fuori misura, di seconda mano, e sotto quell'aria spavalda da grandi uomini sono terrorizzati!»

Calum era impietrito, il volto in fiamme per la vergogna.

«Avete ragione, signore» disse David con dignità, «ma non del tutto. Siamo fuggiaschi, è vero, vestiamo abiti dimessi, abbiamo rabbia e paura e frustrazione negli occhi, ma, per quanto mi riguarda, io non sono un orfano. Voglio infatti raggiungere Londra per investigare sulla sorte toccata a mio padre.»

Una lacrima scivolò dalla guancia di Cathy, che lesta l'asciugò. Heathcliff invece rimase impassibile a fissare le fiamme. La vita l'aveva temprato, ma proprio per questo egli sentiva in qualche modo d'essere vicino a quei due giovani spauriti: gli ricordavano se stesso alla loro età.

«Vi aiuterò a raggiungere Londra» disse infine.

«Dite davvero?»

«E per farlo ruberò un cavallo a quel trombone di Hindley!»

Cathy scoppiò a ridere battendo le mani. Poi, però, si arrestò d'improvviso. «Questo vorrà dire un'altra razione di nerbate» disse. «Oh, povero Heathcliff!»

2. La grande città

D'accordo, a tutti dispiace che Heathcliff si sia buscato l'ennesima dose di nerbate sulla schiena, ma in fondo l'ha voluto lui, non è così? E chi siamo noi, o David o Calum, per criticare il suo nobile intento?)

Il cavallo, un ronzinaccio male in arnese che zoppicava a causa di un ferro parzialmente schiodato, sbuffava, nitriva e arrancava sul terreno insidioso della palude come un vecchio mulo a fine carriera.

(Volete alleggerirvi la coscienza per la questione delle nerbate? Anch'io. Quindi state a sentire. Forse Heathcliff fece un favore a Hindley togliendogli di torno quel cavallo macilento, e fu dispensato dalle nerbate. Contenti?)

David e Calum, montati in groppa, presero a chiacchierare con aria spensierata, sentendosi come due cowboy. Di tanto in tanto lanciavano qualche assurdo richiamo al cavallo, tipo *yahuuu* o *gid-app* o *hyhaa,* nella convinzione che servisse a qualcosa. In realtà il ronzino, oltre che vecchio, mal ferrato e infastidito dal suo carico umano, era anche sordo. A tal punto che, giunto a pochi passi dalla città, poco mancò che finisse sotto una locomotiva che sferragliava come una dannata lungo i binari, e il cui sopraggiungere, proprio a causa di quel difetto d'udito, il cavallo non aveva nemmeno sospettato.

«Ehi, ronzino!» lo apostrofò Calum, una volta scampato il pericolo. «Vuoi farci fare una brutta fine, forse?»

«Ecco Londra!» esclamò David osservando le luci lontane della città con espressione rapita.

Ad est albeggiava, e di lì a poco i lampioni a gas nelle strade si sarebbero spenti.

«Sembra piuttosto grande» osservò Calum.

«Certo che lo è! È una grande città. La più grande città del mondo!»

Entrarono a Londra passando per Battersea, pericoloso quartiere di taverne e vicoli bui, dove convivevano scommesse e duelli, gare di asini e congiure, feste danzanti e omicidi. Alla vista di tutte quelle oscure e sudice straducole, che malgrado l'ora erano piene zeppe di individui poco raccomandabili, di ubriachi e donnacce, David e Calum tentarono di affrettare il passo dando di tacchi e di calcagni sui fianchi del povero ronzino, che tuttavia non si fece intimorire e seguitò a trascinare le stanche membra secondo la consueta, molle cadenza.

Mentre la luce di un sole sbiadito confondeva le fiamme dei lampioni, rendendole vane, i due fuggiaschi scavalcarono il Tamigi passando come per incanto dall'inferno di Battersea al paradiso di Chelsea, con le sue casette di mattoni rossi e le ringhiere di ferro battuto. Via via che procedevano verso il cuore della città, il traffico e la folla aumentavano sempre più.

Le carrozze sollevavano spruzzi d'acqua fangosa passando con le ruote sulle pozzanghere formatesi nottetempo, incuranti degli operai che andavano al lavoro, delle lattaie con i loro paioli, dei fruttivendoli coi loro carretti, delle donne con le ceste sulla testa, dei negozianti che aprivano le botteghe.

David e Calum si sentivano girare la testa, tante e tali cose i loro sguardi accoglievano in una sola volta: sembrava impossibile che una simile moltitudine di persone potesse vivere, lavorare e prosperare nello stesso luogo.

Attraversarono il grande mercato dei fiori di Pimlico e gli edifici decorati a stucco della raffinata Ecclestone Square, su fino a Belgravia, residenza degli aristocratici londinesi il cui fasto maestoso li lasciò a bocca spalancata.

«Dove stiamo andando, David?» chiese ad un certo punto Calum, non riuscendo a distogliere gli occhi da tanta magnificenza.

«Non ne ho la più pallida idea, amico, ma questa città è semplicemente sublime!»

«Toglietevi dalla strada, straccioni!» gridò il conducente di una carrozza sfrecciando loro accanto.

«Fateci il brodo, con quel ronzino!» disse qualcun altro.

I due amici procedettero ancora fino a che non sbucarono di fronte a Buckingham Palace.

«Guarda!» esclamò Calum. «Chissà chi ci abita, là dentro...»

«Ma da dove venite, voi due?» berciò una vecchia che spingeva un carretto di stracci. «Quello è il Palazzo Reale!»

«Volete dire che lì dentro vive la regina Vittoria?»

«Ehi, dico! Vi prendete gioco di me, forse? Volete burlarvi di una povera vecchia? Perché se è così ve ne faccio passare la voglia, brutti zoticoni insolenti e perdigiorno!» E senza che David o Calum avessero il tempo di replicare, prese a percuoterli con una bacchetta di canna.

«Ferma, Annie! Ferma!» intervenne una voce ancora piuttosto acerba. «Ti sembra il modo di accogliere dei forestieri?» Accanto alla vecchia era apparso un ragazzino, alto non più di quattro piedi, col naso a patata, infagottato in un cappotto che gli arrivava alle calcagna, con le maniche rimboccate fino a metà braccio. «Di' un po', è questo il caloroso benvenuto che Londra riserva ai suoi visitatori?»

La donna con il carretto borbottò qualcosa d'incomprensibile e infine si allontanò.

«Dovete perdonare la vecchia Annie» disse il ragazzino. «È solo un po'...» E fece roteare l'indice della mano destra all'altezza della tempia, in un gesto eloquente.

«Come sai che siamo forestieri?» gli chiese Calum.

Il ragazzino rise, battendosi una mano su una coscia. «Dovreste vedervi... Due pesci sulla cima dello Scafell Pike non sarebbero meno a disagio di voi! È la prima volta che venite a Londra?»

Calum annuì.

«Avete soldi?»

Calum scrollò il capo.

«Un posto dove stare?»

«Dobbiamo raggiungere Baker Street» disse David.

«Ah, davvero? E cosa c'è in Baker Street?»

«Non sono affari che ti riguardino. Potresti indicarci la strada?»

«È vostro questo asino?»

«È un cavallo» precisò Calum. «E sì, è nostro.»

Il ragazzino si accarezzò il mento, pensieroso.

«Dunque, per Baker Street?» domandò per la seconda volta David.

«Oh, c'è tempo! Io sono Jack. Jack Dawkins, ma tutti mi chiamano Mastro Dawkins!»

«Tutti chi?»

«Tutti!»

«Avete bisogno di mangiare!» decretò Mastro Dawkins.

In effetti erano ormai parecchie ore che i due fuggiaschi di Montague Hall non mettevano nulla di commestibile nelle loro pance. Lo stomaco di Calum rispose con un brontolio degno del temporale appena passato.

«Ho ragione o no?» chiese Mastro Dawkins.

«Non abbiamo denaro» spiegò David.

«Questo non è un problema. Conosco io il posto che fa per voi. Seguitemi!»

Si tuffarono in un labirinto di vicoli, trascinandosi dietro il recalcitrante ronzino. In men che non si dica lo splendore e l'eleganza delle case e delle vie del centro lasciarono il posto alla miseria di catapecchie nere e fumose, e alla sporcizia di strade ricoperte in uguale misura da fango ed escrementi, con la gente appoggiata agli angoli delle vie o ai muri delle case, a fumare, a ciarlare, a ridere sguaiatamente, a scrutare con occhi torvi, ad azzuffarsi per futili motivi.

«Benvenuti a Clerkenwell, il vero cuore di

Londra!» disse loro una donna grassa e sdentata. «Qui c'è la vita, pollastrelli! Ci troverete genii e assassini, bari e cartomanti, furfanti e traditori!»

«Ma anche un piatto caldo e un tetto asciutto sulla testa» aggiunse Mastro Dawkins, congedandosi da lei con un cenno della mano. «Mary Belsorriso ha ragione, qui s'impara a vivere! Ve lo dice uno che lo ha sperimentato sulla propria pelle!»

David e Calum si guardarono perplessi e la mente di entrambi fu attraversata dallo stesso pensiero: darsela a gambe il più in fretta possibile. Ma poi pensarono al ronzino, che non se la sarebbe cavata altrettanto facilmente, e così rinunciarono all'idea di fuggire.

«È lontana da qui, Baker Street?» volle sapere David.

«No... è proprio qui vicino, dietro l'angolo... Forza, saliamo le scale! L'asino potete legarlo dentro quell'androne.»

«È un cavallo» protestò Calum. E nel dirlo si accorse d'essersi inspiegabilmente affezionato alla povera bestia.

«Come vuoi. Più tardi gli porteremo della paglia.»

Seguirono Mastro Dawkins in cima ad una scala pericolante e da lì, attraverso un passaggio ad arco, giunsero di fronte ad una porta.

Mastro Dawkins bussò in un modo strano, ritmico: senza dubbio un codice. Infatti, poco dopo, si aprì uno spioncino.

«Chi hai lì con te, Mastro Dawkins?» chiese una voce maschile.

«Nuovi ospiti! Apri!»

Ci furono scatti di serrature e cigolii e alla fine la porta si schiuse giusto quel tanto da lasciar passare di sbieco i tre ragazzi.

«Il pranzo è quasi pronto» disse l'uomo che aveva aperto la porta, indicando un antro oscuro con un cenno del capo. «Il vecchio Fagin ti aspetta.»

«Eccomi, mastro Fagin!» esclamò Jack Dawkins entrando nella stanza.

«Bentornato, Mastro Dawkins» rispose colui che il ragazzo aveva chiamato Fagin.

Si trattava di un uomo piuttosto avanti con gli anni, dal viso spigoloso e dai capelli rossi e scarmigliati. Indossava una vestaglia sporca e logora e si muoveva nella stanza con insospettabile agilità, impugnando un mestolo da minestra come se fosse un randello, cosa che, unitamente al suo aspetto, lo faceva sembrare un folle intento ad affrontare presenze immaginarie.

«Che succede?» chiese Jack, divertito.

«Punisco gli approfittatori...» rispose quello, e nel mentre sferrò un colpo tremendo con il mestolo contro la parete. Da una fessura uscì un topino grigio, il pelo irto per la paura, che prese a correre lungo il perimetro della stanza. «... gli usurpatori di spazio» continuò Fagin correndo appresso al topo, «... e di cibo altrui!»

E calò il mestolo con tale violenza che il topolino cadde morto sul colpo, con la testa fracassata.

«Bravo, maestro!» si congratulò Dawkins.

Fagin mimò un inchino, poi prese il topo e ghignando lo gettò dalla finestra, giù in strada.

David pensò che mai e poi mai avrebbe voluto avere quel Fagin come nemico. L'osservazione attenta del suo comportamento indicava che egli doveva essere senza dubbio un uomo crudele e vendicativo.

Fagin studiò con occhi maligni i due nuovi arrivati. Quindi, come se niente fosse accaduto, si avvicinò al camino e mescolò la zuppa ch'era sul fuoco con lo stesso mestolo utilizzato per eliminare il topo.

«Chi hai portato, ragazzo?» chiese a Jack, senza guardarlo.

«Due pecorelle smarrite, bisognose d'aiuto» rise il ragazzo.

«Non siamo pecorelle smarrite» replicò Calum.

«Io sono David Pip, signore» si presentò David. «E questi è il mio caro amico Watson Calum Traddles. Siamo a Londra per affari.»

Per quanto l'odore della zuppa di Fagin ricordasse il puzzo della verdura marcia, la fame, si sa, è una brutta bestia, capace di far dimenticare ogni schifiltosità. Cosicché, per quanto David e Calum desiderassero andarsene da quella casa, i loro stomaci affamati li indussero, al contrario, a restare. E poi, parliamoci chiaro, com'era possibile essere schizzinosi venendo da un postaccio come Montague Hall?

Per pranzo giunsero nella casa del vecchio Fagin alcuni altri ragazzini, suppergiù coetanei di Mastro Dawkins. Il loro atteggiamento e le loro azioni, però, contrastavano nettamente con l'età dimostrata: fumavano la pipa, bevevano liquore e giocavano a *whist*, usando un linguaggio degno di uno scaricatore di porto.

«Dunque» chiese Fagin con fare mielato a David e Calum, «quali affari vi conducono a Londra, miei cari?»

«Si tratta di questioni private, signore. Voi capirete, naturalmente» disse David.

«Oh, si capisce che io capisco!» ribatté Fagin, lezioso, e tutti i ragazzi attorno al tavolo scoppiarono a ridere. «Anche noi, nel nostro piccolo, ci occupiamo di affari. Il nostro è un gruppo che lavora sodo.»

«Lui è il nostro principale!» urlò uno dei ragazzi, e tutti giù a ridere.

«Il nostro professore!»

David e Calum non comprendevano il motivo di tanta ilarità. Tuttavia, supponendo si trattasse di un umorismo nuovo, al quale non erano abituati, per non fare la figura dei sempliciotti si unirono anch'essi alle risate degli altri, dandosi delle gran pacche sulle spalle.

«Funziona così» spiegò Fagin. «Io dirigo il lavoro da casa, e questi bravi ragazzi mettono in pratica i miei insegnamenti.»

«Mettiamo in pratica i suoi insegnamenti!» gli fecero eco i ragazzi.

«E siamo davvero dei gran bravi ragazzi!» E giù a ridere a crepapelle. «Bravi ragazzi! Onesti ragazzi!» intonarono in coro.

«Non vorreste un lavoro anche voi?» chiese il vecchio tutt'a un tratto, facendosi serio.

«Il mio amico Calum ed io vi ringraziamo per questa generosa offerta, ma purtroppo non possiamo accettare. Abbiamo un appuntamento importante a Baker Street.»

«Già. Mastro Dawkins mi ha detto di Baker Street. Un vero peccato. Potreste guadagnare dei bei quattrini...»

«Perdonate, signore, ma i quattrini hanno scarsa importanza per noi» dichiarò David sotto lo sguardo allibito di Calum. «La missione a cui ci siamo votati prende le distanze da qualsiasi desiderio personale e dunque da qualsiasi bisogno materiale!»

«Quale dedizione!» esclamò Fagin, fingendosi ammirato. «Una qualità assai rara in cuori giovani come i vostri. Prima di andare, però, concedetemi di farvi assaggiare la specialità della casa!»

«Niente più cibo, grazie» rispose Calum, che ripensando alla scena del topo aveva sentito uno spasmo di disgusto afferrargli lo stomaco.

«Non si tratta di cibo, ma di un digestivo.»

«Un digestivo?»

«Un digestivo eccezionale, che rende leggeri e dà nuova energia.»

L'uomo versò nei loro bicchieri un liquido fumante che odorava vagamente di alcol.

«Tutto d'un fiato» li esortò. «Solo così è efficace!»

David e Calum bevvero e subito avvertirono uno strano calore avvolgere i loro corpi.

Sette minuti più tardi caddero addormentati.

Calum stava sognando. Sognava che la micia caduta dal cielo si strusciava contro le sue guance, facendo le fusa. Era una bella gattina, dal pelo morbido, col nasino rosa e umido. Peccato che il suo odore non fosse paragonabile alla sua dolcezza. In verità Calum trovava che emanasse un fetore terribile. E da quando, si chiedeva, nei sogni si sentono gli odori?

Si svegliò di soprassalto e scoprì con orrore che la candida micia del sogno si era trasformata in un raccapricciante sorcio color grigio fogna.

Balzò in piedi, rovesciando uno sgabello. «Che schifo! Che schifo!» gridò, saltellando tutt'intorno come l'orso ammaestrato di un circo.

«Watson, che diavolo ti prende?» domandò David Pip, emergendo da un sonno altrettanto confuso.

«Un topo! Un topo!»

David aprì gli occhi e, nel vedere Calum che saltellava in modo goffo ora su un piede ora sull'altro mentre il topo, più terrorizzato di lui, tentava disperatamente di non essere calpestato, scoppiò a ridere. Subito dopo, però, si fece serio e guardandosi attorno cominciò a preoccuparsi.

Si trovavano in uno stanzino soffocante, la cui unica finestra sul tetto spiovente era bloccata da una robusta asse di legno inchiodata all'infisso. La poca luce che rischiarava la stanza proveniva dalle fessure della porta, anch'essa chiusa. Erano prigionieri e David aveva il sospetto di sapere chi era il responsabile del loro rapimento.

«Watson! Smetti subito di saltellare. Siamo nei pasticci.»

«Lo puoi ben dire! Mi verrà una malattia tremenda e finirò i miei giorni al sanatorio.»

«Lascia perdere quel topolino e dammi una mano, piuttosto! Proviamo a forzare la porta.»

«Come dici?» Calum si guardò attorno stupito, come se solo allora si rendesse conto di dove si trovava. «Ehi! Che cosa è successo? Cosa ci facciamo qui dentro?»

«Scommetto che è opera di quel vecchiaccio malefico» gli rispose David, facendo scorrere le mani sulla superficie della porta per trovare una maniglia, un gancio, un qualsiasi appiglio.

«Cosa pensi che voglia farci?»

«Niente di buono, suppongo. E non ho alcuna intenzione di rimanere qui abbastanza a lungo da scoprirlo. Dannazione! Non c'è modo di aprirla!»

«David!» chiamò Calum, che si era accucciato sul pavimento e sembrava intento a osservare qualcosa. «Vieni a vedere!»

David si avvicinò all'amico notando un foro tra le assi del pavimento, largo a sufficienza perché vi filtrasse la luce che proveniva dal piano di sotto. Si udiva un mormorio di voci e un rumore di brocche cozzate l'una contro l'altra. I due ragazzi accostarono le orecchie al foro e rimasero in ascolto.

«Sono due *bocconcini* sprovveduti» disse Fagin, versando il vino al nuovo arrivato.

Costui era un uomo rozzo, che indossava dei calzoni molto sporchi e un pesante pastrano di velluto. Ai suoi piedi era accucciato un cane bianco di medie dimensioni che ringhiava ogniqualvolta il vecchio Fagin aveva l'ardire, a parer del cane, di avvicinarglisi troppo.

«Sta' buono, rognoso d'un cane» borbottò l'uomo dal pastrano di velluto. «O ti sistemo una volta per tutte. Sono anni che ti ho tra i piedi, brutto sacco di pulci ingrato, ma non per questo sono costretto a sopportarti fino alla tomba.»

«Come ti dicevo, Sikes, sono due ragazzini arrivati freschi freschi dalla campagna. Credo siano fuggiti di casa o qualcosa del genere...»

«Uhm...» L'uomo che Fagin chiamava Sikes si grattò pensoso il mento ispido. «Conosco giustappunto alcuni avanzi di galera disposti a pagare cinquanta ghinee per ciascuno di quei ragazzini.»

«E che cosa se ne fanno?»

«T'importa forse? Per quanto mi riguarda, li possono pure gettare a mare, purché mi paghino. Hanno un'imbarcazione che parte una volta la settimana, a mezzanotte.»

«Allora perfetto! Ah, e c'è anche un cavallo, un ronzino. L'avevano con sé i due ragazzi. Consideralo un regalo da parte mia, amico, in modo che se un giorno avessi necessità di un favore da te...»

«E piantala, vecchio idiota! Non siamo amici, tu ed io, e mai vorrei esserlo, nemmeno se tu fossi l'ultimo uomo rimasto sulla Terra! Sai solo fare il tuo tornaconto. E lo sai fare bene, non è vero? Per il resto, vali meno della metà del mio cane!»

«Va bene, va bene, Sikes. Non scaldarti. Prenderai il cavallo solo se lo vorrai...»

«E cosa dovrei farmene?»

«Vendilo al mercato del bestiame di Smithfield. Ne faranno ottime bistecche.»

Sikes grugnì, quindi diede una pedata al suo cane affinché la smettesse di ringhiare inutilmente.

«E va bene» concesse infine. «Io però, oltre al cavallo, mi prendo settanta delle cento ghinee che quei gentiluomini di mia conoscenza pagheranno per i due mocciosi. Chiaro?»

Fagin, che era a conoscenza della destrezza e della facilità con cui Sikes maneggiava il coltello a serramanico, disse che gli sembrava un'ottima cosa e brindò con la propria brocchetta contro quella dell'amico.

David non poteva credere alle proprie orecchie. E Calum era letteralmente sotto shock: se ne stava seduto contro la parete con la testa tra le mani, a singhiozzare sulla loro disgraziatissima sorte.

«Ci venderanno» ripeteva come una litania. «Ci

venderanno a quei loschi individui, e chissà che orribile e dolorosa fine faremo. E come se non bastasse venderanno anche il nostro cavallo, e le sue zampe, le zampe che ci hanno condotto fin qua, diventeranno succulente bistecche da servire sulle tavole dei signori di Londra...»

«Watson! Ti prego di contenere il tuo disappunto. Comportati da uomo.»

«È questo il punto, accidenti a te!»

David Pip lo guardò con tanto d'occhi. Mai, da che conosceva Calum Traddles, ovvero da quando erano entrambi lattanti, ricordava di aver udito simili parole condite da un simile tono uscire dalle labbra dell'amico.

«Io non sono un uomo!» proseguì Calum, la voce resa acuta dalla paura e dalla disperazione. «Tu non sei un uomo! Noi non siamo Watson e Holmes! E non siamo due gentiluomini a Londra per affari! Lo capisci, questo?»

David rimase in silenzio per qualche secondo. «E che cosa siamo, allora?» chiese, laconico.

«Due disgraziati» rispose Calum scrollando il capo e asciugandosi le lacrime. «Due orfani senza una casa e con una sola certezza: verremo venduti come schiavi al miglior offerente.»

«Può darsi che tu abbia ragione. Forse non saremo gentiluomini in viaggio d'affari, e forse non siamo Watson e Holmes. Ma abbiamo una missione da compiere e cercheremo di portarla a termine. Hai promesso di aiutarmi e io… io non ho altra scelta.»

Calum sollevò lo sguardo e lo fissò. Era la prima volta che sentiva una nota tremula nella voce dell'amico. Gli ricordò il tronco di una quercia secolare che sotto la violenza di un uragano scricchiola e geme, flettendosi.

«Ho un padre da ritrovare» proseguì David, animato da nuova baldanza, quasi che ascoltarsi pronunciare i propri intendimenti avesse il potere di renderli più attuabili. «E non me starò qui buono buono ad aspettare d'essere venduto. Per la misera cifra di cento ghinee, poi! Non credi che noi due insieme si valga di più?»

Qualcosa che somigliava vagamente ad un sorriso si fece strada sulle labbra screpolate di Calum Traddles. La sua testa fece un cenno di assenso, con un movimento quasi impercettibile.

«E poi non dimentichiamoci del ronzino. Non ho alcuna intenzione di vederlo servito come piatto di portata in compagnia di una salsa tartara! Che ne dici, Watson?»

Calum si alzò da terra compiendo un balzo assolutamente inusuale per la sua stazza. «Che ne dico, Holmes? Metodo deduttivo! Ecco che ne dico! Forza, usciamo da questa lercia prigione.»

«Ben detto, Watson! Davvero ben detto!»

*

David e Calum iniziarono a perlustrare palmo a palmo la stanza nella quale si trovavano, alla ricerca di un particolare che potesse servire loro per fuggire. Il metodo deduttivo, come già enunciato in precedenza, consiste esattamente in questo: osservare i fatti e le circostanze, catturarne gli aspetti salienti e applicarli al problema al fine di risolverlo.

Dopo un'attenta analisi, stabilirono che sarebbe stato impossibile evadere dalla porta in quanto sbarrata dall'esterno. Gli stipiti erano saldi e le pareti parevano di solidi mattoni. La finestra poteva suggerire una fuga attraverso tetti o cornicioni, ma lo spessore delle assi inchiodate e la loro resistenza erano pari se non superiori a quelle della porta.

«Che mi dici del tetto, Watson?»

«Assi di legno. Anche ammesso che riuscissimo a toglierne un paio e crearci lo spazio per passare, troveremmo un'intercapedine e uno strato di travi massicce sopra il quale...»

«E il pavimento?»

«Forse se avessimo una leva... potremmo sollevare un'asse o due e calarci al piano di sotto. Peccato che, a quanto pare, il vecchio non lasci mai la stanza!»

«E allora che possibilità abbiamo, Watson?»

Calum si accasciò, sconsolato. «Direi nessuna, amico mio.»

*

«Andiamo» disse Fagin, risoluto.

Avrebbe desiderato fare di quei due ragazzi dei nuovi discepoli, ladruncoli scaltri e capaci quanto il resto della compagnia a cui offriva vitto, alloggio e protezione e che in cambio batteva le strade e i quartieri di Londra alla ricerca di polli da spennare, di *babbei stoccafissi*, come venivano chiamate in gergo le vittime dei furti. Ma David Pip e Calum Traddles erano infarciti di buoni propositi e di pensieri per bene come un'anatra d'impasto all'arancia e *pâté de foie gras*, e gli avrebbero procurato con ogni probabilità soltanto guai e seccature. Perciò aveva risolto di parlarne a Sikes, la cui assoluta mancanza di scrupoli, unita ad una profonda conoscenza delle peggiori compagnie di Londra e dintorni, garantiva un sicuro profitto da quell'improvvisa e imprevista situazione.

Quattro tra i ragazzi più anziani e robusti della banda lo precedevano lungo le anguste scale che portavano al sottotetto.

«Dovrebbero essere svegli» disse Fagin. «Non fatevi sorprendere. Probabilmente tenteranno di divincolarsi e fuggire.»

«Oppure avranno una tale paura addosso che se ne staranno in un angolino a piangere, come bambine a cui hanno tirato le trecce!» ghignò Mastro Dawkins dal piano di sotto.

«In ogni caso, tenetevi pronti. Non voglio guai

con il signor Sikes. Sapete bene di cos'è capace quel diavolo dell'inferno!»

I quattro ragazzi si disposero ai lati della porta e attesero che Fagin facesse scattare i chiavistelli.

«Al mio tre precipitatevi dentro, afferrateli e teneteli stretti!» ordinò il vecchio. «Uno, due... tre!»

La porta si spalancò e i quattro fecero irruzione nella stanzetta rotolando come massi scagliati da un dirupo, cozzando l'uno contro l'altro, rimbalzando e finendo lunghi distesi sul pavimento.

«Razza di idioti!» ringhiò Fagin, furente. «Alzatevi, svelti, e pigliateli!»

Ma non appena i quattro ragazzi furono di nuovo in piedi, pronti a dare battaglia, si accorsero che nella stanza, a parte loro stessi e il vecchio, non c'era anima viva.

«Com'è possibile?» urlò Fagin, con gli occhi fuori dalle orbite per la sorpresa. «Cercate! Cercate!»

I ragazzi presero a sollevare con furia cieca i giacigli di paglia, lo sgabello e i pochi stracci lasciati a marcire sul pavimento, come se i due reclusi avessero avuto la facoltà di rimpicciolirsi o di mimetizzarsi a guisa di insetti.

«Non possono essere scomparsi!» esclamò Fagin. «Controllate la finestra!»

Venne controllata la finestra, ma l'asse era inchiodata al suo posto e la cornice ben fissata al muro.

«Controllate la porta!» ordinò Fagin, con la voce resa acuta dalla rabbia.

Venne controllata la porta, ma, come la finestra, non mostrava segno d'esser stata forzata o in alcun modo manomessa.

Il vecchio si guardò intorno ancora una, due, tre, quattro volte, lasciando che gli occhi furenti indugiassero sulle superfici, sulle fessure, sul pavimento, e ancora sulla porta e sulla finestra. Ma alla fine fu costretto a reprimere una bestemmia e, appicchiato con rabbia un pugno contro la parete, abbandonò la stanza.

«Uscite!» disse quando fu sulle scale. «Vi voglio tutti per la strada. Passate parola. Dovete battere a tappeto tutta la città, se necessario! Voglio quelle due pesti insolenti entro stanotte!»

Tutti i ragazzi si mobilitarono, e nel volgere di pochi secondi Fagin rimase solo. La sua collera era tremenda e gli faceva battere il cuore al tempo di una marcetta. Alzò un'ultima volta lo sguardo verso il soffitto sopra il quale si trovava la stanza da cui erano misteriosamente fuggiti i due ragazzi, e imprecò. Quindi infilò la zimarra di fustagno e si gettò anch'egli per le strade di Londra.

«Pensi che si possa uscire, ora?» disse Calum con un filo di voce. «Pare che abbia funzionato...»

David Pip non rispose. Tratteneva il respiro per cogliere ogni minimo rumore. Ma era ormai da quasi mezz'ora che non udiva alcun suono, eccetto quelli che provenivano dalla strada.

«Non possiamo correre il minimo rischio» disse infine. «Se ci prendono, come minimo ci fanno secchi!»

Calum rabbrividì. «Che tipo, quel Sikes! Non vorrei trovarmelo davanti in una strada buia per nulla al mondo...»

«Io nemmeno in una strada bene illuminata! Forza, proviamo a scendere!»

Se proprio non puoi sfuggire al tuo nemico, lasciagli credere di averlo fatto. Una volta constatata l'impossibilità di evadere da quella stanza, David aveva deciso di ingannare i suoi nemici facendo loro credere, per l'appunto, di esserci in qualche modo riuscito. E se il signor Fagin avesse solo per un istante considerato la famosa frase di Sherlock Holmes – *Eliminato l'impossibile, tutto ciò che resta, per quanto improbabile, è la verità* – anziché lanciarsi in una frenetica ricerca avrebbe ragionato sul fatto che se nessuna via di fuga era stata aperta, l'unica possibile spiegazione a quel mistero era che i ragazzi fossero ancora nella camera. E se si fosse preso la briga di controllare pollice per pollice l'intero perimetro, avrebbe presto scovato, rannicchiate e tremanti nell'intercapedine del tetto, le sue piccole vittime.

Ma la deduzione e la logica, com'è noto, richiedono costanza e applicazione, e non sono alla portata di tutti. Per questo, e per altri motivi che vedremo in seguito, David Pip si riteneva, a ragione o a torto, il figlio di Sherlock Holmes.

I due amici si calarono dal soffitto sollevando la trave che prima aveva permesso loro di nascondersi e si affacciarono cautamente alla porta che dava sulle scale.

«Non sento rumori» bisbigliò David, che si trovava davanti. «Procediamo.»

Scesero badando a non far scricchiolare i gradini. Ma nonostante l'accortezza e la leggerezza dei loro passi, in un paio di occasioni il legno gemette sotto le loro scarpe, facendoli bloccare lì dove stavano, con il cuore in tumulto e il respiro impigliato in gola.

Alla fine raggiunsero la sala dove quella stessa mattina avevano pranzato in compagnia del vecchio aguzzino e dei suoi ragazzi. La trovarono deserta, naturalmente. Tuttavia si presentò loro un nuovo problema. Ricordavano bene, infatti, l'uomo che aveva aperto la porta dopo che Mastro Dawkins aveva bussato. C'era da aspettarsi che quell'uomo non avesse per nulla lasciato il suo posto e che fosse sempre lì, appena al di là della porta, non aspettando altro che di poter fare bella figura vantando la cattura dei due bocconcini (come li aveva definiti lo stesso Fagin).

«Non possiamo passare dall'ingresso» disse David. «Se ben ricordo, l'uomo che ci ha aperto era grosso quanto un bue!»

Calum annuì. «Cosa proponi?»

«Potremmo provare a colpirlo... magari con quella padella.»

«E se non cade? E se ha la testa più dura del mogano?»

David prese a girovagare per la stanza con le mani nelle tasche dei pantaloni, pensieroso.

«Tanta fatica per nulla» brontolò Calum. «Siamo ancora in trappola. Senza contare che tra poco torneranno Fagin e i suoi scagnozzi! Faranno polpette di noi!»

«Piantala di mugugnare, Watson, e metti in moto il cervello» lo riprese David.

«La fai facile, tu... Metti in moto il cervello, dice...»

«Guarda un po' se dal buco della serratura riesci a vedere che cosa fa l'uomo alla porta. Pensi di esserne capace?»

«Certo che ne sono capace» replicò Calum, stizzito. E fece come gli aveva detto l'amico. Si chinò in avanti, come uno che si prepara a ricevere un calcio nel sedere, e appoggiò l'occhio sinistro al buco della serratura.

«Lo vedo» disse senza voltarsi. «Sembra che

dorma... Forse, se aprissimo piano la porta e poi attraversassimo il corridoio senza fare rumore, e poi facessimo scorrere il chiavistello, sempre senza far rumore, e infine aprissimo la porta, senza farla cigolare s'intende, allora... forse... Che ne dici David?... David?»

Calum si voltò e scoprì con sua grande sorpresa che David era sparito.

Sikes camminava senza fretta, trascinandosi dietro il ronzino donatogli da Fagin. Il suo cane bianco, Occhiodibove, girava e rigirava tra le zampe dell'animale, ringhiando e schivando calci e zoccoli.

«Stupida bestia!» lo rimbrottò Sikes. «Fatti spaccare con uno zoccolo quella testaccia che ti ritrovi sul collo, così la facciamo finita una volta per tutte!»

Non è dato sapere perché il signor Sikes detestasse in tal modo il suo cane. In realtà il signor Sikes detestava pressoché chiunque: uomini, animali e vegetali in pari misura. Doveva essergli capitato qualcosa da bambino, qualcosa di decisamente brutto. Comunque la storia non parla di Sikes, sicché procediamo senza divagare oltre.

«Quando torno da Fagin lo prendo per il collo, quel vecchio taccagno! Chiamare cavallo quest'ammasso di ossa e zoccoli! Proprio un bel regalo mi ha fatto! Ah, ma lo sistemo io, quel maledetto d'un Fagin, lo sistemo una volta per tutte...»

Il mercato del bestiame di Smithfield era probabilmente il luogo più caotico e maleodorante di tutti i luoghi caotici e maleodoranti dell'intera Londra. Una calca indistinta di uomini e animali dalla quale si levavano versi impossibili da attribuire agli uni o agli altri; un miscuglio di effluvi nauseabondi che i contadini, i pastori, i macellai, gli scannatori, gli intrallazzatori e tutti i vagabondi, ladri e ruffiani che vi gravitavano intorno parevano non avvertire.

Sikes apparteneva a quella risma. Allungando spintoni e imprecazioni, raggiunse un recinto nel quale un tipo alto e magro come un palo per le impiccagioni distribuiva calci e manate ad alcune vacche indisciplinate.

«Ehi, Crackit!» lo chiamò Sikes. «Vieni qui!»

«Che c'è? Non lo vedi che ho da fare?»

«Devi comprarmi questo cavallo.»

«Lo chiami cavallo? A me pare piuttosto un asino in punto di morte!»

«Non fare lo spiritoso, Crackit, o sarò costretto a rammentarmi di quella volta che hai cercato di imbrogliarmi...»

«Sikes, amico! Il passato è passato...»

«Già, e il futuro è che tu acquisterai questo cavallo. Mi sono spiegato?»

Crackit sbuffò. Quindi scrollando il capo disse: «Cinque ghinee, non una di più.»

«Dieci e ti cancello dalla mia lista nera.»

«Quale lista nera?»

«Quella aperta dal tuo nome.»

«E sia. Qua la mano.»

Anziché la mano, Sikes gli passò le redini del ronzino, e dopo aver incassato le sue dieci ghinee si confuse tra la folla senza aggiungere una parola.

«David?» Calum prese a girare per la stanza sussurrando il nome dell'amico scomparso. «Se questo è uno scherzo, David Pip, sappi che è di cattivo gusto!... David?... David?»

Aprì un baule che conteneva vestiti e fazzoletti, poi una credenza piena di piatti e cibo già in parte avariato. Guardò sotto il tavolo e le panche, sotto gli sgabelli e perfino dietro il vecchio divano consunto nell'angolo. Quindi risalì le scale, ma neppure nella stanza che li aveva ospitati trovò David. Ritornò di sotto sentendosi le gambe molli per la paura e qualcosa di invisibile che gli serrava la gola. Fagin e i suoi ragazzi sarebbero potuti rientrare da un momento all'altro e David non aveva di meglio da fare che questi stupidi giochetti da illusionista!

«David, dove sei?» Gli tremò la voce, e ne fu spaventato.

Il camino era spento. Gli venne in mente che David avesse potuto cercare una via di salvezza attraverso la canna fumaria... Oh, Cielo! pensò. Magari era rimasto incastrato e rischiava di soffocare!

Calum si precipitò al focolare, e nonostante le braci ancora calde emanassero vampe insopportabili, s'introdusse con spirito di abnegazione nella canna, spingendosi fino a dove gli riuscì.

«David!» chiamò. Ma non ottenne risposta. Né gli pareva di vedere un corpo incastrato.

Fu sollevato a quella scoperta, ma il problema restava: dov'era finito David?

Dalla strada giungevano strida e urla, e Calum, tutto fuligginoso, si affacciò cautamente alla finestra.

Vide una piccola folla radunata nell'angusto vicolo sotto la casa. Guardavano in su, verso di lui. Com'era possibile? Si ritrasse fulmineo e rimase immobile, incapace di fare un solo passo o prendere una decisione. Che cosa sarebbe accaduto? si chiese. Perché quelle persone ce l'avevano con lui? Erano dunque tutti amici fidati di Fagin?

Si aspettava che da un istante all'altro l'uomo alla porta, richiamato dalle urla, entrasse nella stanza smascherando il loro tentativo di fuga. Calum si augurò soltanto che la sua fine non fosse cruenta: detestava il dolore fisico.

Ma anziché udire i passi dell'uomo di guardia lungo il corridoio e la porta aprirsi e la sua voce dire "Maledetto ficcanaso! Quando ti prendo, ti farò MOLTO male!", Calum sentì dei colpetti lievi, come il ticchettio della pioggia sui vetri o il picchiettio di un colombo sul cornicione o il tamburellio di dita nervose su una scrivania e... Erano dita, quelle che scorgeva al di là della finestra? Dita in carne ed ossa?

Sollevò l'infisso e riconobbe alcune di quelle dita: appartenevano alla mano del suo amico Pip. Che cosa ci facevano le sue dita appese fuori dalla finestra?

«Svelto, Watson, aiutami!»

Non c'erano solo le dita di David lì fuori, giacché quella era indiscutibilmente la sua voce.

Calum guardò in basso. Ecco con chi ce l'aveva quella marmaglia giù in strada! David stava appeso al davanzale, dondolandosi nel vuoto a quasi venti piedi d'altezza.

«Che ci fai lì?» chiese, esterrefatto.

«Sono scivolato» spiegò David, mentre la gente nel vicolo gli gridava di buttarsi giù, che ci avrebbero pensato loro a prenderlo e che avrebbero avuto cura di lui (e a giudicare dalle espressioni bieche e dalle risate sguaiate non era difficile immaginare che tipo di cure gli avrebbero riservato).

«Dobbiamo raggiungere l'edificio dall'altra parte

del vicolo» aggiunse, issandosi a fatica sul davanzale. «È la nostra unica possibilità.» Valutò con lo sguardo la distanza tra i piedi e il palazzo di fronte, una mezza dozzina di braccia circa. «Quelle persone tra poco busseranno alla porta per dire che ci sono dei ragazzi sul cornicione. A quel punto...»

A quel punto si udì uno schianto e l'omone grande e grosso che stava di guardia all'ingresso della casa di Fagin caracollò tutto agitato dentro la stanza.

«Ehi! Voi!» balbettò l'uomo. «Che fate?»

«Watson, seguimi!» gridò David lanciandosi nel vuoto.

La gente, dabbasso, fece *Ooohhh!*

Calum guardò con occhi sbarrati il volo di David, il quale, anziché spiaccicarsi sul selciato o finire tra le braccia tutt'altro che raccomandabili di qualche losco individuo, precipitò dentro una finestra aperta nell'edificio dirimpetto.

«Maledetto ficcanaso!» latrò l'uomo nella stanza. «Adesso io...»

Ma Calum Traddles non attese di scoprire se quel tizio avrebbe detto le stesse parole che lui solo pochi istanti prima aveva immaginato di sentirgli dire. Chiuse gli occhi e, preso lo slancio, saltò anch'egli dall'altra parte del vicolo.

Sentì soltanto la piccola folla radunata sotto di lui esclamare di nuovo *Ooohhh!*

*

Tanto per cambiare Harry era sbronzo. Le sue giornate trascorrevano così, tra bevute e pause dedicate alla ricerca spasmodica dei quattrini necessari ad acquistare altro liquore.

Non fece particolare caso, dunque, ai due ragazzini che gli piombarono all'improvviso nella camera da letto, poiché attribuì l'episodio alla sua estrosa fantasia alcolica. Si limitò a strizzare loro un occhio e a girarsi su un fianco, visto che l'altro gli doleva per via di una maledetta sciatica.

«Vogliate perdonare la nostra intrusione, signore» si scusò David, come al solito attento all'etichetta. «Sarebbe così gentile da indicarci l'uscita?»

E si ritrovarono per la strada, per fortuna non sul vicolo, ma sulla via principale, Clerkenwell Road.

«Da che parte si va per Baker Street?» si domandò David guardandosi freneticamente intorno.

«Non lo so!» gli rispose Calum. «Per il momento direi di squagliarcela il più in fretta possibile!»

«Sono d'accordo, ma da che parte?»

Il guardiano di casa Fagin arrivò caricando come un rinoceronte imbufalito al quale hanno appena spuntato l'unico corno.

«Da quella!» gridò Calum, indicando la direzione opposta.

Hans Pfaal, dopo aver indirizzato la propria navicella aerostatica verso cieli più sicuri (ricordate l'episodio della gattina Rubens?), pensò bene di tornare, una volta passata la tempesta, dalle parti di Londra, poiché gli seccava non essere riuscito a vedere, nemmeno dall'alto, la famosa Torre. Così, mentre i nostri due ragazzi fuggivano per i vicoli della città, egli bordeggiava il sinuoso corso del Tamigi, ignaro di quanto andava capitando poco più in basso.

Come accade spesso agli argonauti (e non solo), gli venne d'improvviso una gran fame e decise di concedersi uno spuntino a base di pane e prosciutto. Il signor Pfaal era un tipo molto ben organizzato e la sua navicella, di conseguenza, era una navicella molto ben organizzata. Ogni cosa era sistemata con cura al suo posto poiché lo spazio, in un pallone aerostatico, è una cosa scarsa quanto l'acqua nel deserto. Ed altrettanto preziosa.

Così Hans Pfaal fece apparire, al pari di un abile prestigiatore, un tavolino, un coltello, una pagnotta e un prosciutto di maiale da quindici libbre. Mentre era concentrato ad affettare quest'ultimo, un gabbiano passò a volo radente e ne afferrò col becco una fetta, spaventando il povero Hans tanto da fargli scivolare il prosciutto giù dalla navicella.

Così, dopo la gattina Rubens, anche il prosciutto di maiale da quindici libbre Bruegel (che volete farci? Hans Pfaal era solito dare un nome ad ogni cosa si trovasse a bordo del suo pallone) precipitò inesorabilmente verso terra, raccomandando la propria anima al creatore dei prosciutti in una discesa che sembrava non dover avere mai fine. Povero prosciutto Bruegel: aveva visto tante e tali cose e non le avrebbe mai potute raccontare a nessuno (sempre ammesso che qualcuno fosse mai riuscito ad interpretare i suoi lagnosi... versi da prosciutto).

La fine del povero Bruegel, dunque, si avvicinava rapida, iarda dopo iarda, inesorabile; una fine a dir poco orribile. E che dire dell'ancor più disgraziato Hans Pfaal, privato di un tale tesoro e costretto, in alternativa, a masticare con stizza striscioline di carne secca e acciughe sott'olio?

«Vi prendo! Vi prendo!» urlava l'uomo che solitamente faceva la guardia alla casa del vecchio Fagin. «E quando vi prendo vi faccio male, vi faccio TANTO male!»

La gente si scostava al suo passaggio e rideva nel vedere quei due ragazzini rincorsi da un tale pezzo d'uomo, furente e schiumante bava come un cane arrabbiato.

«Di qua! Di qua!» diceva ogni tanto Calum,

svoltando all'improvviso per un vicolo, un passaggio, uno slargo, nella speranza di seminare il loro inseguitore.

«Di là! Di là!» faceva a sua volta David, animato dallo stesso desiderio.

Ma quello era sempre dietro di loro, e anzi, sembrava guadagnar terreno.

«Fate largo! Fate largo!» gridava, scalzando dalla strada uomini e donne e ragazzini come birilli. «Via! Via! Levatevi di torno!»

Finché ad un certo punto non lo si sentì più. E quando David e Calum osarono volgere lo sguardo all'indietro, senza cessare di correre, si avvidero che l'uomo giaceva lungo disteso, con un folto capannello di gente intorno.

«Che gli è successo?» domandò Calum, rallentando incuriosito.

«Non m'importa, Watson! Corri!»

«Che cosa gli è cascato sulla testa?» stava chiedendo uno dei numerosi passanti radunati attorno all'uomo che solitamente faceva la guardia alla casa di Fagin, e che probabilmente non l'avrebbe fatta più per un bel pezzo.

«Non si sa» rispose un secondo passante. «Sembrerebbe un... No! Non è possibile!»

«Davvero! Sembra un...»

«Ma è impossibile! Che ci farebbe un... su nel cielo?»

«Nel cielo, dite?» intervenne un terzo.

«Proprio così! Gli è caduto sulla testa dall'alto!» dichiarò un quarto.

«È un segno divino!» sancì un quinto.

«Non scomodate chi non va scomodato!»

«E come lo si può spiegare altrimenti?»

«Già, come lo si può spiegare?»

«Un... se non lo vedessi coi miei occhi, io... io... non ci crederei mai! Nossignore!»

«Mai.»

«Mai! Neanche in un milione di anni!»

«Un...»

«E chi se lo prende, ora?»

«Prenderselo? E perché?»

«Non vorrete che tutto quel... vada sprecato?»

«Ma... e se fosse davvero un segno divino?»

«E allora? Gesù Cristo non ha forse moltiplicato pani e pesci e ne ha fatto dono alla sua gente?»

«Dite che sia un dono? Un dono del... Oh, Madre Santa!»

«Io dico che appartiene a chi lo trova!»

«Ovvero a tutti noi!»

«Per l'appunto! Sicché, dal momento che ho giusto un coltello che m'avanza nelle braghe, direi di farne delle belle fette!»

«Sì, fette per tutti!»

«Fette per tutti!»

«E lui?»

«Lui chi?»

«Lui!»

«Quello che sta sotto il... Che ne facciamo?»

«Ha avuto quello che si meritava! Gridare e correre e sgomitare a quel modo! Non è cosa!»

«No, non è cosa!»

«Quindi lo lasciamo lì?»

«Se vuoi portartelo a casa, libero di farlo!»

«Allora, chi le vuole, queste morbide fettine?»

«Io!»

«Io!»

«Anch'io!»

«A me!»

Giunsero finalmente in una piazza e lì si fermarono a riprendere fiato.

«Non so cosa diavolo sia successo, ma è stato un miracolo!» disse Calum, ansimando per lo sforzo. «Quel tipo ci aveva quasi preso!» Teneva una mano sul fianco sinistro, dove gli pareva d'aver infisso un ferro rovente.

«Già. L'abbiamo scampata per un soffio...»

«Ho idea che Londra cominci ad essere troppo piccola per noi. Fagin e i suoi scagnozzi non tarderanno a trovarci.»

«È da vedere. In ogni caso non lasceremo la città prima di essere stati a Baker Street. Questo è quanto.»

Come già detto, Watson Calum Traddles conosceva fin troppo bene la risolutezza dell'amico, e nulla avrebbe potuto distoglierlo dal proposito che si era prefisso. Tuttavia c'era un'altra questione che premeva a Calum.

«E che cosa facciamo con il cavallo?»

«Il cavallo? Non è più affar nostro. A quest'ora starà già per essere tagliato a fettine.»

«David Pip! Come puoi essere tanto crudele e cinico e senza cuore e...»

«D'accordo, ho afferrato il concetto. Non sono affatto crudele, amico mio, né cinico. In quanto al cuore, se non l'avessi non sarei qui ad ansimare a correre e a parlare con te! Tu confondi il cinismo con lo spirito pratico.»

«Non permetterò che facciano bistecche del cavallo che ci ha portato sin qui. L'hai detto tu stesso!»

«Watson, ragiona. Non sappiamo dove l'hanno portato, né se è ancora vivo...»

«È al mercato del bestiame di Smithfield. Ricordi? L'ha detto Fagin...»

«E tu rammenta che il cappio intorno al nostro collo si stringe sempre più ogni minuto che passa. Dobbiamo raggiungere Baker Street, questa è la vera cosa importante da fare.»

Calum se ne stava a braccia conserte e broncio in resta, fermo piantato dove si trovava.

«Non hai intenzione di muoverti, vero?» domandò David.

La testa di Calum Traddles si mosse da destra a sinistra e viceversa.

«Rischieresti la tua stessa vita per uno stupido ronzino?»

«Io non me ne vado senza di lui.»

Come già detto, Calum in genere si guardava bene dal contraddire David Pip. Tuttavia l'amore per gli animali e in particolare il debito di gratitudine che sentiva di dovere in cuor suo a quel cavallo lo condussero su un terreno nel quale non si era mai avventurato prima: il disaccordo.

David se ne avvide, e poiché non solo era intelligente, sicuro di sé ed estremamente deduttivo, ma voleva bene all'amico come ad un fratello con il quale si sono condivise le fasce, inspirò a fondo, chiuse gli occhi ed esclamò:

«Al diavolo lo spirito pratico! Coraggio, andiamo a prendere questo dannato ronzino!»

Raggiunsero il mercato di Smithfield come due ladri inseguiti dalla polizia, rasentando i muri, sbirciando dagli angoli, evitando i vicoli più oscuri e le piazze troppo grandi, il bavero delle giacche tirato sul viso e i cappelli calcati fin sopra gli occhi.

«Stiamo rischiando la vita» brontolava David ad ogni piè sospinto «per un cavallo che forse è già appeso ad un gancio!»

L'odore del bestiame e le grida degli uomini e degli animali li colpirono all'improvviso e con violenza, costringendoli a fermarsi.

«Come faremo a trovarlo, in mezzo a tutta questa confusione?» fece David.

«Che cosa suggerisce il tuo metodo deduttivo?» lo pungolò Calum.

«Il mio metodo deduttivo suggerisce di andare di filato in Baker Street!»

«Ho trovato! Seguimi!»

«Cosa vuoi fare?»

Calum raggiunse l'angolo di uno degli edifici che davano sulla piazza.

«Dammi una mano ad arrampicarmi!» disse.

«Arrampicarti?»

«Su questa grondaia! Dall'alto avrò una visuale migliore!»

David Pip lo guardò per un istante come se non lo conoscesse. Era una buona idea, si disse. Anzi, era un'ottima idea. La cosa curiosa era che fosse scaturita proprio dalla mente dell'amico.

Calum salì per circa dieci piedi, quindi, reggendosi con un braccio alla grondaia nella sbiadita imitazione di un marinaio in attesa di avvistare la terraferma, si mise a scrutare la calca sottostante, un vermicaio indefinito di uomini e bestie.

«Spicciati!» gli urlava da sotto David. «Lassù sei un facile bersaglio!»

«Eccolo!» esclamò d'un tratto Calum, sul punto di precipitare a terra per l'eccitazione. «È ancora vivo!»

«Sei sicuro che sia lui?»

«Lo riconoscerei tra mille!»

«Be', qui ce ne saranno duemila!...»

«Ti dico che è lui! E non è distante.»

«Va bene. Ora scendi!»

Crackit non era una mente eccelsa ma nemmeno un babbeo, per cui non ci mise molto a capire le intenzioni dei due giovinetti che gironzolavano con malcelato disinteresse attorno al ronzino vendutogli da quella carogna di Sikes. Così fece finta di nulla, controllando di tanto in tanto le loro mosse con la coda dell'occhio, finché, al momento giusto, li colse con le mani nel sacco (o, per meglio dire, sulle redini).

«Credevate di fregare il vecchio Crackit, eh?» abbaiò, mostrando una bocca affollata di denti rotti e marciti. «Vi insegno io a mettere le vostre sporche mani sulle proprietà altrui!» E detto questo estrasse dalla cintura una squarcina da conciapelli.

Calum riuscì a divincolarsi, ma David fu afferrato per un braccio.

«Lasciatemi!» prese a gridare, scalciando e contorcendosi come una serpe nel sacco. «Quel cavallo ci è stato rubato! Appartiene a noi!»

«Appartiene a me, ora! E anche tu, maledetto ladruncolo, ora appartieni a me!»

«Che succede?» intervenne un poliziotto.

Crackit, che come detto non era per nulla un babbeo e preferiva di gran lunga che i suoi affari e le forze dell'ordine non si incrociassero mai, cercò di raggirare l'agente minimizzando l'accaduto.

«Nulla, signore! Si stava giocando! Questo, vedete, è il mio fratellino... Sto insegnandogli ad usare il coltello per scuoiare gli animali...»

Il poliziotto lo guardò in cagnesco. «Ti conosco fin troppo bene, Crackit, per non sapere che tua madre dopo averti messo al mondo ha deciso di non ripetere mai più un errore del genere! Tu non hai fratelli.»

«Non credetegli!» intervenne David. «Mi ha rubato il cavallo e ora vuole farne bistecche! Io non ho mai visto prima quest'uomo!»

«Taci!» ringhiò Crackit.

«Non ci vedo chiaro...» disse l'agente.

«Che dite? A me pare tutto chiarissimo!»

«È vostro dovere arrestare quest'uomo!» lo esortò David.

«Perché?»

«Per il furto del mio cavallo!»

«Questo cavallo è mio, l'ho regolarmente pagato!» strillò Crackit.

«Davvero? Saresti dunque così gentile da mostrarmene una prova?» chiese l'agente.

Crackit lo guardò sbigottito. «Una prova?»

«In tal caso il cavallo viene via con me. E il ragazzino pure.»

«Cosa?»

«Sarà il giudice a stabilire di chi è il cavallo e se questo è o non è un ladruncolo!»

«Ma...»

«Torna alle tue bestie, Crackit. Il giudice ti manderà a chiamare.»

Il poliziotto agguantò le redini del cavallo con la destra e il polso di David con la sinistra e si avviò al commissariato, scortato dai commenti della gente che aveva assistito alla scena.

«Chiedo di conferire immediatamente con l'ispettore Lestrade!» furono le prime parole di David Pip non appena ebbe messo piede al commissariato di Scotland Yard.

«Tu cosa? Tappati la bocca, birbante, prima che te la tappi io con le cattive!» fu la risposta che ottenne dal poliziotto che l'accompagnava.

«Voi non capite. Io *devo* parlare con l'ispettore Lestrade!»

«L'ispettore Lestrade è fuori città!»

«Allora fatemi parlare con il giudice!»

«Il giudice non arriverà prima di domattina.»

«Tutto questo è un grande, grandissimo equivoco!»

«Certo, certo. Ora vedi di darti una calmata.» Detto questo, aprì una minuscola cella e vi sospinse dentro il ragazzo senza tanti complimenti.

«State commettendo un errore madornale! Mio padre è Sherlock Holmes!» gridò David, afferrando le sbarre della cella.

L'agente tornò sui propri passi. «Come hai detto?»

«Mio padre è Sherlock Holmes» ripeté David Pip con aria di sfida. Non era previsto che svelasse la propria identità, ma se non voleva restare chiuso in quella cella troppo a lungo, rischiando di vedersi rispedito a Montague Hall, non aveva altra scelta. «Ed ora fatemi parlare immediatamente con un vostro superiore!» intimò.

«Che mi venga un accidente!» esclamò il poliziotto grattandosi la testa. «Potevi dirlo subito che eri il figlio di Sherlock Holmes!»

David Pip sorrise soddisfatto.

«Già... Se lo avessi saputo... Mi sarei fatto delle belle risate anche lungo la strada! Ah! Ah! Ah! Il figlio di Sherlock! Ah, ah! Questa non l'avevo ancora sentita!» E mentre i suoi passi si affievolivano lungo il corridoio, le sue risa di scherno riecheggiarono, ingigantendosi.

Ecco dove portano le geniali pensate di Calum Traddles, pensò David, mettendosi a sedere sulla scomodissima panca di legno che sarebbe stata il suo letto per chissà quante notti a venire. Se non fosse stato per quel maledetto ronzino...

Rimase a rimuginare per un bel pezzo, ammaccandosi la schiena e le natiche, ed era quasi sul punto di assopirsi, vinto dalla stanchezza e dall'incredibile succedersi di tanti e tali avvenimenti, quando gli parve che ci fosse qualcuno ad osservarlo dalla feritoia.

«Chi c'è?» domandò, alzandosi a sedere.

«Spero di non averti svegliato» rispose una voce ch'era in realtà poco più di un sussurro.

David guardò meglio. L'oscurità era quasi totale e l'unica luce che filtrava nella cella era quella dei fanali a gas in strada. Al di là dell'inferriata, volute di fumo azzurre danzavano come eterei spettri incorniciando l'ombra di un volto, sopra il quale posava un copricapo di panno pesante ad ampie falde circolari.

«Chi siete?»

La brace contenuta nel fornello di una pipa guizzò, rossa nel buio, simile all'unico occhio di un demone.

«Chi sono io non ha importanza» rispose la voce, cupa e arrochita dal fumo. «Quello che importa è chi sei tu. Perché vai dicendo di essere il figlio di Sherlock Holmes?»

«Perché è la verità.»

«E chi lo dice?»

«Lo dico io.»

«Temo per te che non sia sufficiente.»

«Gli somiglio, e ho connaturata nel mio cervello la predisposizione al metodo deduttivo.»

«Che stai dicendo, ladruncolo?»

«Voi non siete un poliziotto, altrimenti mi avreste interrogato nel vostro ufficio; non portate la divisa e non volete che vi si veda in volto. Però avete il potere di entrare a Scotland Yard e restarvene indisturbato a parlare attraverso la feritoia di una cella fumando la vostra pipa. Naturalmente non siete un detenuto, ma nemmeno un politico o un giudice, poiché nessuno dei due avrebbe interesse a parlare con un ragazzino sconosciuto nel cuore della notte. Dico bene?»

«Non te la stai cavando male, ragazzo. Continua.»

«Penso di poter dire con una certa veridicità che nutrite un interesse speciale per Sherlock Holmes. Infatti, non appena mi avete udito sostenere d'essere suo figlio, siete ricorso ai vostri oscuri e potenti mezzi per potermi incontrare da solo. Dunque chi siete?»

«Sei un ragazzo singolare...»

«Perché siete qui?»

L'uomo soffiò una boccata di fumo che, come dita protese, raggiunse e accarezzò il viso di David Pip.

«Per vederti.»

«Be', mi avete visto.»

La bocca dell'uomo si stirò in un ghigno. «Sono poche le persone che riescono a farmi ridere.»

«Quello voi lo chiamate ridere? Ho idea che vi serva qualche lezione di ripasso!»

«So alcune cose di te.»

«Davvero?»

«So che sei evaso da Montague Hall.»

«Vorrei vedere voi! Chiunque lo avrebbe fatto.»

«Sei fuggito per cercare tuo padre, o colui che tu reputi tuo padre, giusto?»

«Può darsi... Perché non vi mostrate in volto?»

«Le mie sembianze hanno la stessa importanza del mio nome, ossia nessuna. Lascia invece che ti ragguagli sul tuo presunto padre. Holmes è morto.»

«Non è morto, è scomparso.»

«E tu cosa ne puoi sapere?»

«A Reichenbach non hanno ancora ritrovato il corpo...»

«Reichenbach? Come sai di Reichenbach, tu?»

«So leggere. E voi, che ne sapete voi? Perché la vostra pipa ha sussultato?»

«Bada, ragazzo, che a scherzare col fuoco ci si brucia il pelo.»

«Non ho paura di un po' di pelo bruciacchiato, io!»

«E fai male. La mancanza di timore è degli sciocchi sprovveduti. L'uomo *deve* avere paura, è ciò che lo fa sopravvivere.»

«Ad esempio... dovrei aver paura di voi?»

«Buona fortuna, ragazzo» disse l'uomo avvolto nel fumo. «Ne avrai bisogno.»

«Ditemi chi siete» domandò David.

Ma di lui non era rimasto che l'aroma di tabacco e qualche spira azzurrastra.

3. Elementare, Watson!

Quando Calum Traddles lesse sul cartello all'angolo della via

BAKER STREET

quasi svenne per l'emozione. Ce l'aveva fatta!

Dopo l'arresto dell'amico aveva riflettuto a lungo sul da farsi. Doveva consegnarsi a sua volta, oppure era più saggio tentare di raggiungere Baker Street e da lì mettere in atto un piano per liberare David? Alla fine aveva optato per la seconda ipotesi e, guardandosi di continuo le spalle, tra mille difficoltà e pericoli, era riuscito ad arrivare sano e salvo a destinazione.

Baker Street era una strada molto ampia e trafficata, che attraversava un quartiere elegante della città. A quell'ora della sera vi erano numerose carrozze e uomini che rientravano dal lavoro, donne che si affrettavano per gli ultimi acquisti e bottegai che iniziavano a serrare le loro attività. I pub e i ristoranti si susseguivano da un lato all'altro della via, sfavillanti di luci e di suoni e di allegria: vi entravano eleganti signori con cilindro e guanti bianchi e dame adorne di gioielli luccicanti, con le spalle incorniciate da mantelle di pelliccia.

Calum giunse di fronte al numero 221 B e lì si fermò.

Quante volte aveva sentito ripetere da David Pip quell'indirizzo: 221 B, Baker Street. Gli sembrò quasi di essere arrivato a casa, anche se in realtà quella di fronte a lui era la residenza di Sherlock Holmes, condivisa per un lungo periodo con l'amico e compagno di mille avventure Watson (quello vero!). Ora che Holmes era scomparso, vi rimaneva solo il dottor Watson, o almeno questa era la speranza che aveva accompagnato i due ragazzi per tutto il viaggio.

Così Calum Traddles, il cuore in tumulto per la grande emozione, si fece coraggio e bussò al portone della casa.

«Se sei un ladro t'avverto che qui caschi male» gli disse la donna che venne ad aprirgli, piccola di statura e rotonda nelle forme, con i capelli raccolti in cima alla testa. «Se invece vuoi vendere qualcosa, caschi altrettanto male. Non mi piacciono i perdigiorno né i bugiardi.»

«Cerco il dottor Watson» disse Calum.

La donna lo guardò attentamente. Quindi gli fece cenno di entrare.

«Aspetta qui» disse.

Salì una stretta rampa di scale e bussò ad una porta.

«Dottor Watson» Calum sentì che diceva. «Un ragazzino sporco che puzza di stallatico chiede di voi.»

«Un ragazzino che... Grazie, signora Hudson. Fatelo accomodare.»

«Puoi salire» disse la signora Hudson quando tornò di sotto. «Ma prima togliti quelle scarpe sudice. Mi sono spiegata?»

Calum non stette a discutere. Si tolse le scarpe e vergognandosi dei propri calzini bucati salì di corsa le scale.

«Non far caso alla signora Hudson!» lo rassicurò il dottor Watson non appena Calum ebbe messo il naso oltre la soglia. «Abbaia ma non morde!»

«Sono Calum Traddles, signore» si presentò il ragazzo.

«Molto piacere, signor Traddles. Io sono...»

«So bene chi siete, signore. Ed è un onore potervi stringere la mano.»

Watson ridacchiò sotto i folti baffoni grigi. Indossava una veste da camera a quadri sotto la quale spiccava un'elegante cravatta di lana rossa fissata da un fermaglio d'oro.

«Siediti, Calum» disse. Poi, notando che gli occhi del giovane indugiavano sul suo fermacravatta, aggiunse: «Stai guardando questo? È un ricordo del periodo in cui servii Sua Maestà come medico militare. Afghanistan, Quinto Corpo Fucilieri del Northumberland... Venni ferito ad un braccio mentre mi trovavo a Mainwand... Una gran brutta storia, veramente brutta. Fummo attaccati dai ribelli durante l'attraversamento di un passo. Un'imboscata in piena regola, all'entrata di una stretta gola... Ma torniamo a noi. Dunque, mio giovane amico, a cosa debbo il piacere di questa visita?»

«Ecco, vedete... Non è facile da spiegare... Ci vorrebbe il mio amico David...»

«David?»

«David Pip. Vi dice niente questo nome?»

«Dovrebbe?»

«Vedete, il mio amico David Pip... lui dice che... che...»

«Ebbene, che dice questo tuo amico?»

«Lui sostiene di...»

«Avanti, ragazzo! Parla senza indugi!»

«Di essere il figlio di Sherlock Holmes!»

Il dottor Watson rimase per qualche istante pietrificato, lo sguardo fisso e la bocca semiaperta, come se i suoi occhi avessero avuto la sventura d'incrociare il temibile sguardo della Medusa. Poi, rianimatosi tutt'a un tratto, scattò in piedi, rosso in viso, e parlò con voce tonante:

«Bada, ragazzo, che se questo è un meschino tentativo di trarre profitto dalla scomparsa del mio amico Holmes, non esiterò a farti arrestare, e finirai i tuoi miseri giorni nell'oscurità di una segreta!»

«Ma... ma...»

«Non saresti il primo, credimi, a vantare presunti diritti sui beni di Sherlock Holmes! Ma si dà il caso che esista un testamento del quale io conosco ogni singolo rigo, e non vi sono menzionati eredi. Né, in tutti gli anni trascorsi con Holmes, egli ha mai fatto cenno a una tale eventualità!»

«Ma... ma...»

«Perciò bada bene, piccolo impostore, hai solo dieci secondi per lasciare queste stanze, dopodiché informerò Scotland Yard della tua spiacevole visita!»

Calum era ammutolito. Rimase schiacciato contro lo schienale della poltrona come se le parole del dottor Watson fossero divenute solide e l'avessero investito senza lasciargli modo di ripararsi.

«Che fai? Non scappi?» Watson era in piedi, le mani dietro la schiena alla maniera militare, e spostava il peso da una gamba all'altra. «Allora devi essere pazzo» concluse. «Oppure sei convinto di quello che dici...»

«Non sono un impostore!» ebbe la forza di replicare Calum. «Abbiamo attraversato la Palude della Morte e del Tormento e i quartieri più malfamati di Londra... Siamo stati fatti prigionieri e ci volevano vendere a certi loschi individui... e poi un uomo c'inseguiva e un altro voleva scuoiarci con un coltellaccio, e David è anche finito in prigione!... E tutto questo per venire qui da voi, a Baker Street! Accidenti a noi!»

Detto questo, scoppiò in un pianto dirotto e liberatorio.

La signora Hudson portò un piatto di brodo di carne fumante e alcuni tramezzini al prosciutto.

«Avrebbe bisogno di un bel bagno» commentò prima di lasciare la stanza.

Calum sedeva al tavolo del soggiorno, mangiando a quattro palmenti. Il dottor Watson gli era accanto, pensieroso.

«È una vicenda degna di un libro» disse ad un certo punto, riferendosi a quanto gli era stato raccontato, con dovizia di particolari, dal giovane Calum.

«Può dirlo forte, signore!»

«Ancora non sono convinto del tutto di quel che dici, però...»

«Dopo che avrete parlato con David Pip, allora sì che ne sarete convinto! Lui con le parole ci sa fare davvero!»

«Dunque Holmes non sapeva di avere un figlio...»

«È così, signore.»

«E il tuo amico David è convinto che non sia morto...»

«Proprio così, signore. Quando David si mette in testa qualcosa, apriti cielo! Non gliela si toglie più.»

«Sono tornato dalla Svizzera soltanto da un paio di giorni ed ho partecipato io stesso alle ricerche, ma del corpo non si è trovata traccia. Nemmeno di quello del professor Moriarty, in verità...»

«Chi?»

«Nulla, ragazzo. Nulla. Domattina andrò a Scotland Yard e cercherò di far liberare il tuo compagno. L'ispettore Lestrade è un mio buon amico.»

«Grazie, signore.»

«Tu invece resterai qui.»

«Qui, signore?»

«Quei malviventi di cui mi hai raccontato, a Clerkenwell, sono individui assai poco raccomandabili, e stai pur sicuro che non lasceranno correre. Vi daranno la caccia ovunque, finché rimanete in città.»

A quel pensiero Calum si sentì gelare il sangue. Ricordava bene il ghigno di quel Sikes e la malvagità camuffata da premura del vecchio Fagin.

«Questa notte dormirai nella stanza di Holmes. Ma fa' attenzione» ammonì, mettendo una mano sul fermacravatta d'oro che indossava. «Niente scherzi o ruberie, altrimenti avrai da pentirtene amaramente!»

«Sono un bravo ragazzo, signore» mormorò Calum, risentito. «E lo è anche David Pip...»

«Buon per te, ragazzo. Buon per tutti e due.»

Il mattino seguente sui grigi tetti di Londra splendeva il sole.

David Pip fu svegliato da un tramestio di chiavi che sferragliavano nella serratura della sua cella.

«In piedi, ladruncolo!» berciò la guardia. «A quanto pare devi avere più di qualche santo in paradiso.»

«Che intendete dire?»

«Che sei libero, per tua fortuna.»

«Libero?»

«Libero! Libero! Che hai, sei duro di comprendonio per caso? Fuori dai piedi, avanti!»

All'ingresso del corridoio lo attendeva un uomo piuttosto in carne, elegantemente vestito, con un paio di grossi baffi cenerini.

«David Pip?» chiese l'uomo.

«Sì, chi...?»

«Dottor Watson. Il tuo amico Calum Traddles mi ha raccontato molte cose sul tuo conto.»

Forse fu a causa della stanchezza, o del fatto che era a digiuno da più di venti ore. Fatto sta che David per poco non svenne nell'udire quelle parole. Dovette reggersi alla parete e, bianco in volto, riuscì solo a borbottare:

«Watson, che sorpresa!»

Mezz'ora più tardi si trovavano tutti e tre nell'appartamento di Baker Street, di fronte ad una sontuosa colazione preparata, non senza qualche borbottio di disapprovazione, dalla solerte signora Hudson.

«David, vecchio mio! Ero quasi convinto di non rivederti più.»

«La prigione è un'esperienza che non augurerei a nessuno, mio caro Calum. Neppure a una carogna come quel Fagin...»

«A proposito» intervenne il dottor Watson. «Ho riscattato il vostro ronzino... pardòn, cavallo, e ho provveduto a far avere una buona mancia a quel Crackit, per compensarlo della perdita e per zittirlo.»

«Ben fatto, signore!» esclamò David.

«Dunque» esordì il dottor Watson quando i ragazzi ebbero terminato di mangiare. «Calum sostiene che sei il figlio di Sherlock Holmes.»

«Lo sono, signore. Non trovate che gli somigli?»

Watson lo squadrò con attenzione, prima da un lato, poi dall'altro, infine di fronte.

«In effetti qualcosa in te pare ricordarmelo... ma non saprei dire cosa.»

«E poi il metodo deduttivo...»

«Che cosa ne sai tu del metodo deduttivo?»

«Signore, con tutto il rispetto David ne sa più di chiunque altro!» intervenne Calum. «È capace di capire da dove viene una persona soltanto guardando i suoi vestiti o le sue mani!»

«Davvero?»

David deglutì. Si pulì le labbra con calma, quindi prese la parola:

«Siete stato un medico militare, quel fermacravatta ne è la prova. Poiché però siete ancora troppo giovane per essere stato congedato per limiti d'età, ne deduco che o vi siete dimesso, ma in questo caso non avreste motivo di ricordare il vostro operato militare tenendovi appuntato al petto quel cimelio, oppure siete stato ferito. E a giudicare da come portate in modo rigido e innaturale il braccio sinistro, direi che la mia seconda ipotesi è quella corretta.»

Watson era senza parole.

«Considerando poi la storia recente e le rughe sulla pelle del vostro volto, segno di una prolungata esposizione al sole tropicale, direi che con tutta probabilità il luogo in cui avvenne il vostro ferimento fu l'Africa o l'Afghanistan. Sbaglio?»

«Ve lo dicevo che era un fenomeno, no?» ribadì Calum sghignazzando.

«Ehm, davvero notevole...» disse il dottor Watson. «In questo direi che tu e Holmes vi somigliate parecchio. Più che nel fisico.»

«È una dote connaturata» spiegò David.

«Connaturata, dici?»

«Ci potete scommettere, signore!»

«D'accordo, d'accordo. Forse sarai anche il figlio di Sherlock Holmes, ma, spiegami, cosa vorresti fare? Andare a cercarlo?»

«Proprio così, Watson… Oh, scusatemi, volevo dire signore…»

Watson rise e si lisciò i baffoni. «Non ti scusare, ragazzo! Mi sembrava quasi di sentir parlare Holmes!… Quanto mi manca quel vecchio diavolo!»

«Prima però, ho bisogno di raccogliere alcune informazioni sulla vostra gita a Reichenbach.»

«In questo caso dovresti sapere la verità» disse il dottor Watson abbassando la voce e guardandosi le spalle, come se all'improvviso temesse di veder sbucare qualcuno dall'armadio o dalle ante della credenza.

«Quale verità?» domandò David, incuriosito.

«La verità su Holmes e il professor Moriarty.»

Il caminetto scoppiettava allegramente, diffondendo nella stanza un rinfrancante tepore, mentre il dottor Watson, aiutandosi com'era sua abitudine con gesti e borbottii, raccontava per filo e per segno la premessa degli incresciosi fatti di Reichenbach.

David e Calum seppero così che Sherlock Holmes si stava preparando a far cadere in trappola l'organizzazione criminale del famigerato professor Mortiarty, la mente criminale del secolo, il Napoleone del crimine, l'unica intelligenza capace di tenere testa a un genio come Holmes.

La partita tra i due era stata giocata con mosse e contromosse, nel tentativo di prevedere l'uno i passi dell'altro. In attesa che la polizia chiudesse definitivamente il gioco, Holmes e Watson, per la loro stessa incolumità, si erano trasferiti nel continente, e precisamente in Svizzera. Ma Moriarty intendeva dimostrare fino all'ultimo la sua abilità e la sua perseveranza nel vendicarsi di Holmes. Così li aveva raggiunti e giusto alle cascate di Reichenbach, un orrido terrificante nel quale l'acqua si getta ruggendo e la spuma risale incessantemente, sibilando densa come fumo da una casa in fiamme, era riuscito con uno stratagemma ad incontrare da solo Sherlock Holmes. E da allora dei due non s'era saputo più nulla. Erano spariti, si supponeva, nella voragine della cascata, avvinghiati l'uno all'altro nel loro ultimo mortale duello.

«Se volete davvero trovare Holmes» disse infine il dottor Watson, con gli occhi bagnati dalla commozione, «cercate il professor Moriarty. Dov'è uno vi sarà anche l'altro.»

«Accidenti!» esclamò Calum, estasiato. «Che storia fantastica! Che ne dici, David?»

David Pip si era alzato e passeggiava per l'appartamento con aria meditabonda. La variabile Moriarty avvalorava l'ipotesi che Holmes non fosse morto: ma perché allora se ne stava nascosto?

Era forse ferito o, peggio, era caduto prigioniero del professor Moriarty? In questo turbinio di pensieri la mente di David faticava a concentrarsi. C'era inoltre un altro elemento, non meno importante, che lo turbava, anche se in un modo che si sarebbe potuto definire assai gradevole, se non eccitante. Per la prima volta, infatti, egli aveva l'opportunità di aggirarsi negli spazi e tra le cose appartenute a suo padre. Il sentimento filiale sopito in lui sopravanzava così qualunque altra emozione. Vedeva la poltrona vicino alla finestra e vi immaginava seduto Holmes, intento a complicatissime elucubrazioni. Vedeva le sue pipe (tra le quali la celeberrima *calabash*, a forma di proboscide), il violino, i libri di chimica e di criminologia, la sua veste da camera appesa alla porta della stanza, come se Holmes fosse sul punto di tornare a casa da un istante all'altro. E tra quelle pareti eleganti lo immaginava verificare esperimenti scientifici, ricevere l'ispettore capo di Scotland Yard giunto a chiedere consiglio per un caso particolarmente ostico, o accogliere le persone introdotte dalla fedele signora Hudson che lo imploravano di risolvere i loro misteri.

Quante emozioni per David Pip, che mistura di sensazioni, nuove e sconosciute, contrastanti e in parte indecifrabili! E su tutto, come un'ombra giunta a guastare una luminosa giornata di sole, lo sconforto e il timore di aver perduto un affetto prima ancora d'averlo trovato.

«David, tutto bene?» lo interrogò il dottor Watson.

«Certo, signore... tutto bene.»

«Così avete intenzione di raggiungere la Svizzera» concluse l'uomo, riprendendo il filo del discorso.

«La Svizzera?» Calum sobbalzò.

«È quello che faremo!» affermò David con la consueta determinazione. «Andremo fino in fondo a questa storia!»

Calum affondò il viso tra le mani. «Sento puzza d'altri guai...» mormorò.

«Forse dovrei cercare di farvi desistere» disse il dottor Watson aprendo un cassetto della scrivania. «Ma ho come la sensazione che non desistereste affatto. Dico bene?»

«Dite bene, signore!» ribadì David.

Watson estrasse alcuni fogli e tornò a sedersi al tavolo con i ragazzi. «Quando uscirete di qui, andate nel quartiere di Rotherhithe, dopo la Torre, sulla sponda sud del Tamigi, al molo da diporto. Dovete cercare il mio amico Jerome. Bazzica con la sua barca da quelle parti. Non avrete difficoltà nel trovarlo: gira sempre in compagnia di due individui strambi, Harris e George, e di un cane che si chiama Montmorency.»

«Montmorency?»

«Lo so, è un nome bizzarro per un cane. Stanno preparando un'escursione lungo il fiume o qualcosa di simile. Vi daranno sicuramente un passaggio fino alla costa, da dove vi imbarcherete per il continente. Da lì potrete proseguire in treno senza difficoltà.»

«Sì, ma...» obiettò Calum. L'assenza di denaro, riteneva, non era per nulla una faccenda di scarso rilievo.

«Consentitemi di lasciarvi alcuni di questi bigliettini» lo interruppe il dottor Watson posando sul tavolo uno stretto rotolo di sterline.

I due ragazzi si guardarono sbigottiti.

«Accettateli, per favore. Rappresenteranno il mio modesto contributo alla ricerca di Sherlock Holmes...»

«Siete un uomo generoso, signore.»

«Non ho ancora finito. Avrete bisogno di appoggi. A Parigi potrete trovare un letto e un piatto caldo in Rue Dunôt, al numero 33» spiegò, annotando nel contempo quanto diceva. «Cercate Auguste Dupin, un uomo dal carattere singolare, con una smodata passione per la deduzione. Una volta in Svizzera, e più precisamente a Meiringen, chiedete di Peter Steiler. È il direttore dell'Englisher Hof, lì alloggerete bene. Il signor Steiler è una persona per bene che parla un ottimo inglese, essendo stato per tre anni cameriere al Grosvenor Hotel di Londra.»

«Peter Steiler, Englisher Hof» ripeté David.

«Avrete bisogno di una bella dose di fortuna, ma sembrate due ragazzi in gamba e con le idee piuttosto chiare. Sono sicuro che tutto andrà per il meglio.»

«Grazie, signore» si schernì Calum.

«Vi prego, però. Fate attenzione. Il Male si cela ovunque ed è ben lungi dall'essere stato sconfitto...»

«Il Male? Cosa intendete dire?»

«Pregherò affinché non abbiate mai a che fare con Esso. E che Dio vi protegga!»

Non ci è dato sapere a quale Male il dottor Watson intendesse riferirsi. Tuttavia, come a confermare le sue parole, proprio in quel momento un essere animato da cattivi propositi attendeva i due ragazzi acquattato nell'ombra di un vicolo non molto lontano da Baker Street.

Scesi in strada, David e Calum sciolsero le redini del cavallo che il dottor Watson aveva provveduto a far legare alla ringhiera di fronte alla casa.

«Eccolo qui!» esclamò Calum accarezzandogli il muso scarno. «Tutto intero!»

«È colpa sua se ho passato una notte in galera» si lamentò David.

«La colpa è di Fagin, semmai.»

Mentre procedevano, David rifletteva se fosse o meno il caso di mettere al corrente il suo compagno della misteriosa visita ricevuta la notte prima in prigione. Ma non fece in tempo a prendere una decisione, poiché, non appena ebbero svoltato l'angolo di Baker Street con Dorset, si ritrovarono tutt'a un tratto incappucciati e presi malamente a spinte e calci da mani e piedi invisibili.

«Ehi! Che...?»

«Aiuto! Aiuto!»

«Zitti, maledetti! Zitti!»

«Lasciateci! Polizia!»

«Zitti, vi dico! Vi credevate furbi, vero?»

«Aiuto!»

«Ma ora la vedrete!»

Ci furono due colpi, secchi, che produssero un rumore simile a quello di due tocchi di legno che cozzano violentemente l'uno contro l'altro.

David e Calum videro esplodere davanti ai loro occhi una miriade di colori, come una pioggia di stelle ravvicinate e variopinte.

Poi fu buio.

Calum stava sognando. Sognava che il ronzino scuoteva la criniera proprio sotto il suo naso. E per quanto sembrasse morbida e gli solleticasse piacevolmente il naso, emanava un puzzo insopportabile, un fetore disgustoso, molto diverso dal puzzo abituale di un cavallo.

Si svegliò di soprassalto e starnutì. Poi aprì gli occhi, scoprendo con orrore che la morbida criniera del sogno si era trasformata nell'ispido pelo del solito sorcio grigio fogna.

«AHHH!» urlò balzando in piedi e rovesciando uno sgabello.

(Chissà perché ho l'impressione di aver già scritto tutto ciò, e voi, forse, credete di averlo già letto...)

«Che schifo! Che schifo!» gridava, saltellando tutt'intorno come l'orso ammaestrato di un circo.

«Watson, che diavolo ti prende?» domandò David Pip emergendo da un sonno confuso. Gli doleva la testa.

«Un topo! Un topo! Un fetido topo di fogna si strofinava contro il mio naso!»

David si tastò la cima del cranio: c'era un bernoccolo, lassù, grosso come una noce.

«Calum! Smettila!» ordinò sentendosi le membra ghiacciare dalla paura. «Siamo ancora una volta prigionieri di Fagin!»

Calum interruppe il suo balletto e si guardò intorno. David aveva ragione: erano rinchiusi nella solita stanza nel sottotetto. Questa volta, però, per evitare sorprese, i due ragazzi erano stati legati. Portavano alla caviglia una catenella che terminava agganciandosi ad un anello infisso nel muro.

«Ora ricordo!» disse Calum toccandosi a sua volta un doloroso bitorzolo dietro l'orecchio destro.

«Stavamo per lasciare Baker Street, quando...»

«Quando ci hanno ripresi. Maledizione, avrei dovuto essere più accorto! E in più» aggiunse, frugandosi le tasche, «ci hanno rubato anche il denaro.»

«Che faremo, ora?»

«Be'» constatò David, provando inutilmente a tirare la catenella, «direi che il trucco del tetto non può funzionare una seconda volta.»

«Già, pare anche a me...»

«E non mi meraviglierei se fuori della porta ci fosse qualcuno seduto di guardia... Ehi! Lì fuori!» gridò all'improvviso.

«Buoni!» ordinò una voce. «Vi conviene starvene tranquilli. Il vecchio Fagin è già abbastanza furioso!»

«Che ti dicevo, Watson?»

«Dunque è la fine?» chiese Calum Traddles, pallido in volto. «È così che finiremo? Fatti a pezzi da Fagin o sbranati dal cane di quel tagliagole di Sikes?»

David abbassò gli occhi sul pavimento. «Non lo so» rispose, in un tono sconfitto che precipitò Calum nel panico. «Veramente non lo so, amico mio...»

Al piano di sotto il comitato di benvenuto per David Pip e Calum Traddles, i due ragazzini insolenti che avevano avuto l'ardire di ribellarsi ai voleri di Fagin, di metterlo nel sacco, di tramortire con un prosciutto da quindici libbre Stan il guardiano e addirittura di rubare il ronzino a Crackit (o almeno questa era la versione fornita dal macellaio), era impaziente di incontrarli.

C'erano tutti i ragazzi della banda, capitanati da Mastro Dawkins; c'era Stan con una vistosa fasciatura che gli lasciava scoperti solo gli occhi e la bocca; c'era naturalmente Fagin, che si sfregava le mani ed esibiva il suo peggior ghigno. E c'era Sikes, che tamburellava con le dita sul manico del suo famigerato coltello a serramanico. Ai suoi piedi, come sempre, ringhiava Occhiodibove, al quale probabilmente erano stati promessi i poveri resti dei due sfortunati ragazzi.

La spedizione punitiva era pronta per muoversi, compatta, determinata, ma soprattutto assetata di vendetta.

«Andiamo a prenderli!» ghignò Fagin.

Aveva appena mosso il primo passo sulla scala quando qualcuno bussò alla porta.

«Perdonate, Mastro Fagin» disse il ragazzo che stava di guardia nel corridoio, infilando timoroso la testa nella stanza.

«Spero che tu abbia una valida ragione per mettere il tuo brutto muso qui dentro» gli abbaiò contro Fagin.

«C'è... c'è voi-sapete-chi che desidera conferire...» balbettò il giovane, agitato tanto da quella visita inaspettata quanto dal fatto d'aver osato interferire nei piani del suo tutore.

«Come?...» Gli occhietti porcini di Fagin vagarono per la stanza fino ad incontrare quelli torvi e perennemente accigliati di Sikes.

«Che aspetti?» disse quest'ultimo. «Fallo entrare. Avanti!»

Una nuvola di fumo azzurrastra s'insinuò nella stanza precedendo il misterioso ospite.

«Illustrissimo signore!» lo blandì Fagin. «La vostra presenza così rara, così preziosa, ci onora!» E con un gesto brusco sradicò uno dei ragazzi che sedeva sulla poltrona dinanzi al camino. «Vogliate accomodarvi...»

L'uomo, molto alto e interamente vestito di nero, entrò nella sala portando con sé il gelo. I ragazzi, ammutoliti, si aprirono in due ali come il mare al passaggio del profeta. Egli non disse nulla. Avvolto nelle spire della sua pipa, camminò soavemente, come se i piedi fossero sollevati a un pollice da terra, e raggiunta la poltrona indicatagli da Fagin vi si sedette.

«Dunque, Eccellentissimo, a cosa dobbiamo un così alto privilegio? Sempre ch'io possa osare chiedervelo, s'intende...»

«La tua falsità, Fagin, e la tua ipocrita doppiezza possono competere con quelle della peggior specie di serpe che l'inferno abbia mai vomitato» disse il nuovo venuto, con una flemma ed un distacco che stridevano con l'asprezza delle sue parole.

A Sikes sfuggì un sorriso: non sarebbe mai stato capace di dirlo a quel modo, ma il contenuto dei suoi pensieri riguardo a Fagin era identico a quello espresso con tanta noncurante tranquillità dall'uomo con la pipa.

«Grazie, mio signore. Grazie» miagolò Fagin.

«E in questa ipotetica e bieca competizione» proseguì l'uomo «non ho dubbi che vinceresti tu.»

«Se lo dite voi...»

«Vengo per i due ragazzi.»

«I due ragazzi?...»

«Non fingere con me, vecchio imbroglione. Non ti conviene.»

Lo sguardo di Fagin si sollevò preoccupato al soffitto.

«Già» riprese l'uomo. «Quelli che tieni rinchiusi proprio lassù.»

«Com'è che vi occupate di tali piccolezze, signore?»

«Ciò di cui io mi occupo non è affar tuo, Fagin. Né lo sarà mai.»

«Naturalmente. Solo, mi chiedevo se...»

«Non farti domande inutili, non avrai risposte. Tutto quel che devi fare è lasciar liberi i ragazzi.»

«Lasciarli liberi, dite? Ma, signore, con tutto il rispetto, con il grande rispetto che io vi porto...»

L'uomo si levò d'improvviso. «Ti saluto, Fagin. Mi aspetto che tu metta in atto al più presto quanto mi preme. Sarebbe estremamente spiacevole se fossi costretto a tornare una seconda volta in questo lercio buco.» Quindi lo fissò con un'intensità che il vecchio imbroglione avvertì fin dentro l'anima.

Fagin deglutì. «Certamente, signore» rispose tra i denti. «Sarà fatto come chiedete.»

«Ehi!» intervenne Sikes. «E le mie cento ghinee?»

«Non erano settanta?» sibilò Fagin.

«Ora sono diventate cento! E le voglio!»

«Fatti una domanda, Sikes» gli disse l'uomo con la pipa. «E datti una risposta, se ti riesce. Che cosa sono cento ghinee rispetto alla propria vita?»

Sikes, che era un mucchio di cose brutte e nefande ma non un idiota, comprese appieno la sottile allusione. «Nulla, signore. Non sono nulla.»

I ragazzi e lo stesso Fagin (per non parlare di Occhiodibove) erano allibiti: mai era capitato loro di vedere Sikes chinare la testa dinanzi a qualcuno.

«Ah, Fagin?» aggiunse, ormai sulla soglia.

«Desiderate, signore?»

«Rendi loro anche il cavallo.»

Non appena l'uomo fu uscito, Fagin si morse le labbra e strinse i pugni, ma non disse una sola parola. Sikes, invece, cominciò ad imprecare e, per sfogare l'umor nero, prese a calci il proprio cane per tutta la stanza.

David e Calum avevano seguito la scena dal foro nel pavimento. Non erano riusciti a vedere il volto dell'uomo misterioso, ma David aveva la certezza che fosse lo stesso uomo che gli aveva fatto visita in prigione la notte precedente.

«Chi era quel tizio?» chiese Calum con fare agitato. «Perché ha ordinato a Fagin di liberarci?»

«Non lo so...» rispose David grattandosi il capo come se ciò avesse il potere di farlo concentrare meglio. «Non ancora.»

«Accidenti! Hai visto come tremavano tutti al suo cospetto?»

Udirono dei passi pesanti sulle scale e finalmente la porta venne aperta, in un concerto arrugginito di serrature.

Fagin entrò come una furia. I suoi occhi fiammeggiavano d'ira e rabbia e nella mano destra i due ragazzi scorsero, o soltanto intuirono, il bagliore di una lama.

«Prendeteli!» ordinò e subito alcuni dei suoi scagnozzi si fecero loro intorno agguantandoli per i polsi e per le spalle.

«Che volete farci?» piagnucolò Calum.

«Che voglio farvi?» ripeté Fagin, puntando il coltellaccio dritto alla gola di David. «Il mio istinto suggerirebbe di scannarvi come maiali e di preparare con il vostro corpo smembrato uno stufato da dare in pasto a Occhiodibove! Ecco cosa dovrei farvi. Non meritate altro, luride canaglie.»

Prese a girare intorno ai due malcapitati facendo volteggiare il coltello sotto i loro nasi.

«Approfittarvi in questo modo della mia generosità! Vi ho nutrito, ospitato nella mia umile dimora e voi, voi in cambio che avete fatto? Siete fuggiti! E volevate denunciare me e tutti questi poveri ragazzi che io proteggo e che senza il mio aiuto finirebbero in chissà quali luoghi di perdizione.»

«Non volevamo denunciarvi...» lo interruppe David.

Fagin scattò come un serpente mettendo la punta del coltello a contatto della gola del ragazzo.

«Non parlare! Hai capito? Zitto! Non devi fiatare!»

David deglutì. Sentì il filo della lama incidergli la pelle e un bruciore acuto diffondersi attorno alla ferita, ma non lo diede a vedere.

«Dunque» riprese Fagin, «ecco cosa dovrei farvi, secondo il mio istinto. Ma poiché sono un essere ragionevole, voglio darvi una possibilità di rovinare da voi stessi le vostre inutili e sciocche vite. Vi lascerò andare. Ma badate, se solo una mezza parola, che dico, un centesimo di mezza parola uscirà da quelle vostre boccucce da bambini per bene, giuro davanti a Dio che verrò a cercarvi, fosse anche in capo al mondo, e con me ci saranno Sikes e il suo cane assassino, e allora state pur certi che non perderò tempo in inutili discorsi e la vostra fine sarà sul truogolo nel recinto dei maiali a far da pietanza! Avete inteso?»

Il messaggio era sufficientemente chiaro da far annuire i due ragazzi senza alcuna esitazione.

«Se sento puzza di poliziotti, vengo a cercarvi. Se uno dei miei viene arrestato, vengo a cercarvi. Se solo odo fare il vostro nome da qualcuno, vengo a cercarvi...»

«E falla finita, vecchio chiacchierone!» Sikes apparve nel vano della porta seguito dal fedele cane. «Mandali via e basta. Non parleranno, sta' sicuro.»

«E come faccio ad esserne sicuro? Eh? Me lo dici?»

Sikes li guardò uno alla volta, dritto negli occhi, e i due ragazzi si sentirono gelare il sangue. C'era qualcosa in quello sguardo che non era solo cattiveria e malvagità e rabbia. C'era qualcosa di più sinistro: c'era follia, e con la follia conveniva non scherzare.

«Non parleranno» ribadì Sikes.

«E va bene... Fuori di qui, mocciosi! E fate che io non vi riveda mai più, campassi anche cent'anni!»

In strada ad attenderli trovarono Mastro Dawkins che reggeva le redini del cavallo.

«Pigliatevi questo ronzinaccio e filate, prima che il vecchio cambi idea» sibilò il ragazzo.

Calum avrebbe desiderato chiedergli perché

non se ne andava anche lui, perché non fuggiva. Perché non fuggivano tutti i ragazzi che Fagin teneva sotto di sé. Avrebbero potuto lasciarlo al suo destino: difficilmente se la sarebbe cavata senza di loro. Al contrario, loro ce l'avrebbero fatta ugualmente, anche senza di lui. Il mondo, in fondo, era grande, e se soltanto uno era in grado di districarsi un po', non aveva di che temere.

Così la pensava Calum, ma non ne fece parola. Afferrò le redini del cavallo e senza dire nulla s'incamminò al seguito di David lungo Clerkenwell Road.

4. Cinque in barca (per non parlar del cane e del cavallo)

Il sole del mezzo pomeriggio, di tre quarti sopra la città, mandava bagliori accecanti tingendo le superfici di quell'arancio brillante caratteristico della varietà di rosa Molineux. I tetti caliginosi sfavillavano come tavole di labradorite, la pietra della luna, ma anziché cagionato dai vapori delle caldaie, dai fumi dei camini e delle ciminiere, il riverbero di quel grigio pareva quasi concepito da un illuminato architetto.

Poco più ad ovest, tuttavia, il cielo s'ingobbiva ancora sotto la minaccia di neri e cupi nembi, che presto avrebbero portato a Londra una pioggia novella.

E come quel cielo diviso in due, così gli animi dei due ragazzi erano attraversati da sentimenti opposti e stridenti. Da un lato erano dispiaciuti di dover abbandonare la città, così ricca di novità e di cose e fatti e luoghi ignoti ai loro occhi di ragazzi abbandonati; dall'altro mordevano il freno per iniziare il grande viaggio che li avrebbe condotti al di là della Manica, a percorrere sconosciute terre ed affrontare misteri altrettanto sconosciuti.

Fu dunque con il cuore in tumulto che David e Calum giunsero, sul far della sera, a Rotherhithe.

Le banchine del porto turistico erano piuttosto sgombre. Qualche equipaggio di canottieri si attardava a chiacchierare di ritmi e battute intorno alla propria imbarcazione, qualche altro la sollevava al tre per deporla sui trespoli nella rimessa. L'acqua del Tamigi scorreva placida riflettendo le rosate avvisaglie del tramonto.

«Il dottor Watson ha detto di cercare tre uomini e un cane...» disse David, pensieroso.

«Non puoi venire a darci una mano, idiota?» strillò d'un tratto una voce.

«Ce l'hanno con noi?» chiese Calum.

Ormeggiata ad una cinquantina di iarde in direzione est stava una barca elegante dalle linee aggraziate e filanti e dai fianchi bassi, lunga circa dodici piedi, calafatata con pece, la poppa arrotondata, la prua dritta e sottile.

Un uomo con una fusciacca di seta rossa intorno alla vita se ne stava tranquillamente in piedi a poppa, vicino ad un cane dall'aria annoiata. Al centro dell'imbarcazione, qualcosa che assomigliava ad un telo di copertura si dibatteva come se fosse animato da volontà propria.

«Allora, che aspetti?» disse il telo. «Te ne stai come una mummia imbalsamata, eppure vedi bene che stiamo soffocando tutti e due, qua sotto!»

In effetti il telo non era dotato di una vita ed una voce propria, ma nascondeva due altri bizzarri individui, impegnati Dio solo sa a far che cosa.

«Ho l'impressione che abbiamo trovato i nostri uomini» sogghignò David Pip.

D'un tratto anche il tizio con la fusciacca rossa in vita sparì sotto il telo, come se questo avesse la raccapricciante peculiarità di cibarsi d'individui bizzarri.

«Serve una mano?» chiese David avvicinandosi.

«Una mano?» rispose uno dei tre (era impossibile capire chi ci fosse sotto quel telo). «Una mano per fare cosa? Anche se forse non pare evidente, la situazione è sotto controllo!»

«Quand'è così...»

Dopo una decina di minuti di sforzi, mugolii, sbuffi e imprecazioni, una testa sbucò dalle profondità del drappo.

«È ancora valida quella proposta di aiuto?» domandò un uomo dalla carnagione piuttosto scura, che sfoggiava una cravatta gialla girata di sghimbescio.

Si trattava, insomma, di tendere quel benedetto telo sopra cinque archi di ferro precedentemente agganciati alle due sponde della barca. Un lavoro che in condizioni normali, e affidato a persone normali, non avrebbe richiesto più di una manciata di minuti, ma che i tre personaggi in questione avevano trasformato in un'impresa titanica.

Quando finalmente ebbero terminato di sistemare il telo, il tizio col fazzolettone rosso stretto in vita disse:

«Ah! Lavoro ben fatto, ragazzi! Davvero ben fatto!»

Seguì uno scambio di presentazioni.

«Io sono Jerome K. Jerome.»

«Piacere. David Pip.»

«Calum Traddles.»

«William Samuel Harris.» (Era quello con la cravatta gialla tutta storta).

«David Pip.»

«Calum Traddles.»

«E lui è George...»

«David Pip.»

«Calum Traddles.»

«Questo invece» fece Jerome indicando il cane «è Montmorency. Ed è un cane.»

«Lo vedo» rispose David Pip. «In ogni caso io sono sempre David Pip.»

«Ed io sempre Calum Traddles.»

«Per ringraziarvi dell'aiuto proporrei una tazza di tè» disse quello che era stato presentato come George. Era un uomo bene in carne, che indossava una vistosa giacca a vento d'indefinibile colore, della quale pareva particolarmente orgoglioso.

I ragazzi accettarono: l'aria andava rinfrescandosi e una tazza di tè caldo era esattamente ciò che ci voleva a quel punto della giornata. Il momento del tè inoltre avrebbe fornito il destro per intavolare la faccenda del passaggio.

«Il segreto per far bollire l'acqua per il tè sul fiume» spiegò George accendendo a prua il fornellino a spirito «è fingere di disinteressarsi al suo bollore. Se il bricco si accorge che stai aspettando proprio lui, e con una certa impazienza, non si decide neppure a borbottare!»

David e Calum si guardarono stralunati. In che covo di pazzi li aveva mai cacciati il dottor Watson?

«Hai assolutamente ragione» disse Jerome, il padrone del cane. «Gli si deve dare le spalle...»

«A chi?»

«Al bricco! Gli si deve dare le spalle, come se si avesse del tutto rinunciato al tè. Giova anche dirsi, gli uni agli altri, che non c'è alcun bisogno di tè!»

Così presero a dirsi a voce altissima, e in modo che il bricco potesse udirli:

«Io non lo voglio proprio, il tè. E tu, Harris?»

«No, assolutamente! Prenderei piuttosto una limonata fresca. Che ne dici, George?»

«Limonata, certo! Il tè lo trovo... indigesto!»

Dopo qualche minuto trascorso a quel modo, il

bricco prese a fischiare come la sirena di un traghetto.

Il tè, per la cronaca, fu un tè eccellente.

«Che cosa curiosa» disse ad un certo punto Jerome. «Un cavallo ci osserva dalla riva!»

«Il *nostro* cavallo!» esclamò Calum. Se n'erano entrambi dimenticati! Le stranezze dei tre uomini in barca avevano fatto scordare loro di averlo lasciato sulla sponda a spiccare fili d'erba.

«Vostro? Possedete un cavallo?»

«Sicuro. È nostro.»

«Perdonate l'ardire, miei cari amici» disse Harris, «ma come cavallo non mi sembra granché. Lo definirei piuttosto...»

«Un ronzino» intervenne George.

«Un asino» disse Jerome.

«Un sacco d'ossa pulcioso» concluse Harris.

Anche Montmorency volle manifestare il proprio disappunto nei confronti del quadrupede, e cominciò ad abbaiargli contro.

«Non è un ronzino né un asino né tantomeno un sacco d'ossa pulcioso!» replicò Calum, piccato. «Quel cavallo viaggia con noi. È chiaro?»

«Viaggia? E dove avreste intenzione di andare, se non sono indiscreto?»

«Sul fiume!»

«Sul fiume? Oh bella! Senza una barca non ci si può andare sul fiume. Avete dunque anche una barca con voi?»

«Noi no, ma si dà il caso che voi l'abbiate!»

Calum si accorse di aver lasciato troppo libera la lingua, e l'occhiataccia rifilatagli da David glielo confermò.

«La nostra imbarcazione?» esclamò Jerome. «Cosa c'entra la nostra imbarcazione con il vostro viaggio fluviale?»

Raccontarono così della loro visita al numero 221B di Baker Street e di come il dottor Watson si fosse raccomandato affinché i tre uomini in barca più il cane si premurassero di aiutarli.

«Non se ne parla nemmeno!» fu il commento di Harris.

«No davvero!» gli fece eco George.

«Ci mancherebbe! Che siamo? Traghettatori, forse?»

«Che facciamo, la spola sul fiume a portare cavalli e ragazzini?»

«Nossignore, non se ne parla!»

«Per l'appunto!»

«Noi, signorini, siamo tre gentiluomini...»

«Più un cane.»

«Si capisce, più un cane... Che si accingono a un'impresa!»

«Una grande impresa!»

«Abbiamo altro per la testa!»

«Per l'appunto!»

«Che far da balia a giovinetti e ronzini.»

«Noi, si vuole raggiungere Oxford!»

«È per questo che facciamo pratica. Che credete?»

«Ogni giorno, ogni santo giorno ci alleniamo su e giù per il fiume, dal Tower Bridge a Woolwich.»

«Per essere pronti!»

«Mancano ormai un paio di settimane...»

«Non potreste immaginare quante cose sappiamo ora sul fiume!»

«Tante!»

«Tantissime!»

«Potremmo scriverci un libro.»

«Un libro sul fiume.»

«E dunque non se ne parla.»

«Non se ne parla nemmeno.»

«Per quanto...»

«Per quanto, che?»

«Dico, il vecchio Watson... a suo tempo...»

«Il vecchio Watson, a suo tempo, che?»

«Be'» spiegò Jerome, «ricordate quella volta che mi sentivo addosso tutte le malattie del pianeta e altre non ancora scoperte? Avevo avuto la brillante idea di andare al Museo Britannico per consultare un libro sulla febbre del fieno, e via via che sfogliavo le pagine scoprivo di essere affetto da tutti i sintomi di tutte le malattie descritte in quel libro. Ero un malato all'ultimo stadio e solo fino al giorno prima non ne sapevo nulla! Andai da Watson convinto che mi rimanessero poche ore di vita. Gli dissi quello che avevo scoperto sul mio infelice destino e lui, dopo avermi visitato per bene, scrisse una ricetta che ancora conservo. Quando mi rivolsi al farmacista per ritirare i medicinali, questi mi guardò come si potrebbe guardare un matto e mi disse che forse avevo sbagliato negozio. La ricetta diceva: *1 libbra di bistecche con 1 pinta di birra amara ogni sei ore. 1 passeggiata di 15 chilometri tutte le mattine. 1 letto alle undici in punto tutte le sere. E non rimpinzarti la testa di cose che non capisci!*»

«Ah! Ah!» risero i suoi due compagni.

«Ah! Ah!» risero i due ragazzi.

«Il buon vecchio Watson!»

«Per non dire di quell'altra volta in cui… ricordi, George?»

«Presumo tu ti riferisca a quell'oltraggiosa e infondata accusa. Preferirei non parlarne, se non ti dispiace. Anche per galanteria nei confronti della povera signorina Peabody…»

«Come preferisci. Ne parlerò io, dunque. Ecco come andarono le cose. George impiega il suo tempo in una banca della City e poiché è solito addormentarsi al proprio posto di lavoro e dunque non ricordare per nulla dove o come o quando egli ha fatto una certa cosa, risultando al direttore della banca un ammanco di cinquemila sterline, la colpa venne data senza indugi al nostro povero amico!»

«Gli venne dato del ladro, del mariolo tagliaborse, del lestofante disonesto, del malfattore, del farabutto, del filibustiere e quant'altro. E sarebbe certo finito a marcire nel buio umido di una cella a Newgate se non fosse intervenuto il nostro bravo e comune amico Watson, il quale, in compagnia del fidato Holmes, risolse in men che non si dica l'incresciosa faccenda!»

«Il vero colpevole era il direttore!»

«Il quale aveva in odio il nostro povero George per una questione di cuore!»

«La graziosa signorina Peabody!»

«Soave fanciulla!»

«Avrebbe fatto perdere la testa a chiunque...»

«Ma, come detto, giustizia fu fatta.»

«E George venne riabilitato.»

«Il direttore invece finì a Newgate.»

«E la signorina Peabody si sposò con Cosmo Botts, che lavorava come cassiere all'Ufficio Prestiti.»

«Ma questa è un'altra storia!»

«Ah, il buon vecchio Watson...»

«Già, il buon vecchio dottor Watson!»

«Per cui io dico che...»

«Se il buon vecchio Watson chiede di aiutare questi due giovinetti...»

«Dico che avrà le sue buone ragioni.»

«Deve avercele, deve avercele per forza!»

«Però il ronzino, no!»

«Ah, no!»

«Non se ne parla nemmeno!»

«Ci mancherebbe!»

Fu così che quella sera, lungo le acque tranquille del Tamigi, suscitando meraviglia in chi si trovava lungo le sponde, scivolò un'imbarcazione lenta ed appesantita recante i profili di tre uomini, due giovanetti, un cane... ed un cavallo.

«Si deve aggottare» disse d'un tratto Jerome, che governava il timone.

Gli altri due, Harris e George, si trovavano rispettivamente ai remi di poppa e a quelli di prua. David e Calum sedevano al centro, su panche di legno e paglia di Vienna, e al centro stava anche il cavallo, due zampe al di là di una panca e due al di qua dell'altra. Montmorency, invece, osservava sospettoso gli ospiti da prua, accucciato sopra un tappetino ricavato da una passatoia dismessa.

«Si deve aggottare» disse dunque Jerome.

«Noi si deve remare» gli rispose George, parlando anche per conto di Harris.

«Allora tocca a voi» ordinò Jerome all'indirizzo dei due ragazzi. «Aggottate!»

«Aggottate!» dissero gli altri.

David e Calum non avevano la più pallida idea di che cosa significasse aggottare. Loro erano preoccupati per tutt'altro. La linea di galleggiamento della barca, a causa del peso complessivo dei suoi occupanti, era paurosamente scesa, e ad ogni colpo di remo, o semplicemente al passare di un natante, l'acqua entrava dai bordi. Sul fondo dell'imbarcazione ce n'era come minimo un pollice.

Come se ciò non fosse bastato, le nuvole scure che attendevano minacciose ad ovest, con il dileguarsi del sole si fecero coraggio, sistemandosi come il coperchio di una gigantesca pentola sopra la città di Londra, e in breve cominciò a piovere.

«Aggottate! Aggottate!» gridavano i tre uomini, e perfino Montmorency sembrava voler dire altrettanto, giacché, alzatosi sulle quattro zampe, inveiva con un roco e spazientito abbaio.

«Ma che aggottate e aggottate!» strillò di rimando David. «Qui andiamo a fondo!»

Le difficoltà di comunicazione sono all'origine di numerose guerre o di eventi altrettanto funesti. Così, in uno slancio dettato dalla pura sopravvivenza, Jerome scattò in piedi (e per poco la barca non scuffiò!) e traballando afferrò l'aggottatoio (una specie di padella ricurva). Quindi si mise ad aggottare, cioè a svuotare la barca dell'acqua servendosi di quell'arnese.

E poiché la pratica val più della grammatica, come solevano dire gli anziani, David e Calum s'illuminarono all'istante e all'istante compresero il significato di aggottare e dunque presero ad aggottare come mai avevano aggottato in tutta la loro breve esistenza, utilizzando non solo l'aggottatoio ma altresì le mani unite a scodella.

La comitiva decise di trascorrere la notte sotto un ponte dalle parti di Dartford, nel Kent, una dozzina di miglia ad est di Londra. Pioveva incessantemente, e sebbene il telo impedisse agli occupanti dell'imbarcazione d'infradiciarsi del tutto, la situazione e l'oscurità imposero tuttavia d'interrompere la navigazione.

«Mentre voi terminate di aggottare» disse Jerome sbarcando sulla riva fangosa, «George accenderà un bel fuocherello ed Harris provvederà a prepararci la cena.» Per sé, come sempre, aveva riservato il compito, oltremodo improbo, a suo dire, di coordinare il lavoro degli altri.

La legna, umida, non ne volle sapere di accendersi e i cinque più il cane e il cavallo furono costretti a pigiarsi sotto l'arcata del ponte, attorno alla fiacca fiammella del fornello a spirito, passandosi, per scacciare l'amarezza ed asciugare le ossa, una bottiglia di liquore, con il disdicevole risultato che un'ora dopo erano tutti ubriachi, ragazzi, cane e cavallo compresi.

Harris si esibì in una delle sue imbarazzanti (per gli altri) canzonette comiche: *Quando ero giovincello mi avevano impiegato, come fattorino presso un avvocato. Perdindirindina perdindirindina, sono comandante della marina!...* Oh be', se non la conoscete fa nulla: non vi siete persi un granché!

George, dal canto suo, tentava miseramente di accompagnare quei latrati pizzicando (a caso) le corde di quello che riteneva l'oggetto più in voga quell'anno sul fiume, un banjo, dal quale riusciva a ricavare soltanto disarmonie e stonature impossibili.

Jerome aveva il suo da fare a tener buono Montmorency che, ubriaco pure lui, ringhiava e sbavava nel tentativo di divincolarsi, e non sapeva decidersi se mordere alla gola Harris e George o piuttosto le macilente cosce del ronzino.

Quanto a David e Calum, furono presi da un attacco di ridarola, quello strano fenomeno che induce a ridere di continuo senza alcun motivo apparente, ma che alla fine, pur sfiancando come una corsa, fa stare immensamente bene.

Il mattino seguente si svegliarono tutti e sette starnutendo.

«Ci siamo presi una bella infreddatura!» dichiarò Jerome stiracchiandosi. «In questi casi nulla è più efficace di un mezzo bicchierino di rum!»

Lo stomaco affamato di Calum mandò un inequivocabile lamento.

«Prima però ho idea che dovremmo trovare qualcosa da mettere sotto i denti!» osservò George.

Per loro grande sfortuna si trovavano in una zona isolata, a diverse miglia di distanza dal più vicino villaggio, e considerata l'improvvisa e inaspettata partenza non era venuto loro in mente di provvedere a rifornirsi di viveri.

«L'avevo detto che avremmo dovuto caricare in barca delle provviste» disse Jerome.

«Provviste in barca? Che assurdità! E come potremmo conservare il cibo?»

«La carne secca» ribatté Jerome. «Quella si conserva!»

«Ho la gastrite» gli ricordò George. «La carne secca non posso davvero digerirla.»

«Dicevo per dire...»

«Piuttosto sarebbe servita della verdura. La verdura è necessaria durante la navigazione.»

«Chi lo dice?»

«Tutti i grandi esploratori portavano verdura fresca a bordo delle loro navi!»

«Noi non dobbiamo attraversare l'Atlantico e

doppiare Capo Horn, ma solo discendere il Tamigi!» fece osservare Jerome.

«Io adoro i pasticci» disse Harris. «In particolar modo quelli di carne.»

«I pasticci si deteriorano.»

«A me piace il formaggio. Potremmo comprare grandi quantità di formaggio stagionato e servirlo con del pane!»

«Il pane rinsecchisce, e non c'è di peggio del pane quand'è secco...»

«E poi il formaggio è invadente. Vuole tutta la barca per sé, e avvolge ogni cosa col suo odore...»

«Ci sono delle galline, lì in fondo» li interruppe David.

«Che idea bizzarra!» disse Jerome. «Anche ammesso che qualcuno di noi si proponga per tirare loro il collo – cosa che io mi rifiuto assolutamente di fare – come dovremmo cucinarle? Sul fornello a spirito?» E giù a ridere.

«Dove ci sono galline» spiegò pazientemente David, «ci sono probabilmente uova, e le uova si possono mangiare anche crude.»

I tre amici ammutolirono.

«Andiamo, Calum» disse David. «Vediamo di procurare a questi simpatici gentiluomini una degna colazione!»

Quando tornarono, una decina di minuti più tardi, Jerome, Harris e George erano ancora impegnati a cercare, tra tutti i generi di cibo della Terra, quello più adatto ad essere conservato e consumato sul fiume.

«Abbiamo le uova!» esclamò Calum.

La prospettiva della pancia piena fece tornare miracolosamente il buonumore alla compagnia. Harris propose subito di strapazzarle. Il fornelletto conteneva ancora alcol sufficiente per la cottura, disse, sebbene ogni cosa cotta utilizzando il fornelletto sapesse, alla fine, di alcol denaturato.

«Sono un esperto in fatto di uova strapazzate» assicurò. «Coloro i quali anche una volta soltanto hanno potuto assaggiare le mie uova strapazzate» disse, «non desiderano più alcun altro cibo in seguito. E languendo arrivano a rischiar di morire di fame, se non possono averne!»

A quelle parole tutti (cane e cavallo inclusi) si disposero ad assaporare una tale prelibatezza e ad abbandonare le proprie mascelle al piacere della masticazione.

Harris, con aria impettita, ruppe la mezza dozzina di uova nella padella: tre finirono dentro e tre preferirono trovare ospitalità sulle sue braghe. Poi prese a girarle e a rigirarle (o meglio, a torturarle) con una forchetta riuscendo in quello che, nelle sue intenzioni, doveva rappresentare una parte fondamentale del metodo culinario, ovvero scottarsi le dita. Alla fine ne cavò fuori un paio di cucchiai di un intruglio bruciacchiato e poco invitante.

«È colpa della padella» lamentò sotto gli occhi inviperiti dei suoi compagni d'avventura. «E anche delle uova» aggiunse. «Dovevano essere vecchie!»

Abbandonato il proposito di un buon pasto, venne deciso di riprendere la navigazione. Jerome era come al solito al timone, mentre George e Harris, ancora sulla sponda, discutevano sulla rispettiva collocazione a poppa o a prua. David e Calum erano invece impegnati a sistemare il cavallo al centro della barca, così da non rischiare che questa si capovolgesse.

E fu allora che giunse quell'uomo. Apparve d'improvviso dalla spalletta del ponte, e vi salì con un balzo degno di un atleta. Portava un mantello, nero, e un cilindro, calcato in testa in modo rozzo, come mai lo avrebbe portato un abituale indossatore di cappelli a cilindro. Il suo volto era in parte nascosto dalla tesa, ma quel poco che si vedeva aveva caratteristiche a dir poco mostruose: i peli ispidi, gli occhi accesi d'un fuoco demoniaco e la bocca stirata in un ghigno orribile, all'interno della quale s'intravvedevano denti aguzzi, ingialliti da chissà quali abominevoli pasti.

Corse verso di loro a balzoni, imprevedibile come un animale, emettendo versi gutturali e spaventosi.

I cinque si fermarono, attoniti, non sapendo che fare, poiché le sue intenzioni non erano affatto chiare.

Egli si diresse verso i remi e, con un gesto all'apparenza folle, li spezzò, dapprima in due, quindi in quattro pezzi, a mani nude, in una dimostrazione di forza belluina. Infine rise di un riso demente e fuggì da dov'era venuto.

«Ecco fatto» disse Harris dopo alcuni interminabili istanti di silenzio. «Ora non litigheremo più su chi dovrà remare a poppa e chi a prua!»

Ma poiché, come si usa dire, al peggio non c'è mai fine, quando ancora aleggiava nell'aria la stridula risata del folle, giunse a tutta birra dall'entroterra il fido Montmorency, le orecchie al vento e alcune piume di gallina infilate tra i denti.

«Dagli!» gridava qualcuno alle sue spalle. «Dagli al cane assassino di galline!» A giudicare dal tono, chiunque fosse il proprietario di quella voce doveva essere piuttosto contrariato.

Spuntò un contadino armato di forcone e, dietro di lui, una coppia di ragazzotti altrettanto inferociti e altrettanto ben equipaggiati di armi agricole.

«Dagli anche ai padroni del cane!» gridarono nel vederli.

Senz'altri indugi, l'allegra compagnia di naviganti guadagnò la barca e spingendo con le mani, con i piedi e con tutto quello con cui si poteva spingere si allontanò rapidamente alla riva.

Montmorency, a prua, sembrava sorridere soddisfatto. La sua colazione, quantomeno, era stata degna di tal nome.

Per tutto il resto della giornata i cinque si sprecarono in argomentazioni d'ogni genere circa le origini, gli atti e la sanità mentale del misterioso individuo che aveva distrutto i remi della barca. Ma tali discussioni non portarono a nulla, tranne al fatto che la barca dovette discendere il fiume affidandosi solo alla corrente, mentre uno strascico di inquietudine rimaneva infisso come un chiodo arrugginito nel cuore di ciascuno (cane e cavallo compresi; cane un po' meno, giacché uno stomaco pieno solleva l'animo dalle preoccupazioni ben più di uno stomaco desolatamente vuoto).

Nonostante queste difficoltà, la navigazione procedette senza intoppi, ed anche il tempo decise di dare una mano a quello strampalato equipaggio accompagnandolo con un sole caldo, quasi estivo, ed una brezza leggera proveniente da ovest che sembrava fatta apposta per sospingerli verso la foce del Tamigi, laggiù dove la Manica incontra il Mare del Nord.

«Avete detto che intendete raggiungere il continente?» chiese Jerome ai due ragazzi.

Stavano costeggiando un tratto boscoso, una sponda lussureggiante e intricata come la foresta di una fiaba o di un'antica leggenda medievale.

«Proprio così» rispose David. «Raggiunta la costa ci imbarcheremo per la Francia e di qui raggiungeremo la Svizzera in treno.»

Harris strabuzzò gli occhi. «Un viaggio impegnativo!»

«Potete dirlo forte» replicò Calum.

«Molto interessante...» disse George. «Potremmo prenderlo in considerazione per l'anno venturo.»

«Perché no? Purché non lo si faccia in barca.»

George si accese la pipa e cominciò a tirare brevi boccate. «Qual è il motivo di questo vostro lungo viaggio, giovanotti?»

David valutò che, considerata la gentilezza dimostrata dai tre uomini (e dal cane, anzi, dal cane un po' meno), il minimo che essi meritavano era un briciolo di sincerità.

«Andiamo a cercare mio padre» disse, quasi in un sussurro.

«Davvero? Nobile, nobilissima missione, ragazzo! I miei... i nostri complimenti!»

«E perché tuo padre si trova in Svizzera?» volle sapere Harris.

«E perché lo devi cercare?» incalzò Jerome.

«Mio padre, vedete, per quanto possa apparire strano è... è Sherlock Holmes.»

«Oh! Questa poi!...»

«È fantastico!»

«Ecco perché Watson ci teneva così tanto!»

«Ma Holmes» s'interrogò Jerome «non è forse morto?»

«Scomparso» lo corresse David. «Ed è mia convinzione, e anche del dottor Watson, che il responsabile di questo mistero sia il professor Moriarty.»

«Il professor Moriarty?»

«Il criminale dei criminali?»

«Proprio lui.»

«In tal caso vi siete trovati una bella gatta da pelare» constatò Jerome.

Alla parola *gatta* Montmorency emise un lugubre ululato.

D'improvviso si udì un colpo, simile ad un botto o ad una piccola esplosione, come uno sparo. Era così simile ad uno sparo di fucile che effettivamente non poteva essere altro che uno sparo di fucile.

«Ehi! Chi...»

Ci fu un altro colpo, e dal bordo dell'imbarcazione saltò via una scheggia grande quanto un pollice.

«Ci sparano! Ci sparano addosso!»

Qualcuno infatti doveva aver scambiato i nostri eroi per sagome di un luna park e, celato dai leggiadri e fiabeschi alberi che ornavano la riva, si esercitava al tiro al bersaglio.

«Giù la testa!» ordinò George. E tutti, eccetto il cavallo, si appiattirono sul fondo della barca.

Seguirono altri tre o quattro colpi ed uno di essi perforò lo scafo da parte a parte, provocando una piccola immediata falla.

«Chiudetela! Chiudetela!» strillava Jerome, abituato come sempre a impartire ordini. «Chiudetela o affonderemo!»

L'acqua entrava a fiotti e George vi infilò prontamente un dito (uno dei suoi, è ovvio: sarebbe oltremodo sconveniente agguantare un dito qualsiasi, magari di uno che semplicemente si trova a passare da quelle parti, e ficcarlo in un buco sul fianco di una barca, non trovate?)

Attesero di sorpassare un'ansa del fiume e di non udire altri colpi per un buon numero di minuti prima di rialzare cautamente la testa.

«Ehi, dico! Che modi sono di sparare alla gente per bene come se si trattasse di quaglie o pernici?» prese a sbraitare Harris, con il coraggio che deriva dall'aver scampato un pericolo.

«Ci è mancato poco!»

«Un pelo!»

«Che canaglia!»

«In galera, lo manderei! Difilato!»

Calum era corso (si fa per dire, dato che in barca non si corre) dal cavallo, temendo che un proiettile lo avesse raggiunto. Fortunatamente si avvide che stava bene.

«Questa faccenda non mi quadra» disse a David.

«A chi lo dici. Come non mi quadra quel becero che ha distrutto i nostri remi. Sono convinto che seguisse un disegno.»

«Perché dovrebbe avercela con noi? Pensi che possa essere qualcuno mandato da Fagin o da Sikes?»

«No. Non avrebbero alcun interesse a darci fastidio, non più. Soprattutto dopo che ci siamo allontanati da Londra.»

«E allora?...»

«Ne verremo a capo. Abbi pazienza.»

«Pazienza» borbottò Calum scuotendo la testa. «Sempre che non ci facciano la pelle prima! È facile aver pazienza da morti!»

«Che ne direste di trovare qualcosa da mettere nel buco al posto del mio pollice?» esclamò ad un certo punto George.

Quella sera giunsero a Canvey-on-Sea, una località balneare situata sull'estuario del Tamigi, oltre la quale si apriva libero, freddo e selvaggio il Mare del Nord.

Per riparare la falla venne utilizzata una manica della camicia di George, sebbene lo stesso George fosse contrario, ma poiché era l'unico che potesse sfoggiare una giacca a vento nuova e dunque meglio sopportare il freddo della notte anche privo della camicia, così fu deciso.

«Se avessimo una vela, potremmo portarvi fino a Ramsgate, da dove salpa il traghetto per l'Europa» disse Jerome, mentre si trovavano tutti (eccetto il cavallo) riuniti attorno ad un tavolo dell'accogliente locanda *Lobster Smack*.

Le aragoste bollite distese sui piatti parevano addormentate, non fosse stato per il fatto che non avevano più gli occhi.

«Potremmo sempre acquistarne una» osservò George. «Ci farà comodo quando risaliremo il fiume tra due settimane.»

«Acquistare un'aragosta? George, vecchio mio, sei già ubriaco, per caso? Come potrebbe mai farci comodo un'aragosta per risalire il fiume?»

«Sto parlando di una vela, Harris. Dico di acquistare una dannatissima vela!»

«Il vento sul fiume è piuttosto bizzarro» prese a disquisire Jerome. «In verità tende ad essere sempre contrario alla direzione intrapresa, sicché, remi o vela che uno abbia a disposizione, gli tocca comunque fare una gran fatica. Quando però dimentichi la vela, allora stai pur sicuro che il vento ti sarà per tutto il tempo favorevole.»

Tutti i presenti concordarono sul fatto che il vento aveva un atteggiamento a dir poco indisponente e anche sull'acquisto, previsto per il mattino seguente, di una grande vela bianca.

Dopo aver divorato le povere aragoste senz'occhi, essersi leccati le dita, aver messo queste ultime a bagno nell'acqua e limone per deodorarle ed aver dato fondo all'ultimo bicchiere di birra, il gruppetto (cane e cavallo compresi) seguì Harris lungo le viuzze del villaggio, alla ricerca di un posticino dove *bere del nettare di prima classe* (così aveva detto). Harris, dovunque si trovasse, si vantava sempre di conoscere ottimi posticini *dove bere del nettare di prima classe*. Il più delle volte, però, non li conosceva affatto.

Finì che dopo aver girato a vuoto per ore e aver trovato solo serrande calate, i bipedi e i quadrupedi fecero mestamente ritorno alla barca, ormeggiata in vicinanza di un ponte. O almeno, ricordavano di averla ormeggiata in vicinanza di un ponte, poiché quando vi giunsero, sebbene il ponte fosse effettivamente al suo posto, lo stesso non si poté dire dell'imbarcazione, ch'era invece sparita!

Subito i tre uomini presero ad accusarsi e ad ingiuriarsi, dando l'uno dell'incompetente all'altro, l'altro del superficiale all'uno, il terzo degli inetti e incapaci agli altri due.

«Non è colpa di nessuno» li interruppe David, osservando qualcosa sulla riva.

«Spiegati, ragazzo!»

«La barca era fissata bene. Qualcuno ha semplicemente tagliato la fune che la legava, mandandola alla deriva.»

Gli si fecero intorno. David teneva tra le dita i resti sfilacciati di una cima.

«Chi? Chi può averlo fatto?...»

Chi più chi meno, tutti (cane e cavallo compresi) cominciarono a farsi un'idea su chi potesse essere stato. Appariva sempre più probabile che l'uomo dei remi, il misterioso cacciatore tra i boschi e il ladro di barche fossero la stessa persona.

«E ora?» piagnucolò Calum.

«Ora bisognerà trovare da dormire. Non possiamo certo rimanere all'addiaccio!» rispose Jerome.

«Si dà lo sfortunato caso» intervenne George «ch'io non abbia, per così dire, il becco di un quattrino!»

«Neppure io» disse Harris. «Anzi, mi duole ricordarvi che il conto della cena, peraltro assai salato, è stato regolato dal sottoscritto!»

«Oh, diavolo! Quanto la fai lunga per qualche spicciolo!»

«Non si trattava affatto di qualche *spicciolo*, mio caro!»

«Jerome? Hai nulla, tu?»

«Io, a dire il vero, ero convinto che al denaro avreste pensato voi!» si giustificò. «Vai un po' a fidarti degli amici!»

«Sicché non abbiamo un penny» conclusero i tre uomini in coro.

«Nemmeno noi» ammise con aria afflitta Calum.

«Guardate lì» disse invece David indicando qualcosa alla sua destra.

Sul ciglio della strada, a non più di dieci passi da dove si trovavano, apparve un cartello, e *apparve*, credete, è il termine più opportuno, poiché solo pochi istanti prima in quel preciso luogo non sembrava essercene alcuno.

CASTELLO DISABITATO DI CANTERVILLE
Un comodo riparo per chi non ha dove andare,
si trova senza imbarcazione
e senza un penny nelle braghe

diceva il cartello. Era a forma di freccia e indicava una carraia che s'inoltrava buia verso le colline.

«Che ne dite?» chiese David.

«Un bel cartello» rispose Harris. «Nulla da eccepire. A parte il fatto che forse avrei usato una calligrafia più tradizionale. Ma questa è un'opinione personale, s'intende!»

«A me piace!» esclamò George.

«Credo che David accennasse al fatto di trascorrervi la notte» precisò Jerome.

«Sul cartello?» fece Harris.

«Al castello!»

«Castello disabitato di Canterville» lesse Calum. «Direi che casca a fagiolo!»

«Non conosco questo antico maniero» dichiarò George.

«Tuttavia Canterville mi sembra un bel nome» osservò Harris.

«Un nome di classe!»

«Conoscevo un Canterville, molto tempo fa, grande appassionato di corse di cavalli...»

«Bilbo Canterville?» chiese Jerome.

«Octavio Canterville?» volle sapere George.

«Forse Sebastian?»

Diedero così inizio ad uno scambio serrato di battute sul presunto nome di quel Canterville appassionato di cavalli, senza giungere peraltro ad alcuna conclusione. Tali inutili conversazioni erano molto frequenti tra i tre, e pur costituendo il sale della loro amicizia, ne rappresentavano al tempo stesso il limite.

Passò berciando uno stormo di corvi che si confondeva con il nero della notte, e cominciarono a cadere alcune grosse gocce di pioggia.

«Sarebbe opportuno decidersi» intervenne David.

I tre uomini si dissero d'accordo sul fatto che il nome Canterville prometteva bene.

«Allora è stabilito» concluse Calum. «Pernotteremo al castello!»

Quando imboccarono il viale che portava al maniero, il temporale infuriava e i cinque esseri umani, il cane e il cavallo erano inzuppati come biscotti nel tè.

Il portone, socchiuso, si aprì cigolando ad una lieve pressione e l'atrio in stile Tudor li accolse, freddo e oscuro.

«Questo posto è inquietante» osservò Calum.

«Sempre meglio che stare là fuori. Sento le mie povere ossa gemere» disse George.

«Non sono le tue ossa» ribatté Jerome. «Sembrano piuttosto... catene!»

«Devono essere le imposte che sbattono al vento.»

«Già. Dev'essere così. Guardate, la biblioteca...»

Entrarono in una lunga sala dal soffitto basso, chiusa ad un'estremità da una gigantesca vetrata istoriata. Un cupo caminetto era addossato alla parete opposta.

«Troviamo qualcosa per accendere il fuoco!» propose Jerome.

George e Harris fecero a pezzi un paio di sedie malandate e nel volgere di qualche minuto la stanza venne rischiarata da una tiepida fiamma.

Accanto al camino, coperti da lenzuola lacere e ingiallite, c'erano due divani, ampi a sufficienza perché tutti vi potessero trovare posto. Il cavallo venne sistemato sotto la vetrata e Montmorency si accoccolò in grembo a Jerome.

Ogni cosa sembrava perfetta per trascorrere una tranquilla nottata, e dopo qualche chiacchiera il sonno li avvolse tutti nel suo soffice abbraccio.

Verso l'una, però, Calum si svegliò di soprassalto. Gli pareva di aver udito un rumore. Si guardò attorno, ma i suoi compagni dormivano profondamente.

Cambiò posizione, e si apprestava a riprendere sonno quando udì di nuovo quel rumore, come uno sferragliare di catene. Dovevano essere le imposte, si disse, non mancando di notare che il suo cuore si era messo inspiegabilmente a correre più in fretta. Frattanto il ferroso rumore anziché cessare sembrava addirittura essersi avvicinato.

Calum si rizzò a sedere di scatto.

Che ci fosse qualcun altro oltre a loro, nel castello? Il proprietario, forse? Eppure il cartello diceva a chiare lettere che si trattava di un castello *disabitato*.

Cercando di non svegliare gli altri, Calum si levò dal divano e raggiunse l'atrio. E qui, nella languida luce lunare, si trovò al cospetto di una figura orribile. Un vecchio dagli occhi accesi come tizzoni e dai capelli lunghi e scarmigliati lo fissava facendo ondeggiare manette e catene arrugginite dai polsi e dalle caviglie. Gli abiti laceri e frusti fluttuavano, mossi da un invisibile e gelido vento infernale.

«Chi… chi siete?…» balbettò Calum pietrificato dal terrore.

«Sono Sir Simon de Canterville» rispose con voce profonda il vecchio. «Morto da trecentosette anni!»

Quando Calum rinvenne, era di nuovo steso sul divano. Per un brevissimo istante si rallegrò, credendo di aver sognato, ma quando si avvide che Jerome, per fargli riprendere i sensi, lo stava schiaffeggiando, capì che la sua brutta avventura era stata vera.

«Che cosa stavi combinando, amico?» gli chiese David.

«Già. Che ti salta in mente di andare a zonzo di notte in un posto come questo?»

«Potevi ammazzarti!»

«Ci hai fatto prendere uno spavento!»

«L'avete visto?…» mormorò Calum. «L'avete veduto anche voi?»

«Chi? Chi avremmo dovuto vedere?»

«Il fantasma di Canterville!»

Ci fu un istante di assoluto silenzio. Poi tutti, eccetto Calum, il cane e il cavallo, scoppiarono a ridere.

«Un fantasma?»

«Che sciocchezza!»

«I fantasmi son cose per creduloni!»

«Ben detto! I fantasmi son frottole per stolti!»

«Per allocchi!»

«Figuriamoci!»

«Ma io... io l'ho visto!» insisté Calum.

«Come no!»

«Watson, amico mio. Hai probabilmente avuto un attacco di sonnambulismo e inciampando su di una vecchia armatura all'entrata sei caduto e hai battuto la testa. Tutto qui» spiegò David.

«Proprio così! Nessun mistero!»

«Ma lui era lì! E mi ha parlato!...»

«Ora riposa» lo interruppe Jerome. «E vedi di non muoverti più dal divano. Abbiamo bisogno di tutte le nostre forze domani!»

Ma un'ora più tardi si udì, sempre proveniente dall'atrio, un tonfo pauroso.

Questa volta si svegliarono tutti quanti.

«Cos'è stato?» si domandò George.

«È... è il fantasma!» disse Calum, raggomitolandosi sul divano.

«Ancora con questo fantasma?»

«Vado io» propose Harris.

«Andiamo tutti» disse invece David.

Si affacciarono sull'atrio e videro i pezzi di un'armatura scomposta disseminati sul pavimento di pietra.

«È la stessa armatura!» esclamò George.

«Ed è di nuovo a terra» aggiunse Jerome.

«Ma non l'avevamo rimessa a posto poco fa?»

«È stato il fantasma» ribadì dalla biblioteca la voce tremula di Calum.

«È stato il vento» concluse Harris. «I fantasmi non esistono.»

E senza aggiungere altro, il gruppetto tornò sui propri passi.

Ma non fecero in tempo a richiudere le palpebre che sentirono bussare ad una delle finestre.

«Chi sarà?»

«Adesso basta!» sbottò Jerome, avvicinandosi a passo deciso alla finestra in questione. Spalancò la vetrata e afferrò la mano che bussava. Poi le diede uno strattone, catapultando all'interno della sala quel che vi era attaccato, ovverossia un braccio.

«Un braccio senza corpo? Che faccenda bizzarra!» osservò.

«Quel braccio è mio!» disse una voce cavernosa.

Tutti si voltarono. Dalla porta della biblioteca li

osservava un vecchio con i capelli scarmigliati e gli occhi cerchiati di rosso.

«Eccolo!» gridò Calum nascondendosi dietro a George, che era decisamente il più in carne di tutti. «È lui! È quel fantasma!»

«Brav'uomo» lo apostrofò con calma Jerome, «mi dispiace molto per il vostro braccio... Tuttavia sareste così cortese da dirci se siete voi a disturbare di continuo il nostro sonno?»

Il fantasma (perché di fantasma in effetti si trattava) rimase stupito. Lui, che aveva fatto ingrigire per lo spavento la parrucca di Lord Raker, che aveva provocato un accesso di febbre cerebrale alla vecchia Madame de Tremouillac, fatto licenziare un numero indefinibile di maggiordomi e governanti e spaventato la graziosa Lady Barbara Modish al punto da indurla a rompere il fidanzamento con un rampollo dei Canterville; lui, che grazie alle sue infinite trasformazioni aveva ricevuto i soprannomi più raccapriccianti: l'Infante Strangolato, il Succhiasangue della Palude di Bexley, Daniel il Muto ovvero lo Scheletro del Suicida e ancora Martin il Maniaco, il Cacciatore dei Boschi di Hogley e il Conte senza Testa, si trovava ora ad essere accusato di disturbare il sonno di cinque bifolchi!

«Certo che sono io!» proruppe, facendo seguire la frase dalla sua celebre risata satanica.

«In tal caso, potreste piantarla?»

«Come sarebbe piantarla?»

«Smetterla, farla finita, cessarla, desistere. È abbastanza chiaro, adesso?»

«Come osate?» tuonò il fantasma balzando in piedi. «Io sono Sir Simon de Canterville!»

«Oh, ma potevate dirlo subito!» esclamò Jerome. «Sir Simon! Quale onore!»

«È un vero piacere... Ecco il vostro braccio, signore.»

E tutti, eccetto Calum, gli si fecero intorno.

«Io mi chiamo Jerome K. Jerome. E lui è William Samuel Harris. Questi invece è George. Quell'altro è David Pip e il ragazzo dall'aria pavida seduto laggiù è Calum Trabbles...»

«Traddles» lo corresse David.

«Quel cavallo» proseguì Jerome, «è... be', è un cavallo, mentre quell'ammasso di pelo così carino è il mio fidato cane, Montmorency!»

Harris si esibì in un inchino. «Sir Simon, è un vero privilegio potervi stringere la mano, la vostra... ehm, unica mano. Per quanto debba dire, senza offesa, che la trovo un tantino fredda. Perché non venite a scaldarvi vicino al fuoco, Milord?»

«Vogliate perdonare» disse George profondendosi, dato che non voleva esser da meno, in un inchino più servile di quello dell'amico, «ma con quell'abbigliamento e quella capigliatura chiunque vi avrebbe scambiato per un mendicante!»

«Per un abusivo!»

«Per un vecchio cialtrone senza futuro!»

«Siete per caso parente di quel tale Canterville grande giocatore di polo e appassionato di corse di cavalli?»

«Dite, dite. Come va la caccia al fagiano quest'anno?»

«E il cricket? Dovete sapere che io sono abilissimo nel gioco del cricket! Sono talmente abile che una volta, ad Ascot...»

La notte passò, e allo spuntare del sole la compagnia dovette salutare Lord Canterville.

«È stato un vero piacere, signore.»

«Un onore.»

«Non vedo l'ora di raccontarlo agli amici del circolo.»

«Grazie dell'ospitalità!»

«Ce ne fossero, di Lord come voi...»

«E pensare che questo ragazzino vi aveva scambiato per un fantasma!»

«Un fantasma!»

«Ma dico io, si può dire una corbelleria più corbelleria di questa?»

«Addio, Milord!»

«Addio, Sir Simon!»

«Addio, signore, e riguardatevi!»

Il fantasma era frastornato. Subissato dalle chiacchiere per quasi cinque ore filate, si sentiva infinitamente stanco e provato.

Li salutò con la mano (l'unica che possedeva) come se fossero vecchi amici. Dopodiché si trascinò nelle segrete del castello e cadde sfinito nella sua nera bara di mogano.

Fuori dal castello era arrivata una carrozza, da cui scesero alcune persone cariche di bagagli.

«Bene arrivati» li salutò Jerome.

L'uomo ricambiò il saluto. «Sono Hiram B. Otis» si presentò, «il nuovo proprietario di Canterville Chase. Lei è mia moglie Lucretia e questi i miei figli: Washington, Virginia e i gemelli.»

«I nuovi proprietari del castello?» esclamò George. «Ecco perché Lord Canterville sembrava così abbattuto!»

«Dev'essere dura lasciare la propria casa.»

«Puoi dirlo forte Harris. Puoi dirlo forte!»

«Un uomo, giù al porto» tagliò corto il signor Otis, «mi ha incaricato di darvi un messaggio, qualora vi avessi incontrato...»

«Che uomo?»

«Che messaggio?»

«Aveva il viso coperto da un grande cappello e

fumava la pipa. Mi ha detto di riferirvi questo: la vostra imbarcazione vi aspetta nel posto in cui avrebbe dovuto essere ieri sera. Questo vi dice qualcosa?»

«Se ci dice qualcosa?»

«Ci dice moltissimo. E scusate la fretta! Addio!»

I cinque (più il cane e il cavallo) corsero lungo il sentiero a rotta di collo e poco ci mancò che non rotolassero gli uni sugli altri. E una volta giunti in vicinanza del ponte trovarono, ormeggiata alla banchina, la loro imbarcazione in perfetto stato, la falla otturata, tutti e quattro i remi sugli scalmi e una nuova, grande, magnifica, soffice, bianca vela.

L'unico che trovò qualcosa da eccepire fu George.

«Dal momento che la falla è stata riparata» protestò, «almeno poteva restituirmi la camicia!»

In barba alla teoria del vento sempre contrario sostenuta da Harris, la barca veleggiò con il favore di una lieve brezza giungendo in una sola giornata a Ramsgate, un'antica e ridente città di pescatori circondata da colline coltivate a meli e ciliegi.

«Questa zona è chiamata il giardino d'Inghilterra» spiegò George.

«È molto bello» convenne David.

Jerome prese a raccontare di quando, una volta, avventurandosi da quelle parti per una gita in barca con una sua cugina, aveva rischiato di affondare, dopo aver cozzato violentemente contro qualcosa che galleggiava sull'acqua, e di come entrambi erano rimasti sconcertati nel constatare che quel qualcosa che galleggiava era una bara.

George, dal canto suo, non volendo essere da meno, raccontò di quando una volta, lungo il fiume, era stato attaccato da diciotto cigni furiosi che avevano tentato di afferrarlo e trascinarlo sott'acqua per affogarlo. Quest'ultima storia disseminò una certa inquietudine nell'animo dei naviganti, al punto che tutti, pur cercando di non darlo a vedere, presero a scrutare il cielo e le rive alla ricerca di cigni dall'aria ostile.

E fu più o meno a quel punto che si udì lo schianto e, dopo lo schianto, una serie irripetibile di imprecazioni.

Quando, ammainando la vela, videro quello che era capitato, scoppiarono tutti a ridere ma poi, valutata l'intensità crescente delle suddette imprecazioni, smisero subito. L'imbarcazione, sulle ali della velocità, aveva centrato in pieno un barchino da pesca con a bordo tre anziani pescatori che sonnecchiavano. I tre uomini, sbalzati dalle loro sedie a causa dell'urto, giacevano sul fondo della barca annodati l'uno all'altro, lanciando maledizioni a lunga gittata, che coprivano non soltanto l'intero arco di una vita, ma si estendevano ai discendenti dei loro speronatori per generazioni e generazioni a venire.

Dopo averli aiutati a rialzarsi, Harris si disse scandalizzato nell'udire uomini della loro età trascendere fino a quel punto per un banale contrattempo di navigazione, ma questo, anziché calmarli, ebbe il potere di aumentare vieppiù la loro ira.

In ogni caso, erano giunti a destinazione.

David era riuscito a salvare alcune sterline dalle grinfie di Fagin nascondendole nelle scarpe e così poté acquistare due biglietti per il piroscafo in partenza per Calais, in Francia.

Jerome, Harris, George e Montmorency accompagnarono i due ragazzi al molo numero cinque, promettendo solennemente che si sarebbero occupati del cavallo.

«Ne avremo cura come di un amico fraterno!» dichiarò Harris.

«Addio, amici» dissero insieme i due ragazzi. «Auguri per la vostra impresa e grazie per tutto l'aiuto che ci avete offerto.»

«Se non altro abbiamo fatto un bel po' di pratica...»

«Vero!»

«Senza contare che ci abbiamo guadagnato una bellissima e utilissima vela!»

Harris pensò che sarebbe andato anche lui volentieri in Europa. Forse l'anno venturo, magari in bicicletta, perché no, attraverso le foreste della Germania: aveva sentito dire un gran bene della Foresta Nera e benché ci fosse un mucchio di salite, si potevano prendere dei trenini che... Ma questa è un'altra storia.

La sirena del battello fischiò tre volte. Era il segnale che venivano ritirate le passerelle.

David e Calum rimasero sul ponte, appoggiati al parapetto, a salutare con la mano quello strano terzetto di uomini più un cane e ora anche un cavallo.

David pensò che c'era ancora gente perbene sulle strade e sui fiumi del mondo. E per quante cose brutte e cattive t'insegnava un posto come Montague Hall, c'erano altrove cose altrettanto belle e buone che le bilanciavano. Era così che funzionava il mondo.

Il traghetto annunciò la partenza. I gabbiani si levarono in volo stridendo a più non posso. La gente salutò dal molo, festosa. Montmorency abbaiò, il cavallo nitrì. Ci fu una lieve scossa e finalmente il battello si staccò da terra.

Addio, Inghilterra! Arrivederci a presto!

5. *Insidie per mare e per cielo*

Il traghetto solcava le acque agitate della Manica. Era in perfetto orario. Ancora poco più di quattro ore e avrebbe raggiunto la costa francese.

Il sole splendeva alto in un cielo macchiato qua e là da innocenti sbuffi di nuvole bianche e David Pip si godeva l'aria salubre del mare, affacciato al parapetto del ponte di seconda classe.

Calum invece era sottocoperta, impegnato a trovare posti adatti dove riversare il vomito che incessantemente gli saliva dallo stomaco alla gola.

Qualcuno, sul ponte, osservava furtivo i movimenti di David, celandosi nell'ombra o dietro i fumaioli oppure confondendosi tra la folla.

Ma David era troppo in gamba per non accorgersi che qualcuno lo pedinava da vicino. Così, fingendo di ingannare il tempo, controllava in realtà le mosse del suo inseguitore. Raggiunse una zona del ponte dove non vi erano altri passeggeri, con l'intenzione di costringere quel misterioso pedinatore a palesare la sua presenza.

E difatti, non appena David gli diede le spalle, quello si lanciò su di lui con un balzo.

David fu lesto a scansarsi e l'uomo finì con gli stinchi contro un boccaporto.

«Chi siete?» chiese David, cercando di mostrarsi determinato.

«Chi sono? Ah! Ah» rise l'uomo (doveva possedere una notevole soglia di sopportazione del dolore, giacché, tra tutti i dolori possibili, quello agli stinchi è considerato a ragione uno dei peggiori).

Era a dir poco mostruoso. Portava un cilindro sdrucito calcato sulla testa come un berretto da marinaio, fin sulle orecchie, e un mantello altrettanto frusto fissato sotto la gola. Ma erano il suo viso e il suo intero portamento a preoccupare. Aveva un che di scimmiesco, e David si domandò per un istante se non si trattasse per caso di un gorilla ammaestrato fuggito da un circo.

«Il dottor Henry Jekyll dice di me che sono un mostro!» rispose il misterioso individuo con voce gutturale. «Il brillante, aristocratico, colto dottor Jekyll! Tu sai chi è Henry Jekyll, piccolo morituro?»

«Una persona assennata, suppongo.»

«Oh, assai assennata! Egli è tanto assennato quanto io sono dissennato e folle! Io sono la sua parte nascosta, sono il marcio dei suoi visceri, il verme che si nutre della sua polpa. Per quanto può importare, io sono Edward Hyde, ma tu non vivrai abbastanza a lungo da raccontarlo ad anima viva!»

«Dite?»

«Stai per morire. Questa è la notizia, ragazzo. E saranno le mie mani, queste mani, strette sul tuo collo, a porre fine alla tua vuota esistenza!»

«Perché? Che cosa mai avete contro di me?»

«Non lo sai, forse? I folli, gli insani di mente sono tali perché non c'è ragione che giustifichi i loro atti! Tu morirai semplicemente perché ho deciso così!»

«State mentendo. Un folle non si prenderebbe il disturbo di salire a bordo di un traghetto per l'Europa solo per soddisfare un irrazionale capriccio. Per non parlare dei remi della nostra imbarcazione e della fune tagliata! Voi state perseguendo un fine, uno scopo preciso. E se l'istinto non m'inganna, tutto ciò non è opera vostra. Chi vi ha mandato? Perché mi ostacolate?»

Per tutta risposta l'uomo gli balzò d'improvviso alla gola e per quanto David vi fosse preparato e possedesse una grande agilità, Edward Hyde si dimostrò ancora più agile e infine riuscì ad agguantarlo.

«Lasciatemi! Lasciatemi immediatamente!»

«Ah! Ah! Ah!» rideva l'uomo, in preda ad una incontrollabile eccitazione.

Folle e ragazzo caddero insieme, avvinghiati, al

di là del parapetto, e dopo un volo di una dozzina di piedi finirono entrambi in acqua con un sonoro *PLUFF.*

Calum Traddles si sentiva a pezzi, come se un gigante ubriaco l'avesse afferrato per i piedi e si fosse divertito a scuoterlo per un paio d'ore. Se provava a camminare ondeggiava paurosamente e soltanto l'idea di bere un bicchiere d'acqua o di limonata gli provocava conati violentissimi. Com'era diverso il placido e confortevole rollio della navigazione lungo il Tamigi!

Quando il traghetto attraccò al porto di Calais, in Francia, Calum non si accorse nemmeno che la traversata era giunta a conclusione. E neppure si mosse quando un marinaio lo avvisò che sarebbe dovuto scendere, convinto com'era che se si fosse alzato il mondo avrebbe ripreso a girare per il semplice gusto di dargli un dispiacere.

«Sentite» gli disse a un bel momento il comandante in seconda. «O scendete, o resterete a bordo anche per la traversata di ritorno in Inghilterra!»

Fu sufficiente.

Calum salì tremebondo sul ponte, cercando con lo sguardo il suo compagno, ma non lo trovò. Prese in considerazione l'idea di andarlo a cercare, ma un nuovo spasmo gli impose di desistere. Si sarebbero incontrati sulla banchina, dove forse quel dannatissimo mal di mare avrebbe finalmente avuto termine.

Scese così la passerella reggendosi con entrambe le mani alla spalletta, il colorito verdastro, lo sguardo vitreo fisso davanti a sé (qualcuno, non ricordava più chi, durante la traversata, gli aveva detto che un buon rimedio contro il malessere da navigazione è scegliere un punto, fissarlo e non abbandonarlo mai). La gente, guardandolo, rideva, ma lui, abituato a sentirsi chiamare *Palla di Grasso Rotolante Calum*, quasi non ci badò.

Quando finalmente ebbe sotto i piedi la terraferma, s'inginocchiò chinandosi a baciare l'approdo come Cristoforo Colombo e altri navigatori famosi prima e dopo di lui, ringraziando nel contempo Dio e la Regina di avergli concesso di superare indenne quelle indicibili traversie.

«Watson!» si sentì chiamare. «Che cosa ci fai inginocchiato per terra?» Era David Pip che gli faceva ampi cenni dall'altra parte della strada.

Quando lo raggiunse, Calum notò che l'amico sembrava in preda a un'insolita agitazione.

«Presto, Watson, seguimi!»

«Lascia che mi riprenda, amico. Ho sofferto terribilmente durante la traversata...»

«Non dirlo a me! Comunque non c'è tempo.»

«Almeno una tazza di tè. Vedo giusto una locanda lì in fondo...»

«Non possiamo, non possiamo!»

«Ma perché?... Che hai fatto agli abiti? Sono umidi e...»

«Ti spiegherò tutto una volta giunti a destinazione. Dobbiamo assolutamente mollare gli ormeggi!»

«Un'altra volta? Ah no, mio caro! Non ho alcuna intenzione di salire a bordo di un'altra bagnarola. Ne ho avuto abbastanza!»

«Non andremo per mare, questa volta.»

«E cosa faremo allora? Voleremo?»

«Proprio così, Watson. Voleremo. E adesso seguimi, forza!»

In una baia riparata, non molto distante dal porto, li attendeva un gigantesco pallone aerostatico sballottato dal vento. La navicella era stata legata con grosse funi a scogli e massi e nonostante questo sembrava che la forza del vento dovesse strapparla via da un istante all'altro, come se si trattasse di un bacchetto di canna. Un omino piuttosto buffo, con un berretto bianco posato di traverso sul capo e un panciotto di stoffa gialla e lucida sul quale spiccava un fazzoletto di seta scarlatta che avrebbe suscitato grande ammirazione da parte di Jerome, guardava di continuo verso l'entroterra, sbuffando e controllando più e più volte l'orologio da taschino. Finalmente vide sopraggiungere i due ragazzi e subito diede inizio ai preparativi per il decollo.

«*Snel!* Fate presto!» li esortò. «Ancora qualche minuto e vi avrei lasciati a terra!»

Calum si bloccò ad una ventina di passi dal pallone.

«E io dovrei salire lì sopra?» chiese.

«Avanti!» disse David, spintonandolo. «Non c'è nulla da temere!»

«Quella... quella cosa vola!» esclamò Calum.

«Certo che vola! Semmai mi preoccuperei se non volasse!»

«Io non ci salgo!»

«Non fare il somaro! Hai sentito il signor Pfaal? Se non ci sbrighiamo ci lascia a terra!»

«Tanto meglio!»

«Allora?» sbraitava l'omino buffo, allentando le funi e scaricando zavorra. «Che facciamo? *Kom!*»

«Io resto» dichiarò Calum.

«Lui viene!» disse David, e con un gesto fulmineo piantò nei glutei dell'amico la punta della spilla che fino a un istante prima gli reggeva il bavero.

«AHI!» gridò Calum balzando in avanti.

«Perdonami, vecchio mio, ma se mi costringerai seguiterò ad infilzarti fino a che non sarai a bordo di quella navicella!»

«Oseresti?»

«Stanne certo!»

Calum conosceva fin troppo bene la luce che infiammava lo sguardo di David Pip e sapeva che, se necessario, non avrebbe esitato a ridurre il suo deretano in un colabrodo.

«E sia» concesse. «Ma sappi che se precipiteremo sarà solo colpa tua!»

David sogghignò. «Se precipiteremo, avrà poca importanza attribuire la colpa» disse.

E salirono a bordo.

«Che ci facciamo noi due qui?» chiese Calum Traddles in un modo strano, quasi rivolgendo la domanda a se stesso.

«Elementare, Watson» rispose David. «Approfittiamo del buon cuore di Hans Pfaal, il trasvolatore!»

Erano accucciati sul fondo del cestello che fungeva da navicella. Sopra le loro teste un parapetto circolare che reggeva le corde del pallone, il quale s'innalzava verso l'azzurro del cielo con una forma che poteva ricordare una pera rovesciata. Tra la navicella e il pallone ardeva una fiamma di colore verdastro alimentata dal gas che fuoriusciva da un cannello: la fiamma riscaldava l'aria contenuta nel pallone così da farlo sollevare, secondo il più classico principio della navigazione aerostatica.

Intorno ai due ragazzi c'erano botti grandi e botti piccole, bauli, ceste, astrusi apparecchi tecnologici e una gabbia con due colombi.

Hans Pfaal si trovava all'esterno della navicella, avvinghiato alle corde e sospeso nel vuoto come un marinaio che controlla le sartie sulla cima dell'albero più alto della nave.

«Chi sarebbe questo pazzo?» disse seccato Calum.

«Non è un pazzo. È l'uomo che mi ha salvato la vita!»

«Davvero?»

«Davvero. Sta' a sentire...»

David raccontò così dell'aggressione da parte di Edward Hyde a bordo del traghetto e del loro tuffo al di là del parapetto nel blu del mare profondo.

«Ma... ma io non mi sono accorto di nulla!» esclamò Calum, sorpreso.

«Dovevi essere troppo occupato a rovesciarti lo stomaco sulle scarpe!»

«Finisci di raccontare.»

«Una volta in acqua, Hyde mi stringe la gola mentre i vestiti inzuppati ci appesantiscono, rendendoci sempre più difficile restare a galla...»

«Dev'essere stato tremendo...»

«Lo è stato, amico, lo è stato, eppure devi credermi se ti dico che l'unico mio rammarico era quello di essere sul punto di abbandonare questa vita senza aver raggiunto lo scopo che mi ero prefisso, vale a dire scoprire la verità su mio padre.»

Per Calum non fu difficile crederlo: aveva sempre saputo che il suo grande amico David possedeva qualità e forza d'animo non comuni.

«Dunque, le forze mi vengono meno e sento l'acqua salata entrarmi nella bocca e nel naso, e la gola serrata dalle poderose mani di Hyde, e il suo orrido volto che mi dileggia e ride, ride di quel suo riso folle, quando, tutt'a un tratto, mi pare di vedere una corda sospesa nel cielo, appena sopra il pelo dell'acqua a poche spanne dalla mia mano...»

«Una corda? Una corda che scende dal cielo nel mezzo della Manica?»

«Lo so che sembra assurdo! Ed è precisamente ciò che ho pensato anch'io! Mi sono detto che dovevo soffrire di allucinazioni, e che forse quando si avvicina la fine è così che accade. Tuttavia, mi sono domandato, perché non provare? Così ho afferrato con tutta la disperazione che mi rimaneva quella gomena piovuta dal cielo e ho scoperto che non era affatto una visione, bensì una solida, robusta, ruvida cima. Mi sono sentito sollevare e, quando ho visto che cosa era attaccato a quella fune, quasi non credevo ai miei occhi.»

«E cosa hai visto attaccato alla fune?»

«Ma il pallone! Che altro? Il pallone di Hans Pfaal!»

«Ah, ecco...»

«Un pallone aerostatico, enorme, che si alza veloce sopra il mare.»

«E che ti salva da quel mostro di Hyde!»

«Non ancora. Ascolta. Mi aggrappo alla fune, incredulo della fortuna che mi è capitata, ma la mia felicità dura il tempo di un batter di ciglia poiché, con indicibile delusione, mi avvedo che il pallone, anziché continuare la sua salita, prende a scendere...»

«A scendere?»

«Per colpa di Hyde, naturalmente! È riuscito ad aggrapparsi a sua volta e il peso ha fatto perdere quota al pallone. Si sta arrampicando sulla corda tale e quale a un acrobata, veloce come un ragno che percorre affamato la propria ragnatela. È sempre più vicino e io invece arranco, in difficoltà. Penso che ormai sentirò le sue mani afferrarmi le caviglie e trascinarmi in acqua, quando invece odo un rumore sordo. Guardo giù e vedo Hyde che ha perso la presa e si regge solo con una mano. Sembra sorpreso e guardando verso l'alto impreca a denti stretti. Allora guardo anch'io in su e scorgo questo buffo omino, il signor Pfaal, che getta fuoribordo pesanti sacchi di sabbia mirando alla testa di Hyde.»

«Ah ah! Ben gli sta!»

«Il secondo sacco va a vuoto, ma il terzo e il

quarto tramortiscono il mio inseguitore, che precipita nelle scure acque della Manica con un grido da far accapponare la pelle.»

«Evviva!»

«Ecco perché dico che Hans Pfaal mi ha salvato la vita!»

«Fin qui tutto chiaro. Ora però torno alla mia prima domanda: che ci facciamo noi due su questo trabiccolo volante?»

«Il signor Pfaal ci dà un passaggio.»

«Un passaggio per dove?»

«Elementare, Watson! Per Parigi! Da lì proseguiremo il nostro viaggio in treno.»

Il signor Pfaal rientrò nella navicella con un balzo.

«*Alles in orde!*» disse, che significa *tutto a posto.* «Con quei maledetti gabbiani in giro è sempre meglio controllare che il pallone non si sia bucato. Per quanto la *nederlands jute,* la tela d'Olanda, non abbia nulla da invidiare in quanto a robustezza ai tessuti più pregiati. L'ho rivestita di caucciù, perché sia ancor più resistente...»

«L'avete costruito tutto voi, il pallone?» volle sapere Calum.

«*Ja, zeker!* Pezzo per pezzo!»

«Per quale motivo?»

«*Mijn God,* ovvio! Per volare!»

«Volate e basta?»

«Io, vedete, ho intenzione di raggiungere la Luna.»

«La Luna?» Calum scoppiò a ridere. «Voi siete... siete...»

«Pazzo? È questa la parola che cerchi, ragazzino? Da noi, in Olanda, si dice *gek*.»

«Be', io...»

«Ricrediti, giovinotto. Io non sono *gek*. Non più di tanti altri, quanto meno. Provo rabbia e disprezzo per la sventura che mi è toccata in sorte, quella di aver visto decadere la mia professione di artigiano di soffietti da camino, lo ammetto. Ma non deploro la vita al punto da volerla abbandonare. Abbandono la Terra, semmai, non la vita, e presto esplorerò *de Maan*, la Luna!»

«La Luna! Ma come pensate di riuscirvi? Non c'è aria respirabile lassù e... e... Oh Santo Cielo, mi sembra un'impresa davvero folle!»

«Mi credi uno sprovveduto? Un demente in preda al delirio? Ho studiato per anni libri di fisica e di astronomia fino a consumarmi gli occhi, ho compiuto *velen experimenten* modificando l'*apparaten condensator* del professor Grimm così da poter respirare nell'atmosfera rarefatta, conosco le leggi del volo *meer dan een vogel*, meglio di un uccello, e le leggi gravitazionali più di quel sant'uomo di Newton!»

David rimase per tutto il tempo in silenzio, ascoltandolo. Hans Pfaal lo affascinava. Allo stesso modo era affascinato da tutti i personaggi che, seppure in maniera differente, dimostravano genialità. Si reputava un piccolo genio anch'egli, un genio della logica e della deduzione. Come in fondo lo era suo padre, Sherlock Holmes. Troppo spesso, pensava, la genialità viene scambiata per follia.

«A che servono quei due colombi?»

«Elementare, Watson. Hanno la stessa utilità dei canarini che accompagnano i minatori nelle gallerie: segnalano quando l'aria si fa irrespirabile.»

Hans Pfaal annuì compiaciuto.

«Mi sembra una cosa crudele» osservò Calum.

«Molte cose della vita sono crudeli» filosofeggiò l'omino. «Pensate che la mia adorabile gatta Rubens...»

«Non la vedo.»

«Non la puoi vedere perché è precipitata durante una tempesta.»

«Oh, poverina! Come mi dispiace!»

«*Ja*, una fine orribile. Spero solo che ora si trovi in un posto migliore e che sia felice...»

Lo spettacolo dall'alto della navicella aerostatica era tale da mozzare il fiato in gola. Il tramonto ad ovest, oltre l'Inghilterra ed oltre l'oceano Atlantico, colorava di vermiglio, cremisi e zafferano un cielo senza inizio né fine. Cerulei sfilacci di nuvole galleggiavano in quel trionfo cromatico come navi fantasma alla deriva in un oceano immenso.

Com'era bello, pensava David, il mondo da lassù. Come sembrava pulito e ordinato e semplice. Come pareva che tutto andasse bene e che nessuno soffrisse. Immaginò per un istante che tutti, giù sulla Terra, stessero godendo come lui di quello splendido tramonto e che, come lui, in quell'istante si sentissero felici e fiduciosi nel futuro.

Poi, all'improvviso, i colombi presero ad agitarsi. Andavano su e giù per la gabbia, nervosi, emettendo il loro classico *glu glu*.

«O cielo!» esclamò Calum balzando in piedi ed afferrandosi la gola con le mani. «Comincia a mancare l'aria!»

«Calmati, amico!»

«I colombi! Guardate i colombi! Soffocano!»

«Stanno solo sgranchendosi le zampette...»

«Tra poco sverranno e moriranno asfissiati. E poi toccherà a noi. Diventeremo rossi in viso e poi blu, e infine gli occhi ci schizzeranno dalle orbite!»

«Di' al tuo amico di piantarla» latrò Hans Pfaal, «o lo scaravento fuoribordo, com'è vero che Rotterdam sta in Olanda!»

David cinse con un braccio lo spaurito Calum e lo pregò di rimettersi a sedere, dimostrandogli come l'aria fosse sufficiente ad una normale respirazione.

«Qualcosa li ha spaventati» rifletté il signor Pfaal, osservando da vicino la gabbia con i due volatili che continuavano il loro inquieto andirivieni.

«AAAHHH!» gridò Calum.

«Ho detto di farla finita!» urlò di rimando l'uomo, «o com'è vero che...» Ma le parole gli morirono in gola, spegnendosi come cerini al vento. Ciò che Hans Pfaal e David videro incombere sullo sfortunato Calum Traddles era quanto di più orrifico e agghiacciante avessero mai veduto...

«Un pipistrello!» esclamò David. Ma nel pronunciare quelle parole sapeva già che non si trattava di un pipistrello, o quantomeno non di un *normale* pipistrello. La sua mente l'aveva indotto a dire ciò che le sembrava più plausibile, anche se probabilmente non corrispondeva alla realtà.

Già, perché quel pipistrello aveva un volto maledettamente somigliante a quello di un uomo, con occhi grandi, ben spalancati e iniettati di sangue. Le orecchie non erano affatto orecchie da pipistrello, ma piuttosto piccole orecchie umane, e i peli sul capo non sembravano affatto arruffati peli da pipistrello, bensì capelli umani. Dalla bocca, dischiusa in un orribile ghigno, spuntavano due canini bianchi e appuntiti. Da ultimo, un pipistrello normale si sarebbe limitato a volacchiare intorno, un po' qua e un po' là, in quel classico ondeggiare che pare la danza di un ubriaco. Questo invece, per un inspiegabile motivo, aveva afferrato le orecchie di Calum e sembrava prepararsi ad azzannare il suo tenero, bianco collo!

Mentre David si perdeva in tali elucubrazioni, Hans Pfaal, uomo pratico e come detto ben organizzato, non perse tempo, e afferrato un ramaiolo che utilizzava per attingere l'acqua dalle botti lo calò con forza sulla disgustosa creatura, che emise un verso orripilante (più di collera che di dolore) e mollò la presa.

Hans non si lasciò scappare l'occasione e con precisione millimetrica centrò il mostro con una seconda e infine una terza ramaiolata.

«Quello non era affatto *een knuppel*, un pipistrello» disse, osservandolo precipitare nell'oscurità.

Calum era pallido in viso per lo spavento. Si portò le mani alle orecchie che, viceversa, erano rosse come peperoni arrostiti. «Quel... quel...» balbettò. «Cosa diavolo era, allora?»

«Un vampiro, presumibilmente» rispose David, glaciale.

«Un vampiro? Ma che assurdità sarebbero, queste? I vampiri non esistono!»

«I vampiri esistono eccome» intervenne Hans

Pfaal, col tono grave di chi porta un pesante fardello. «Il mio peregrinare nei cieli mi ha condotto in Transilvania, tra le vette dei Carpazi, dove si annidano come serpi le peggiori superstizioni che mai orecchio umano abbia udito. Io stesso ho veduto con gli occhi che ora vedono voi il terrore albergare nei cuori e nei volti di quelle genti. Un terrore liquido, che scorre a fiumi ed è inarrestabile. Luoghi come Passo Borgo o Bistrita, dove le case trasudano paura! Non v'è dubbio, *mijn vrienden*: quello era un *vrolok*, un vampiro! Com'è vero che Rotterdam sta in Olanda!»

David guardò giù, oltre il parapetto della navicella. Il buio in fondo nascondeva la terra. Forse la creatura era morta sfracellandosi al suolo o forse, non vista, aveva ripreso il volo e si preparava ad un nuovo attacco. Come avrebbero potuto fronteggiarla, in tal caso?

«Se quella mostruosità oserà tornare» disse il signor Pfaal, quasi fosse capace di leggere nella mente di David, «troverà ad accoglierla una spiacevole sorpresa.» Rimestò per qualche secondo in una delle ceste di viveri e alla fine ne cavò una treccia d'aglio.

«Aglio?» chiese Calum, sbigottito. «Sempre ammesso che quello sia davvero un vampiro, cosa sulla quale nutro forti dubbi, pensate forse di invitarlo a mangiare qualcosa con noi? Davvero geniale, signore! Davvero geniale! Che ne dici, David?»

«Dico che spesso, amico mio, perdi delle buone occasioni per restartene con la bocca chiusa. Il signor Pfaal ha perfettamente ragione mentre tu, tu non sai un accidente di vampiri, altrimenti non avresti fatto un'osservazione tanto insulsa.»

«Ma... Ma David!»

«L'aglio, mio fedele Watson, è temuto dai vampiri quanto se non più della croce.»

«*Ja, zeker*» ribadì Hans Pfaal. «Per cui, non avendo croci, dovremo accontentarci di questo. Mettetevene un po' intorno al collo.»

«Mettermi dell'aglio al collo? Io non ho mai sentito una simile sciocchezza!» esclamò Calum, offesissimo per la figuraccia che David gli aveva fatto fare poc'anzi.

«Fa' come credi» gli rispose l'amico. Poi, rivolto al signor Pfaal: «Dunque avete ragione di temere che tornerà?»

«Tornerà» mormorò l'uomo aggiustandosi alcuni spicchi d'aglio intorno alla cravatta. «I vampiri non lasciano mai nulla a metà...»

La notte trascorse tranquilla. I tre rimasero svegli a turno, controllando l'oscurità, nella spasmodica attesa di veder ricomparire da un istante all'altro la demoniaca creatura. Ad ogni turno, colui che era di guardia prendeva posto accanto alla gabbia con i colombi, pronto a cogliere qualsiasi mutamento nel loro umore, fatto che avrebbe annunciato con tutta probabilità l'arrivo del vampiro. Ma non accadde nulla.

L'alba li colse a nord di Parigi nella regione conosciuta come Île-de-France. La brina che ricopriva il terreno faceva somigliare la campagna alla barba brizzolata di un anziano e la Senna, sonnacchiosa nel suo scorrere lento, a una dolorosa cicatrice su quel volto. Sorvolarono una strada e un uomo che la percorreva trainando un carretto urlò loro qualcosa d'incomprensibile.

«Deve averci salutato!» disse Calum, sollevato d'essere quasi giunto a destinazione.

«No, non credo» rispose David Pip. «Piuttosto, mi pareva indispettito...»

«Indispettito, dici?»

«Come se ce l'avesse con noi.»

«Anche lui? Amico mio, ho idea che tu cominci a soffrire di una qualche forma di mania di persecuzione. Vedi nemici ovunque!»

Hans Pfaal, che aveva terminato da circa un'ora il suo turno di veglia e dormiva appoggiato contro i barili d'acqua e le ceste di viveri, si destò improvvisamente come se qualcuno l'avesse richiamato, scuotendolo, alla realtà.

«*Wat gebeurt?* Che succede?» borbottò.

«State tranquillo, signor Pfaal. Si discuteva di un uomo che sembrava volerci salutare. Il mio amico David Pip, al contrario, sosteneva che ci stesse imprecando contro...»

«Come... Cosa?... *Snel! Snel!*» prese a urlare Hans Pfaal, in preda ad un'improvvisa agitazione. «Buttate la zavorra! Buttate tutta la zavorra!»

«Perché dovremmo buttare la zavorra, scusate?» osservò Calum. «Solo perché quell'uomo...»

«Fate come vi dico, *Mijn God,* o ci sfracelleremo!»

La terra appariva all'improvviso molto vicina. Troppo vicina, a dire il vero. Così, senza aggiungere obiezioni inutili, i due ragazzi si misero a gettare di sotto tutto quello che capitava loro in mano e poco ci mancò che si scaraventassero oltre il parapetto l'un l'altro.

«Dobbiamo guadagnare quota! Dobbiamo guadagnare quota!» strillava Hans Pfall, afferrando e gettando di sotto oggetti a casaccio mentre manovrava la valvola del fornello.

Ma il pallone aerostatico, il bellissimo pallone aerostatico costruito dal signor Pfaal in tela d'Olanda rivestita di caucciù, puntava maledettamente sempre più verso terra.

«Precipitiamo! Precipitiamo!» gridava a sua volta Calum Traddles, in balia del panico.

Chiome di ontani e rami di querce protesi come dita scheletriche solleticavano la pancia della navicella, stridendo e gemendo, e se solo essa non fosse stata troppo occupata a precipitare per poter fare altro, probabilmente si sarebbe abbandonata ad una bella e grassa risata.

«Ci schianteremo! Moriremo!» starnazzava Calum, con le mani nei capelli.

David si reggeva al parapetto nel tentativo di far lavorare il cervello al fine di trovare una via d'uscita. Ma la via d'uscita non c'era. Evitò di gridare "Ci schianteremo! Moriremo!" soltanto per non dare soddisfazione a Calum, ma era proprio ciò che anche lui stava pensando.

L'uomo col carretto osservò quello strano aggeggio a forma di pera rovesciata scendere sempre più in basso.

«Tempi moderni» commentò. «Si credono di poter fare quello che vogliono! Costruiscono macchine infernali e poi si divertono a spaventare la gente che lavora. Maledetti scienziati perdigiorno!...»

Dalla cesta che pendeva sotto il pallone e che ondeggiava come il bargiglio di un vecchio tacchino qualcuno gettava alla rinfusa cibo e oggetti. Dovevano essere usciti di senno, pensò l'uomo.

«Disfarsi a quel modo della loro sozzura! Pazzi scriteriati!» gridò, per dare maggior peso ai suoi pensieri. «Futuro? *Pfui!* Progresso? *Pfui!* Accidenti a loro!»

Poi vide il macchinario infernale puntare deciso verso il campo. Il *suo* campo. Nel suo campo si trovavano le vacche, le *sue* vacche, intente a pascolare dell'erba, la *sua* erba. E oltre le vacche c'era il pollaio, il *suo* pollaio, con le *sue* galline che covavano le *sue* uova. Pietrificato dall'orrore, osservò senza riuscire a muovere un muscolo quell'opera del demonio puntare decisa verso le vacche. Vide le vacche fuggire muggendo impazzite dalla paura e caricare a testa bassa il pollaio. Vide le pareti di legno del pollaio sfasciarsi come ridicoli e inutili tramezzi. Vide piume di galline alzarsi in volo e galline mezze spennate zampettare a casaccio in giro per il campo.

Vide tutto ciò e finalmente perse davvero le staffe.

«Saltiamo!» gridò David. «Saltiamo o ci sfracelleremo!»

Quella era l'unica soluzione che il suo cervello deduttivo gli suggeriva. C'era sempre la possibilità di uscirne soltanto con un po' di ossa rotte, fatto che, chiunque ne avrebbe convenuto, era di gran lunga preferibile rispetto all'ipotesi di defungere per intero.

«Un comandante soccombe con la sua nave» dichiarò con composta dignità Hans Pfaal.

Calum rifletté che lui non era il comandante di quella strampalata navicella, per cui era dispensato dal soccombere con essa.

«Saltiamo!» disse, facendo eco all'amico.

E così, quando la cesta fu a non più di una decina di piedi dal suolo, i due ragazzi chiusero gli occhi e si gettarono di sotto, e dopo un breve volo atterrarono provvidenzialmente sopra un cumulo di fieno.

Subito il pallone riprese quota, reso più leggero dalla fuoriuscita di quella gravosa zavorra.

«Grazie, *mijn vrienden*!» gridò Hans Pfaal, affacciato al parapetto. «Il vostro sacrificio ha salvato la mia nave! Vi sono debitore! Mi spiace solo di non potervi portare a destinazioneeeeeeeee!»

David e Calum osservarono con il naso all'insù il buffo omino che li salutava e li ringraziava, felice di poter ancora solcare i cieli d'Europa e forse di raggiungere un giorno *dee Maan*, la Luna.

«Cos'è quella cosa in cima al pallone?» chiese Calum.

David guardò. Pareva un uccello, aggrappato in qualche modo alla tela del pallone, che...

«È quel vampiro!» esclamò. «Il vampiro che ci ha attaccato ieri notte!»

«Signor Pfaal!» urlarono insieme agitando le braccia. «Signor Pfaal! Attento al vampiro!»

Ma Hans Pfaal era già troppo in alto per poterli

udire. Inoltre i suoi occhi erano rivolti alla cima del pallone, curiosi di scoprire com'era accaduto che il suo fantastico apparecchio volante avesse perso improvvisamente quota. Decise di accertarsene e, armatosi degli attrezzi necessari, si preparò a salire lungo le corde di rivestimento.

Infischiandosene della tanto decantata resistenza del materiale, il vampiro affondava con ferocia i lunghi e scintillanti canini nella morbida *nederlands jute,* la tela d'Olanda che rivestiva il pallone. Qualcosa però non stava funzionando: il pallone, anziché precipitare uccidendo tutti i suoi occupanti, risaliva nel cielo.

Il vampiro smise di affondare i canini e guardò in basso. I due ragazzini, inspiegabilmente a terra e altrettanto inspiegabilmente sani e salvi, sembravano schernirlo sbracciandosi e urlando frasi. Il vampiro si disse che era decisamente troppo. Si staccò dal pallone con stizza e dispiegò le ali pelose, picchiando a tutta velocità verso terra.

«Ci viene addosso!» disse Calum che, pur non brillando in acume, non era poi così stupido. «E nella caduta abbiamo perso l'aglio!» aggiunse tastandosi il collo della camicia.

«Gambe in spalla, amico!» rispose David mettendosi a correre verso un boschetto lì vicino.

Ma prima che i due potessero raggiungere la macchia, il vampiro si parò loro davanti e in uno sbuffo di vapore verdastro si trasformò all'istante in un uomo in carne (poca) e ossa (parecchie). Magrissimo e pallido, era interamente vestito di nero, e il suo mantello di seta scarlatta si agitava, mosso dal vento.

«Fermi!» ordinò con voce acuta e tagliente.

Il suo volto era cereo, il naso aquilino; dalle rosse labbra sporgevano i canini, bianchi e aguzzi e terribili. Gli occhi erano rossi, accesi da una furia e una bestialità che sembravano non conoscere confini.

«Chi siete?» chiese David, cercando di dominare l'orrore che sentiva montare dentro di sé.

«Zono il conte Dracula, della prinzipesca famiglia dei Basarab di Valacchia.»

«Pia... piacere, signor conte» balbettò Calum, tremante. «Come mai da queste parti?...»

«Ho deciso che diventerete miei zervi» dichiarò il vampiro, scoprendo un sorriso malvagio. «Io placherò la mia zete con le vostre vene e cozì diverrete miei eterni zervitori. Ubbidirete ad ogni mio volere e quando con la mente ordinerò di venire a me, voi attraverzerete mari e monti per raggiungermi e piegarvi ai miei ordini e zarete i miei sciacalli quando io vorrò cibo fresco!»

«Tutto questo è lusinghiero» disse David. «Purtroppo però devo deludervi. Noi, vedete, abbiamo un'importante missione da compiere, e non credo proprio che...»

«Con chi penzate di avere a che fare, ztolti bambocci!» gridò il conte. «Ho comandato nazioni, ho tramato e combattuto per centinaia d'anni prima che voi veniste al mondo! E ze io decido di zervirmi di voi, ebbene, io mi zervirò di voi!» Detto questo, mosse in avanti con agilità felina.

Hans Pfaal, l'accomodatore di soffietti, ora navigatore solitario dei cieli, pensava che la vita a bordo di un pallone aerostatico a volte è una gran fatica. C'è sempre un mucchio di cose da fare, di problemi da risolvere, di pericoli da svicolare. Forse, a pensarci bene, si stava un po' stufando di tutte quelle preoccupazioni, in confronto alle quali una manciata di creditori alla porta non era poi un danno tanto grave.

Gli uccelli si erano divertiti a bucherellare la costosissima *nederlands jute* del suo mirabolante pallone. C'erano fori disseminati in un'area grande quanto una padella da castagne. Così si vide costretto a mettere mano agli arnesi e, aggrappato alle corde e sospeso nel vuoto, rattoppò le perdite. Fatalità volle che, cercando il mastice in una delle tasche della cintura da lavoro, provocasse accidentalmente la caduta del martello da due libbre e cinquanta al quale aveva dato il nome di Vermeer.

Ecco dunque che, dopo la gattina Rubens e il prosciutto di maiale Bruegel, anche il martello Vermeer precipitava inesorabilmente verso terra raccomandando la propria anima al creatore degli arnesi da carpentiere, in una discesa che sembrava non avere mai fine. Povero martello Vermeer, aveva visto tante e tali cose e non le avrebbe mai potute raccontare a nessuno (sempre ammesso che qualcuno fosse mai riuscito ad interpretare i suoi...?).

La fine del povero Vermeer si avvicinava rapidamente, iarda dopo iarda, inesorabile; una fine a dir poco orribile in terra di Francia.

Dalla strada sterrata sopraggiungeva l'uomo del carretto, nonché proprietario del campo e di tutto quello che ci stava sopra. Il fatto che brandisse un grosso bastone nodoso e che il suo sguardo fosse torvo e carico di minacciose promesse non era certo casuale.

«Chi è quel tipo strambo che corre verso di noi con un bastone in mano e lo sguardo carico di minacciose promesse?» chiese Calum, un istante prima che la fetida creatura (il conte Dracula) spiccasse il balzo decisivo verso i loro bianchi colli.

Nello stesso momento, David sfilò dalla tasca

della giacca la propria corona di aglio, convenientemente messa in salvo prima di gettarsi dalla navicella.

L'arrivo inaspettato dell'uomo con il bastone e la vista dell'aglio produssero nel conte un momento di incertezza che risultò provvidenziale (per i nostri eroi) e fatale (per lui).

Infatti, senza alcun preavviso, cadde dal cielo un martello (Vermeer, per noi che lo conosciamo) che colpì la cocuzza un po' allungata del vampiresco Dracula, il quale, immortale finché si vuole ma sensibile al dolore come ogni altra persona, stramazzò a terra senza un fiato.

Inutile aggiungere che David e Calum se la filarono a gambe levate senza nemmeno voltarsi indietro. E forse fu un bene, poiché la scena che si sarebbero trovati davanti agli occhi avrebbe probabilmente turbato i loro sogni per decenni a venire. L'uomo con il bastone nodoso, infatti, giunto sul *suo* campo, ritenendo quella stramba creatura dal mantello scarlatto responsabile della fuga delle *sue* vacche, della distruzione del *suo* pollaio e dello sparpagliamento delle *sue* galline, prese a far frullare il *suo* grosso e nodoso bastone sul povero (si fa per dire) e smilzo corpo del conte finché, tutto sudato e con il braccio dolorante per la fatica, non decise di smetterla, abbandonando sul terreno una specie di vampiresca polpetta di carne.

6. Menti deduttive

Non fu difficile raggiungere Rue Dunôt dove, secondo le indicazioni del dottor Watson, viveva un certo Auguste Dupin.

Forse a causa dell'alone romantico che pervade la *ville lumière*, o forse grazie all'esperienza maturata nella capitale del Regno Unito, Parigi sembrò ai due ragazzi più sicura e ospitale di Londra. Per quanto incontrassero sui loro passi quartieri degradati e loschi individui sospetti, mai furono molestati o fermati e neppure male apostrofati.

Il numero 33 corrispondeva ad una bizzarra casetta guastata dal tempo, nel centro esatto del quartiere di Saint-Germain.

Aprì loro la porta un giovane di bell'aspetto.

«Desiderate?» chiese, scrutandoli attraverso la soglia.

«Cerchiamo riparo per questa notte» disse David. «Ci raccomanda il dottor Watson, di Londra.»

«Il dottor Watson?»

«Ha detto di presentarci ad un certo Dupin. Siete voi?»

L'uomo esitò prima di rispondere.

«No, non sono io la persona che cercate. Ma divido con lui questa casa, e se avete bisogno di un posto dove sostare, allora siete i benvenuti. Accomodatevi.»

L'interno era squallido ed arredato con mobilio di fortuna, proveniente da altre case e riadattato per necessità. Vi erano però un'infinità di libri d'ogni argomento e candele di varia foggia e dimensione.

«Il mio amico, il signor Auguste Dupin, non rientrerà questa notte» disse l'uomo, guidandoli in un minuscolo tinello.

«Il dottor Watson ce l'ha descritto come un personaggio singolare, con una viscerale passione per l'arte della deduzione.»

L'uomo abbozzò un sorriso. «Dici bene, ragazzo. La deduzione è un'arte. Avete fame?»

Nel giro di una decina di minuti sotto il naso dei due ragazzi comparvero una frittata con le cipolle, qualche fetta di pane, due frutti e due bicchieri di succo di mela.

«Posso sapere cosa vi conduce a Parigi?» chiese il loro ospite, quand'ebbero terminato di cenare.

«Siamo diretti in Svizzera» rispose David.

«Interessante...»

«Per svelare un mistero!»

«Doppiamente interessante. Il mio amico Dupin adora i misteri. In realtà egli sostiene che non vi sono misteri in quanto tali, ma solamente fatti poco chiari o sfuggenti, e che spesso tali misteri restano irrisolti a causa dell'incapacità dell'uomo comune di comprenderli.» E per dimostrare le capacità deduttive dell'amico, l'uomo raccontò come egli avesse sbrogliato efficacemente due casi ritenuti inspiegabili dalle autorità investigative: gli assassinii della Rue Morgue ed il mistero di Marie Roget, due raccapricciantі casi di omicidio destinati altrimenti a restare impuniti.

«Sapete» confessò David, «è strano come tutto ciò suoni familiare alle mie orecchie. Si dà il caso che io sia il figlio di Sherlock Holmes e che stia andando a Reichenbach, in Svizzera, per risolvere il mistero della sua scomparsa...»

L'uomo sobbalzò nella poltrona. «Holmes? Non è dunque morto?»

«È soltanto scomparso» puntualizzò David.

«Capisco. Ogni ipotesi è valida finché non viene provato il suo contrario.»

«È ciò che credo.»

«E quindi anche voi vi occupate, per così dire, di investigazioni?»

«Mi ci sono trovato costretto» rispose David. «Per quanto, fino ad oggi, io abbia esercitato le mie capacità di osservazione e di deduzione soltanto negli aspetti più quotidiani della vita.»

«David è un mago, per certe cose» intervenne Calum. «È capace di svelare la vita di una persona che incontra per la prima volta grazie all'esclusiva osservazione di dettagli.»

«Non ne dubito. Anche il mio amico, il signor Dupin, possiede questa invidiabile capacità. Mi congratulo con voi, David. E poiché per lavorare bene il cervello ha bisogno di riposo» aggiunse, reprimendo uno sbadiglio, «credo che ora mi ritirerò.»

«Lo faremo anche noi. Siamo alquanto stanchi.»

«Potete approfittare di uno scomodo divano nella stanza qui accanto, uno studiolo. Non è un granché, in effetti, ma purtroppo le nostre finanze non ci permettono, per il momento, niente di più...»

«Staremo benissimo, grazie.»

«Siamo abituati a...» cominciò Calum. Quindi s'interruppe. «Volevo dire che ci adatteremo, state tranquillo.» Non era il caso di rivelare la loro fuga da Montague Hall.

«Dal momento che vi dilettate di ragionamenti deduttivi» disse l'uomo prima di lasciare la stanza, «permettetemi di congedarmi da voi con un piccolo enigma, nel caso fatichiate ad addormentarvi.»

«Un enigma?» disse Calum, sprezzante. «Non ci

sono enigmi che tengano, per il mio amico.»

«Dite pure» lo invitò David dando una gomitata nelle costole del compagno.

«Dunque. Dall'ufficio di un eminente politico è stata sottratta una lettera compromettente. Non ha importanza di che cosa essa tratti. Vi basti sapere che è di fondamentale importanza che non cada nelle mani sbagliate. La polizia riesce a scoprire attraverso una fitta rete di informatori l'identità del ladro, incaricato di consegnare la lettera a una spia di un paese rivale. Il passaggio avverrà nello studio di un avvocato momentaneamente assente per una vacanza. Gli agenti circondano l'edificio e seguono il ladro. Sanno per certo che egli ha la lettera con sé perché, considerata la pericolosità dell'operazione, non ci saranno altri incontri con la spia straniera. Non appena il ladro esce viene immediatamente arrestato, perquisito e messo in una cella di sicurezza. La stessa cosa viene fatta nei confronti della spia. Nessuno però ha addosso la lettera. I vestiti vengono ispezionati con cura e in alcuni casi scuciti. Nessuno dei due può averla ingoiata poiché entrambi vengono tenuti in segregazione per una settimana e non vi è traccia di carta nei loro escrementi. Lo studio viene sigillato e passato al setaccio. Solo agenti di provata fiducia vengono ammessi all'ispezione. All'interno non vi è camino né vi sono tracce di fiamme recenti, dunque la lettera non può essere stata bruciata. Gli specialisti controllano dapprima tutti i libri della biblioteca, pagina per pagina, e le rilegature. Quindi i mobili, la scrivania, l'armadio, la cassettiera. Dopodiché è la volta delle seggiole e della poltrona in pelle. Una lettera può essere avvolta a spirale e diventare fine come un ferro da maglia, e dunque essere infilata nella gamba di una sedia. Ma la lettera non si trova. I cuscini e le imbottiture vengono disfatti e così le tende, i quadri e gli specchi. Poi è la volta della carta da parati. La parete, nuda, viene esaminata millimetro per millimetro. Vengono esclusi doppi fondi o passaggi segreti. La medesima attenzione è rivolta al pavimento, le cui assi sono divelte una per una, e a tutti gli stipiti e gli infissi. Le finestre non sono state aperte prima dell'intervento della polizia poiché alcuni agenti erano appostati all'esterno per prevenire eventuali tentativi di fuga. Lo stesso dicasi per la porta. La lettera, tuttavia, sembra svanita nel nulla.»

David e Calum erano senza parole.

«Questo è tutto» concluse l'uomo. «Buon riposo e... sapete come si dice, vero? La notte porta consiglio...»

David si distese sul divano con aria meditabonda.

«Io non ci ho capito nulla» disse Calum, prendendo posto a sua volta.

«Un quesito interessante...» mormorò David. «La lettera deve necessariamente essere nella stanza. Lì ci si deve concentrare...»

«Io, se non ti dispiace, mi concentrerei sul sonno.»

«Buonanotte, Calum.»

«'Notte, amico mio.»

Quello era precisamente il genere di faccende che sollecitavano l'intelletto di un tipo *deduttivo* come David Pip. Vi si applicò per gran parte della notte, ma poi, provato dalle fatiche del giorno, si addormentò, pur desiderando di rimanere ancora sveglio.

Quando si destò, al mattino, la sua mente aveva la soluzione bell'e pronta come un piatto di uova e prosciutto all'ora di colazione.

«Avete dormito bene?» chiese il giovanotto affacciandosi sulla porta dello studiolo.

«Mi duole che non teniate in debita considerazione il vostro divano, signore» rispose Calum, «poiché esso ha svolto in maniera egregia la sua funzione!»

Il giovane rise. «Ne sono lieto. E più di me lo sarà il divano! Venite in cucina. Vi ho preparato qualcosa da mettere nello stomaco.»

Al momento di congedarsi, David prese la parola.

«Vi siamo grati per l'ospitalità» disse. «E per la gentilezza con la quale ci avete accolti. E io, in particolar modo, vi ringrazio per l'occasione concessami di esercitare le mie capacità. Credo infatti di avere la soluzione al vostro divertente giochetto di ieri sera.»

L'uomo lo osservò con curiosità. «Sentiamo!»

«Non c'è dubbio che la polizia abbia agito nel migliore dei modi. Il suo lavoro è stato accurato ed eseguito alla perfezione. Purtuttavia non ha portato ad alcun risultato.»

«Esatto.»

«Ma poiché noi partiamo dal presupposto che la lettera sia *ancora* nella stanza, dal momento che non accettiamo teorie fantasiose come lo spiritismo, dobbiamo procedere in un'altra direzione. Gli agenti, nel cercare una cosa nascosta, hanno pensato a come *loro* l'avrebbero nascosta e dunque in maniera ingegnosa, utilizzando doppi fondi, gambe di seggiole, imbottiture di cuscini, cassetti segreti. Ma il tempo a disposizione della spia, dall'uscita del ladro all'entrata in scena dei poliziotti, è stato relativamente breve, troppo breve per approntare un nascondiglio così complicato. Quello che la polizia colpevolmente non ha tenuto presente è il fatto che avrebbe dovuto cambiare il principio d'azione e quindi il proprio punto di vista. La spia aveva di certo un'intelligenza superiore alla media perché, in un momento di altissima tensione, ha trovato la soluzione più semplice a un problema estremamente difficile. La lettera stava in mezzo a tutte le altre lettere sulla scrivania dello studio!»

L'uomo rimase in silenzio.

Calum al contrario scoppiò in una fragorosa risata.

«Ah, ah! Perdonami, vecchio mio, ma mi sa che stavolta hai mancato il colpo! Non può essere! Mi sembra una cosa così... così...»

«Ovvia?»

«Ovvia, certo!»

«Spesso sono proprio le cose scontate a non venir prese in considerazione, Watson. Ricordo il caso dell'assassinio di Lady Cosgrave, risolto da Holmes. Il colpevole era il garzone che ogni mattina consegnava il latte a casa della donna. Proprio per questo, per la sua quotidianità, egli da principio non era stato nemmeno incluso nella lista dei sospettati.»

«Oh, be'...»

«Le cose più evidenti sfuggono a chi le guarda proprio a causa della loro eccessiva evidenza. Più riflettevo sul fatto che il tempo a disposizione della spia per nascondere la lettera era stato esiguo, e più mi convincevo che doveva necessariamente essere ricorsa al sagace espediente di non nasconderla affatto!»

«I miei complimenti, David» disse l'uomo mimando un applauso. «Risposta esatta.»

«Grazie» rispose David porgendogli la mano. «Vi comunico che ho trovato la soluzione anche all'altro vostro piccolo e innocente mistero» aggiunse con il sorriso di chi la sa lunga.

«Prego? Quale altro mistero?»

«Il vostro amico.»

«Spiegatevi.»

«Non esiste nessun amico.»

L'uomo lo guardò sbalordito. «Che intendete?»

«Semplicemente che Monsieur Dupin siete voi!»

«ATTENZIONE!» gridava il ferroviere con il megafono, percorrendo in lungo e in largo la stazione. «Si avvertono i signori viaggiatori che il treno della Compagnia Wagons-Lits Orient-Express partirà dal binario numero otto tra quindici minuti esatti. Effettua fermate a Zurigo, Innsbruck, Vienna, Budapest, Bucarest, Stamboul! Da Stamboul, i viaggiatori potranno proseguire per Costantinopoli mediante piroscafo!»

«Hai sentito?» disse Calum rizzando le orecchie.

«Cosa?» rispose distrattamente David. Era attratto dal movimento di persone, facchini, bagagli, ferrovieri che incessantemente si dirigevano da qualche parte, incrociandosi, sfilando fianco a fianco, a volte scontrandosi. Si trovavano alla Gare de l'Est, la stazione principale di Parigi, sotto le cui grandi pensiline di vetro pulsava il cuore viaggiante della capitale francese in quel lontano 1891.

«Il treno per Zurigo! Zurigo è in Svizzera, vero?»

«Quello, mio caro e ingenuo amico, è l'Orient-Express, il treno più esclusivo del mondo, il treno dei re e degli ambasciatori.»

«Quanto pagherei per viaggiarci!»

«È proprio questo il punto, Watson. Non abbiamo denaro.»

«Come faremo dunque a partire?»

«Non ne ho idea» rispose David. «Però conto di farmene venire una quanto prima!»

In quel preciso momento, qualcuno alla loro sinistra esclamò:

«Siete un incompetente!»

Un'anziana donna elegantemente vestita inveiva furibonda e con accento spiccatamente russo contro un disgraziato conduttore che faceva del proprio meglio per calmarla.

«Se il mio baule non sarà a bordo del vagone per la partenza del treno, potrete considerare conclusa per sempre la vostra assai poco brillante carriera di conduttore!» sibilò, puntando minacciosa un dito ricoperto di preziosi anelli contro la spalla dell'uomo. Dai suoi modi determinati si poteva facilmente intuire che era solita portare a compimento le proprie minacce.

«Ma Madame...» balbettava il conduttore, «è questo il vostro baule... vedete? Ci sono anche le vostre iniziali: NR...»

«Vedo che siete un asino! Questo vedo! Il mio baule è color pervinca, sempre che abbiate una vaga idea di come possa essere il color pervinca, cosa di cui dubito fortemente: altrimenti vi rendereste conto che questo invece è giallo!»

Detto ciò, la donna si gettò alle spalle il mantello con un gesto negligente e salì a bordo della carrozza, lasciando il povero conduttore a cuocere nel proprio brodo (è un modo di dire: non penserete che uno se ne stia nel bel mezzo di una stazione ferroviaria immerso fino alle spalle in un paiuolo di brodo fumante!).

«E ora» piagnucolava l'uomo, «che faccio ora? Quindici anni di onorato servizio nella Compagnia Wagons-Lits gettati alle ortiche in quindici minuti!...»

Era un uomo di mezza età, alto e magro, e portava una divisa che gli cascava male, corta di maniche e larga sul collo.

«*Pauvre de moi!*» ripeteva. «*Pauvre de moi!*»

«Perché vi abbattete?» gli si rivolse Calum. «Non avete che da trovare un baule pervinca!»

«Come? Dici bene tu! Guardati intorno, ragazzino! Siamo alla Gare de l'Est e non in una pidocchiosa stazione di provincia a binario singolo, dove il capostazione viene svegliato due volte al giorno dal passaggio degli unici due treni che la attraversano. Qui ci sono decine di binari, centinaia di treni e migliaia di bauli!»

«Non serve scaldarsi tanto. Dicevo per dire...»

«E poi, tu lo sai che colore è questo pervinca? No, dico, lo sai? Perché io proprio non ne ho idea! La contessa Natalia Ragomiroff ha ragione! D'altronde, quando uno è ignorante come me...»

«Be'» rispose Calum arrossendo, «non so esattamente a cosa assomigli questo pervinca... però sono convinto che il mio amico David Pip, qui presente, lo sappia! Vero, David?»

David distolse per un attimo l'attenzione dal caotico andirivieni della stazione e si concentrò sul problema.

«Pervinca? Non ne sono sicuro... In ogni caso dovete cercare un baule che porti le iniziali HP.»

«Come sarebbe a dire?» sbottò il conduttore.

«Sarebbe a dire che il mio amico David Pip è una specie di genio» intervenne con sufficienza Calum, «e se vi dice di cercare un baule con le iniziali HP, ebbene, dovete farlo!»

«Ma guarda un po' che arroganza...!»

«State a sentire» cominciò David, «e state a sentire bene, perché lo dirò una volta soltanto. Voi sostenete che questo è il baule della contessa russa Natalia Ragomiroff, dico bene?»

«Proprio così. Vedi» disse indicando una targhetta di ottone inchiodata al coperchio. «NR: Natalia Ragomiroff!»

«La N russa assomiglia alla H dei nostri caratteri latini» spiegò David. «È l'alfabeto cirillico. E così la R, che è tale e quale alla P. Dunque le iniziali della contessa Natalia Ragomiroff saranno necessariamente HP e non NR!»

«Ma... ma allora di chi è questo baule giallo?»

«Non ne ho la più pallida idea, signore. Ma so per certo che appartiene a qualcuno il cui nome inizia per NR!»

Pierre Michel (questo era il nome del conduttore ferroviario) si guardò intorno. In testa al treno, appena una carrozza dopo la motrice, un tizio grasso e dagli abiti vistosi era in preda all'agitazione. Si trattava di Norman Ratchett, un passeggero americano che cercava disperatamente il suo baule da viaggio giallo e che inspiegabilmente se n'era ritrovato nello scompartimento uno azzurrognolo spento, con incise le iniziali HP!

«Dove avete detto che siete diretti?» chiese Pierre Michel.

«Non l'abbiamo detto» precisò David Pip. «In

ogni caso cerchiamo un treno che ci porti in Svizzera.»

«Questo treno, l'Orient-Express, passa giustappunto per Zurigo, *mes amis*!» disse il conduttore.

«Che intendete?»

«Il vostro preziosissimo aiuto mi ha evitato un licenziamento disonorevole! Lasciate che ripaghi un tale disturbo.»

«Dite davvero?»

«Sempre che vi adattiate a dormire nella mia cuccetta, la cuccetta di un ferroviere!»

Calum strizzò l'occhio a David, quindi si sputò sul palmo della mano e la porse all'uomo. «Affare fatto!» esclamò.

«*Voilà!*» disse Pierre Michel stringendola nella sua. «*En voiture!*»

David si limitò ad un cenno del capo: non gli andavano particolarmente a genio quelle balorde dimostrazioni di cameratismo. In ogni caso si disse ch'era un'occasione da non perdere.

La vernice blu cobalto delle carrozze riluceva dei bagliori delle lampade e lo stemma della Compagnia Wagons-Lits sembrava quello di un casato reale. L'Orient-Express era davvero il treno dei re. Composto da cinque carrozze letto (ognuna di venti cuccette, che durante il giorno si trasformavano in confortevoli divani) e una carrozza ristorante, copriva in sole ottantasei ore le duemila miglia che separavano Parigi da Costantinopoli, in Turchia. Tra i suoi passeggeri si annoveravano teste coronate come Leopoldo II del Belgio, Milan di Serbia, Ferdinando I di Bulgaria, ma anche importanti uomini d'affari, famosi artisti, politici, rappresentanti dell'aristocrazia, tutti ugualmente consci che viaggiare a bordo dell'Orient-Express significava appartenere ad una ristrettissima cerchia di privilegiati.

«Il vostro bagaglio?» chiese Michel.

«Preferiamo viaggiare, ehm... leggeri» rispose Calum infilandosi nello scompartimento.

Mentre David si accingeva a seguire l'amico nella carrozza, fu attratto da un ometto che portava enormi baffi con la punta all'insù e la cui testa, nascosta sotto una bombetta nera, era calva e a forma d'uovo. Parlava in francese con un ufficiale che l'aveva accompagnato al marciapiede e David sentì quest'ultimo salutarlo chiamandolo Monsieur Poirot. Era un nome che gli suonava familiare, ma non comprese subito il perché.

Inoltre c'era del trambusto all'entrata della stazione. Qualcuno gridava: forse era un litigio tra ubriachi, o il solito borseggiatore colto in flagrante.

«ATTENZIONE!» strillò nel megafono il ferroviere di servizio al binario otto. «È in partenza il treno Orient-Express! Ferma a Zurigo, Innsbruck, Vienna, Budapest, Bucarest, Stamboul, Costantinopoli!»

Il capotreno fischiò: la caldaia sbuffò vapore bianco sulle persone in attesa lungo il marciapiede trasformandole in fantasmi indefiniti. Il capotreno fischiò una seconda volta e l'intero binario otto fu sommerso da quello che pareva il soffio del più grande fumatore di pipa del mondo. Infine giunse il terzo ed ultimo fischio, che annunciava la partenza. Ci fu uno scossone e uno stridore di ruote ferrate, e poi ancora scossoni, e finalmente, come un animale restio a lasciare una confortevole tana, l'Orient-Express prese la sua strada.

«Che cosa vuole fare quello?» gridò qualcuno poco oltre l'entrata della stazione.

«Chi è?»

«È... è mostruoso!»

«Fermatelo!»

«Fermatelo voi, se ne avete il coraggio!»

David e Calum si affacciarono al finestrino della carrozza riservata al personale della Compagnia appena in tempo per vedere la folla terrorizzata aprirsi in due ali. Chi non riusciva a scansarsi finiva per aria, lanciato come una bambola di pezza, e ricadeva parecchie iarde più in là.

«Che cosa succede?» chiese Calum.

«Ho un brutto presentimento...» mormorò David.

«Un brutto...?»

Il volto di Calum Traddles perse in un volger di

mano tutto il suo colorito. Tra le due ali di folla atterrita correva con la stessa grazia di un bisonte africano un essere che definire impressionante sarebbe stato riduttivo. Era enorme, disarmonico, goffo ma forte, e soprattutto ripugnante.

David guardò meglio. Quel che causava la sua disarmonia non era tanto l'innaturalezza, le spropositate dimensioni o il peso eccessivo. Ciò che lasciava disorientati e inorriditi era il fatto che quell'uomo, quella creatura o qualsiasi cosa fosse, sembrava essere stato assemblato unendo pezzi di corpi umani differenti!

La creatura era quanto di più disgustoso e terrorizzante occhio umano potesse avere la sventura di vedere. Pur non essendoci parole per descriverla, tenterò parimenti di farvene un quadro. La pelle del volto (o di quello che avrebbe dovuto essere il volto) era giallastra, di un giallo insano, fina a tal punto che un pizzicotto l'avrebbe probabilmente lacerata; sotto di essa si scorgevano le vene pulsare e i muscoli tendersi e guizzare. I capelli erano neri e lucidi come il pelo di certi cani, e i denti di un bianco artificiale che stonava grottescamente con l'incarnato e con le labbra, due strisce nere e sottili. Gli occhi erano globi acquosi senza vita, terrei, come quelli dei pesci bolliti. E infine, era letteralmente ricoperto di cicatrici, cuciture e rammendi, come se vi si fosse esercitata una sarta folle. Una mummia ritornata in vita non avrebbe potuto essere più spaventosa.

Gli abiti che ne ricoprivano le smisurate membra erano poco più che stracci malcuciti e frusti, che nel complesso gli davano l'aspetto di un anomalo bambino troppo cresciuto.

Mentre correva lungo il marciapiede numero otto della Gare de l'Est, con le mani tese in avanti a ghermire chissà quali prede, emetteva suoni gutturali, inarticolati, propri delle bestie o degli uomini primordiali.

«*Mon Dieu!*» esclamò l'ometto con i baffi all'insù e la testa d'uovo sporgendosi dal finestrino. «Che creatura bizzarra!» Dopodiché concesse una rapida occhiata ai due ragazzi affacciati alla vettura accanto alla sua e richiuse il vetro.

Il mostro ora correva direttamente sui binari, essendogli venuto a mancare il marciapiede sotto i giganteschi arti inferiori. Eppure la cosa non sembrava in alcun modo rallentarlo.

«Deve essere fuggito da qualche istituto di cura» osservò pensieroso David.

«O da un circo!» disse Calum.

«In ogni caso non mi piace...»

«E a chi mai potrebbe piacere?»

Il treno sembrava guadagnare terreno nei confronti della creatura, e un senso di pietà consigliò ai due ragazzi di rientrare. Richiusero il finestrino proprio nell'attimo in cui il mostro, con uno sforzo disumano, si lanciava sulla ringhiera dell'ultimo vagone, riuscendo ad afferrarla e a rimanervi aggrappato. L'addetto alla cucina, tale Gérard Duprée, non fece nemmeno in tempo a chiedersi da dove provenisse quello strambo individuo, giacché venne colpito con una forza d'urto micidiale e finì in un canale a circa mezzo miglio dalla linea ferroviaria, dove fu ritrovato soltanto un paio di settimane più tardi.

Il mostro si guardò intorno e sorrise di un sorriso soddisfatto: ora poteva dire di aver viaggiato anch'egli sull'Orient-Express, il treno dei re.

«Qui starete comodi» disse Pierre Michel. Il suo scompartimento era piuttosto angusto e sobrio negli arredi. Nulla a che vedere con gli scompartimenti riservati ai viaggiatori, dove merletti, broccati, velluti e porcellane preziose davano l'idea di trovarsi in lussuosi appartamenti in miniatura. Il mobilio era vario ed estremamente selezionato: c'erano tavolini, sedie di cuoio, poggiapiedi, armadi e persino casseforti. I bagni avevano acqua calda e sapone profumato, c'erano asciugamani ricamati con lo stemma della Compagnia e svariati oggetti di toeletta. Ogni ambiente era soffuso dalla luce discreta delle lampade a gas e nel vagone ristorante, sotto un soave soffitto decorato all'italiana, si potevano gustare i migliori piatti delle più raffinate cucine internazionali.

«Grazie, signore» rispose David. «Sono certo che staremo benissimo.»

Lui e Calum avrebbero dovuto dividere la cuccetta del conduttore, ma la cosa non era certo un problema per loro, abituati com'erano alle miserie di Montague Hall. E poi sarebbe stato per una notte soltanto. Il treno, infatti, sarebbe giunto a Zurigo l'indomani mattina.

«Tra poco nel vagone ristorante sarà servita la cena» spiegò Monsieur Michel. «Ma come potrete facilmente intuire, sarebbe piuttosto imbarazzante per me giustificare la vostra presenza a bordo. Sicché vi prego di rimanere in questo scompartimento. Provvederò io stesso a portarvi più tardi qualcosa da mangiare.»

«Siete fin troppo gentile, signore.»

Pierre Michel fece loro l'occhiolino e sparì nel corridoio.

«Stiamo viaggiando sull'Orient-Express!» disse Calum, gongolante, non appena il conduttore se ne fu andato.

«Non darti tante arie, amico mio. Siamo poco più che clandestini!»

«Clandestini di lusso, però.»

David sorrise. Tutt'a un tratto si sentiva a pezzi, stremato, esausto, come se non avesse mai riposato da quando quel loro frenetico viaggio aveva avuto inizio.

«Penso che mi stenderò un po'» disse.

«Mi hai tolto le parole di bocca» dichiarò Calum. «Mi sembra di essere sveglio da una settimana!»

Così si distesero nella cuccetta e ben presto si addormentarono profondamente.

Qualcuno bussava alla porta.

Non poteva essere un sogno: era troppo reale. Gli scossoni del treno che sferragliava sui binari erano veri, così come la ruvida coperta che prudeva le guance e il rigido tavolato che ammaccava le ossa.

«Chi è?» chiese Calum con la bocca impastata di sonno.

Poi stette ad ascoltare e si accorse che non stavano *bussando* alla porta: qualcuno la stava letteralmente prendendo a pugni, con la probabile intenzione di buttarla giù.

«Non credo che sia Pierre Michel con la cena» disse David, balzando a sedere sul letto.

«Lo temo anch'io. Cosa facciamo?»

Ma prima che David potesse rispondere (saremmo tutti curiosi di sapere che cosa avrebbe mai detto in una situazione senza via d'uscita come quella!), la porta venne scardinata e finì con uno schianto contro la cuccetta occupata dai due ragazzi.

Sulla soglia apparve la creatura, quel mostro orrendo e ripugnante che aveva inseguito il treno al momento della sua partenza. Aveva le mani tese in avanti, pronte a ghermire, la mascella dischiusa, ed emetteva i soliti suoni senza senso. Non era necessario tuttavia comprendere appieno quei versacci per capire quali fossero le sue intenzioni.

«Cosa vuoi?» gridò Calum sbucando da dietro la porta messa di traverso tra il finestrino e la cuccetta. «Lasciaci in pace, demonio!»

Ma il demone, bramoso e famelico, avanzava incurante nell'angusto scompartimento.

E qui avremmo probabilmente assistito alla conclusione delle povere e brevi vite di David Pip e di Calum Traddles (nonché del loro viaggio e quindi del nostro libro) se non fosse intervenuto un uomo dalle doti strabilianti che, non potendo competere fisicamente con un essere bestiale come quello, giocò d'astuzia, mettendo in moto, come soleva dire lui stesso, *le sue meravigliose celluline grigie.*

Hercule Poirot, l'omino con i baffi all'insù e la testa a forma di uovo, si frappose tra i due ragazzi e la creatura e fissando quest'ultima negli occhi pronunciò poche parole, in tono calmo, e in una lingua ai più incomprensibile. La sua azione, per quanto in un simile frangente potesse sembrare sciocca e inutile, ebbe un effetto straordinario sul mostro. Egli si placò, abbassò le braccia e cessò di emettere quei rantoli disgustosi. Quindi batté alcune volte le palpebre e si sedette sul pavimento, buono come un cagnolino che aspetta le ossa spolpate dalla tavola dei proprietari.

«Ma... che gli avete fatto?» chiese Calum balzando fuori dall'improvvisato nascondiglio. Girò attorno alla creatura, stupefatto, come avrebbe potuto fare con una balena arenata su di una spiaggia.

«Grazie, Monsieur Poirot» disse invece David.

L'uomo lo guardò e inarcando un sopracciglio mostrò tutta la sua sorpresa.

«Mi hai riconosciuto, giovanotto?»

«Ho letto delle vostre gesta sui giornali» spiegò David. «E ho sentito quel militare chiamarvi per nome.»

«Sei un ragazzino attento, *mon cher.*»

«Sono David. David Pip. E lui è Calum Traddles. Calum, ti presento il famoso investigatore francese, Hercule Poirot.»

«Belga, *s'il vous plaît!*»

«Prego?»

«Belga, non francese. Ci tengo molto.»

«Come l'insalata?» domandò Calum, divertito.

«Insalata?»

«L'insalata belga! Sapete, quella verdura dalle foglie bianche...»

«Monsieur Poirot è un cultore del metodo deduttivo» spiegò David. «E tu sai fin troppo bene che lo sono anch'io!»

«Il mio amico David ha fatto del ragionamento deduttivo una specie di religione!»

«Abbiamo avuto un grande dono» annuì Poirot. «Ma non tutti sanno utilizzarlo come conviene. Le celluline grigie, come mi piace chiamare il cervello, sono il bene più prezioso che possediamo. E le sue enormi facoltà sono per la maggior parte *inexprimées*, inespresse. Le armi, il denaro, le carrozze, i treni veloci e lussuosi come questo nulla sono e nulla rappresentano rispetto al potere di una mente libera e compiuta!» Aveva il tono di un predicatore accorato. «*Mais* torniamo alle nostre faccende e a questa bizzarra... *créature*. Non so perché ce l'avesse tanto *avec vous*...»

«Ma come ci siete riuscito?» volle sapere Calum. Osservava guardingo il mostro seduto a terra che ora appariva del tutto innocuo. Teneva gli occhi spalancati, ma la sua mente sembrava concentrata su qualcosa di incredibilmente lontano, qualcosa che forse non apparteneva neppure al mondo degli uomini.

«A fare che?»

«Quella cosa!»

«Ipnosi» rispose David.

«L'ho detto che sei un ragazzino attento» ribadì Poirot. «*Précisément*. L'ipnosi è una grande arma per chi la sa usare in modo appropriato. L'arte della fascinazione, la chiamano. Altro non è che il potere di suggestionare le menti. E più le menti sono semplici e deboli, più la suggestione ha probabilità di avere successo.»

«Quanto rimarrà in quello stato?»

«Oh, finché io lo vorrò, *c'est entendu*!»

«È fantastico!» esclamò Calum. La sua mente già rifletteva su quali mirabolanti applicazioni avrebbe potuto trovare, se solo egli se ne fosse potuto impadronire.

«*Oui, fantastique!* Ma si tratta di un'arte che può diventare letale se usata in modo sconveniente, per non dire *illégalement*.»

«Cos'è successo?» esclamò Pierre Michel sopraggiungendo in quell'istante dal corridoio. «*Oh, mon Dieu!*»

«Quest'uomo» disse Poirot indicando la creatura «non conosce l'uso delle *bonnes manières*, delle buone maniere! Quindi, *mon cher*, domattina verrà consegnato da me personalmente alla *Gendarmerie* di Zurigo!»

«*Oh, mon Dieu!*» seguitava a ripetere il conduttore.

«Ed ora, signori, direi di andare a cena!» E cedendo il passo con un inchino aggiunse: «*Après vous, Messieurs!*»

«Che c'è, ragazzi?» chiese Poirot vedendo David e Calum guardarsi intorno preoccupati. «Non vi piace qui?»

Sedevano ad un tavolo del vagone ristorante, un ambiente lussuoso al cui centro una minuscola ma organizzatissima cucina divideva lo spazio in due sale, una riservata ai fumatori ed una ai non fumatori. Camerieri in livrea bianca e bottoni dorati andavano e venivano dai tavoli, leggeri come farfalle sui fiori, portando bottiglie e vassoi, sorridendo e facendo cenni d'assenso con il capo. Chino sul suo fornello a carbone, un cuoco paffuto inondava di spezie il cosciotto di montone bretone che di lì a poco sarebbe stato servito in tavola, accompagnato da spinaci allo zucchero e more.

«È proprio questo il problema» rispose David. «Noi non dovremmo essere qui...»

«Non avete di che preoccuparvi. Le *préoccupations* rendono il cibo indigesto! E poi Monsieur Bouc, amministratore della Compagnia Wagons-Lits, è un mio caro amico!»

Un cameriere si fece avanti con una zuppiera fumante.

«Crema di porri e carciofi» disse. «Alla alsaziana.»

Poirot fece segno che poteva versarne.

«Dunque, ditemi, perché quell'orrenda creatura ce l'ha con voi?» chiese, quando il cameriere si fu allontanato.

David scrollò il capo. «Non lo sappiamo. E non è la prima volta che uno strano personaggio sembra intenzionato a perseguitarci...»

«Strano personaggio? Cosa intendi?»

David e Calum raccontarono a turno le loro vicissitudini: la prigionia nella casa del bieco Fagin, l'attacco del folle Hyde, l'incontro con il vampiro di Transilvania, fino all'arrivo di quell'essere pieno di cuciture che al momento se ne stava legato nello scompartimento del conduttore.

«Direi che non si tratta di un caso» dichiarò Poirot arricciandosi i baffi.

«Non lo credo nemmeno io» convenne David. «Qualcuno ci dà la caccia.»

«È un'affermazione molto forte, *mon ami*, ma condivisibile. La domanda è: perché? Ci deve essere un motivo, *une raison*!»

«La ragione» disse David, titubante, «credo sia... Sherlock Holmes.»

Hercule Poirot sobbalzò e la zuppa che stava sorseggiando gli sporcò i baffi.

«Holmes? Holmes è morto, a quanto ne so!»

«Scomparso» lo corresse Calum.

«Stiamo andando a Reichenbach per investigare.»

«Voi? Investigare sulla scomparsa di Holmes? *Diable!*»

«Abbiamo ragione di credere che dietro a tutto ciò trami il professor Moriarty.»

«Moriarty, *le génie du mal*! E voi credete che possa aver aizzato questi mostri contro di voi per impedirvi di giungere alla verità? È così?»

«Sì, ma c'è dell'altro. L'uomo che fuma la pipa.»

«L'uomo che fuma la pipa?»

«Un uomo, che non abbiamo mai visto in volto, ci ha aiutati più volte mentre ci trovavamo ancora in Inghilterra» disse David.

«Ha ordinato a Fagin di lasciarci andare.»

«E probabilmente è stato lui a farci ritrovare la barca sul fiume.»

«Uhm» rifletté Poirot. «La cosa si fa senza dubbio interessante. Il mistero s'infittisce...»

«Voi, Monsieur, che ne pensate?»

Per un paio di minuti il belga rimase in silenzio, gli occhi socchiusi, come se fosse sul punto di addormentarsi. Poi contrasse le sopracciglia e i suoi vividi occhi verdi si spalancarono.

«Chiunque controlli tanti esseri malvagi deve essere senza dubbio un uomo potente e temuto» affermò. «Potrebbe effettivamente trattarsi di Moriarty, che in questo momento, limitatamente all'Inghilterra, s'intende, avrebbe campo libero... Ma che interesse potrebbe avrebbe nel mettervi, per così dire, i bastoni tra le ruote? La risposta più semplice è: per non farvi giungere alla verità. *Mais* quale verità? Una verità scomoda per Moriarty, *naturellement*! Una verità per la quale egli perderebbe la faccia. Allora chiediamoci, se Moriarty avesse realmente eliminato Sherlock Holmes perché non renderlo pubblico? Perché, anzi, cercare di fermarvi? Perché non offrirvi la soluzione su di un piatto d'argento? Tutto ciò non farebbe che accrescere il suo malevolo prestigio e il suo già vasto potere. Quindi, o Moriarty entra nell'*affaire* Holmes in un modo che lui ritiene controproducente per sé e che non ha nessun interesse a svelare, oppure...»

«Oppure?»

«Oppure il professor Moriarty non c'entra per nulla con la scomparsa di Monsieur Holmes!»

1. Sulla strada per Reichenbach

Pierre Michel era stato chiaro. A Zurigo avrebbero dovuto prendere il treno per Brienz, nell'Oberland Bernese. Giunti a Brienz, sulle sponde dell'omonimo lago, avrebbero dovuto procurarsi una carrozza per Meiringen, dove, secondo le indicazioni del dottor Watson, li attendeva l'Englisher Hof, l'albergo diretto da Peter Steiler, che potevano considerare una persona fidata.

«Che cosa faremo una volta giunti a Meiringen?» chiese Calum Traddles.

«Elementare, Watson! Daremo inizio alla nostra indagine.»

Calum non riuscì a trattenersi dal fare una domanda che come un nocciolo di pesca gli andava su e giù per il gozzo da troppo tempo: «Ma come si fa, di preciso, a investigare?»

Per David Pip sentirsi fare una tale domanda era come per un sarto dovere rispondere a un interrogativo tipo: a che cosa servono di preciso ago e filo? O per un medico: come si usa lo stetoscopio? O per un... Be', avete capito il concetto, vero?

«Come si fa a...? Oh, Watson, tu metti a dura prova la mia pazienza!»

«Non era mia intenzione.»

David scrollò il capo e sbuffò. «Vieni, andiamo a fare colazione in quel caffè.»

Seduti ad un tavolino dello Shober Kaffee, lungo la riva occidentale del fiume Limmat, a pochi passi dalla Stazione Centrale di Zurigo, David e Calum si dividevano una tazza di cioccolata calda con la panna e un piatto di läckerli, i tipici biscotti svizzeri al miele. Sopra i tetti svettavano le guglie delle chiese di San Pietro e di Fraumünster che con le loro cime aguzze sembravano infilzare le nuvole basse e grigie addormentate sulla città.

«Dunque, come dice sempre mio padre, Sherlock Holmes, prima di tutto *osservazione e deduzione*. Queste sono le due cose più importanti. Una volta giunti a Reichenbach dovremo attivare il nostro spirito di osservazione e registrare ogni fatto, ogni testimonianza, ogni particolare, anche il più insignificante. Ricorda sempre che da una goccia d'acqua una mente ben allenata alla logica può dedurre l'esistenza di un oceano senza averlo mai veduto!» E a questa affermazione fece seguire un bel sorso di cioccolata.

«La vita non è che una grande catena di cui possiamo conoscere la natura osservandone un singolo anello» riprese, sfoggiando, nell'abbassare la tazza, due perfetti mustacchi marroni tra naso e labbro superiore. «Però dobbiamo considerare che la deduzione è nulla senza l'osservazione e la catalogazione dei fatti, così come l'osservazione è nulla se non viene interpretata e completata dalla deduzione logica.»

«Se ho capito bene, dovremo prendere nota di tutto e poi riordinarlo logicamente. Un po' come prendere dei pezzi di stoffa e farne un vestito cucendoli assieme.»

«Bravo, Calum! Parleremo con la gente, visiteremo le cascate, ripercorreremo i passi di mio padre e la verità non potrà sfuggirci!»

Calum osservò l'amico e per un istante, con quei due baffoni di cioccolata, lo vide come probabilmente sarebbe stato da adulto. Un uomo sicuro di sé, un uomo d'intelletto, ma con un'ombra scura sul cuore.

«Sei fermamente convinto che viva ancora, non è così?» gli domandò.

David rivolse lo sguardo al corso del fiume e ad alcuni battelli che lo percorrevano pigri, quasi fosse alla ricerca di una risposta convincente.

«Sì» disse infine. «Ne sono convinto. Fermamente.»

Il treno lasciò Zurigo puntando verso sud e, costeggiando il lago che prende il nome dalla città, percorse l'ampia vallata assecondandone la bizzarra forma a mezzaluna. Sul versante occidentale si stendevano a perdita d'occhio terreni erbosi e, sulle prime pendici delle colline, boschi di pini e abeti. Mandrie di vacche pascolavano indisturbate sollevando appena lo sguardo al passaggio fischiante del treno, e tutto sembrava immerso in una pace e una serenità quasi irreali.

David e Calum presero posto in uno scompartimento occupato da un giovanotto con il bavero del soprabito tirato fin sopra il mento e l'aria assorta: fissava il paesaggio al di là del finestrino, aperto per metà nonostante l'aria fosse piuttosto fredda. Sulla retina portabagagli aveva posto una valigia di pelle di coccodrillo nuova di zecca e accanto a sé, sul sedile, teneva un libro, sul quale si andavano depositando minuscole particelle di carbone espulse dagli sbuffi della locomotiva. Il titolo del libro era *Navi a vapore*.

«Possiamo accomodarci?» chiese Calum.

Il giovane si guardò intorno, come a verificare che i sedili fossero effettivamente liberi. Poi inalberò un'espressione vaga, che poteva significare "Non vedo perché no."

«Lo prendiamo per un sì» disse Calum mettendosi a sedere. «Mi chiamo Calum Traddles, signore. E questi è David Pip. Siamo amici.»

«Hans Castorp» rispose il giovane senza alcuna

enfasi. Strinse mollemente la mano ai due ragazzini e tornò ad immergere lo sguardo nel panorama.

Dopo qualche minuto di silenzio, Calum domandò:

«Siete svizzero, signore?»

«Tedesco» rispose questi. «Amburgo.» E non aggiunse altro.

«Noi di Londra» precisò Calum senza che ve ne fosse bisogno, dal momento che il giovane sembrava non avere alcun interesse per la loro provenienza. Infatti non vi fu alcuna risposta.

Via via che il treno s'inerpicava sulle montagne, il paesaggio cambiava. Le curve si susseguivano ravvicinate trasformandosi in tornanti e la motrice, affaticata, emetteva nubi di fumo verde e nerastro. Rocce enormi e spigolose sfilavano a poche spanne dai vagoni e, tra esse, pini sempre più scuri e scheletrici puntavano verso un cielo soffocato dalle nubi. Di tanto in tanto, il passaggio all'interno di una galleria faceva calare tutt'a un tratto la notte e, quando la luce tornava, il giovane tedesco sembrava provato e spaventato. A volte si scorgevano dirupi e abissi senza fine, altre volte le curve erano così ripide e strette che il treno sembrava sul punto di non farcela e spezzarsi in due per la fatica.

«Paese incantevole, la Svizzera!» esclamò ad un certo punto Calum rompendo il silenzio e allentando la tensione.

Il giovanotto non disse nulla.

«Amico mio, temo che il signor Castorp non sia affatto interessato alla tua conversazione» intervenne David. Poi, rivolto al giovanotto, aggiunse: «Vogliate perdonare l'insistenza del mio amico.»

«*Nein*, siete voi che dovreste perdonare me» disse Hans Castorp riacquistando un barlume di presenza. «Ma qualcosa mi turba...»

«Lasciate che provi a indovinare» disse David sorridendo.

«Indovinare?» disse Hans Castorp. «*Was*?»

«Siete un giovane di buona famiglia, appassionato di modellistica navale, che si ritira per un breve periodo, direi un paio di settimane, forse ancor meno, in un sanatorio. Siete probabilmente angosciato per la vostra salute, ma anche per altri motivi. Temete l'altitudine e la fatica del viaggio e il fatto che, una volta giunto a destinazione, potreste non adattarvi alle nuove condizioni di vita, decisamente meno facili e confortevoli rispetto a quelle cui siete abituato.»

Il giovanotto si rizzò sul sedile, sbalordito. Poi chiuse il finestrino e, rianimato da nuovo spirito, chiese:

«*Mein Gott! Wie kannst du?* Come fai a dirlo?»

Calum ridacchiò preparandosi alla consueta dimostrazione delle facoltà deduttive dell'amico.

«Innanzitutto» cominciò David, «portate un soprabito di seta e una valigia di pelle di coccodrillo, due particolari che svelano la vostra origine facoltosa. Le dimensioni della valigia, piuttosto ridotta, indicano che il vostro viaggio non potrà durare a lungo, a meno che non pensiate di acquistare degli abiti a destinazione. Sul sedile accanto a voi c'è un libro che tratta di navi a vapore e la lettera che utilizzate come segnalibro reca la scritta *Sanatorium*. Dal momento che posti del genere necessitano di aria buona, aria d'alta montagna, ne deduco che ve ne sia uno da queste parti e che esso sia la meta del vostro viaggio. Malgrado non ve ne fosse bisogno, al nostro arrivo nello scompartimento tenevate il finestrino mezzo spalancato e per proteggervi dall'aria vi eravate tirato su il bavero. Vi sentivate opprimere, avevate la sensazione di non respirare bene. Ecco perché penso che siate malato. Inoltre siete così abituato agli agi e alle comodità che temete di non riuscire ad adattarvi all'ambiente modesto che troverete tra queste montagne e sentite già nostalgia di casa.»

Hans Castorp lo guardò a bocca spalancata, non riuscendo a proferire parola.

«È naturale avere dei dubbi e dei timori quando ci si allontana dal proprio focolare» disse Calum. «Anch'io spesso dubito di questo nostro viaggio. Siamo due ragazzi senza molta esperienza, che si sono avventurati in un'impresa più grande di loro.

Ma il mio amico David è convinto della forza di un'idea e della volontà che la difende e la porta avanti.»

«Il tuo amico David sarà anche convinto della forza di un'idea e della volontà che la difende, ma consentimi di affermare che tutto quello che ha detto è… *eine große Flause*!»

«Prego?»

«Una fanfaronata, una smargiassata, insomma una serie di sciocchezze in piena regola! *Ah, mein Gott*!»

David era allibito. Calum contrariato. Il giovane Hans, invece, estremamente divertito.

«Non provenite da una famiglia benestante?»

«Per nulla! Il soprabito e la valigia in pelle di coccodrillo sono il regalo di uno zio che mi fa da tutore!»

«Il libro di nautica?»

«Sono laureato in ingegneria navale e presto inizierò il praticantato presso i prestigiosi cantieri amburghesi Tunder e Wilms!»

«Non andate dunque al sanatorio?»

«*Ja,* ma non per curarmi. Faccio visita a mio cugino Joachim ricoverato a causa della *Tuberkulose*… la tubercolosi.»

«Perciò ho ragione nel dire che il vostro soggiorno sarà breve!»

«Niente affatto! Ho altre tre valigie ed un baule

nel vagone bagagliaio in coda al treno! Inoltre non provo assolutamente nostalgia di casa. In realtà non vedevo l'ora di partire. L'unico mio problema è tutto questo saliscendi, tutto questo curvare del treno. Sapete, soffro il mal di qualsiasi mezzo in movimento: nave, carrozza o treno che sia! E anche il… *Bergkrankheit,* il mal di montagna. Dalle nostre parti si dice: *ein Unglück kommt selten allein,* un male tira l'altro.»

David si lasciò cadere sul sedile, inerte, incapace di credere al suo fallimento. Era appena stato inferto un durissimo colpo al suo amor proprio e alla fede incrollabile nei metodi deduttivi ed esso era tanto più grave perché inaspettato. Calum, vittima di uno sgradevole e sconosciuto imbarazzo, decise di fingersi addormentato.

«Sono spiacente, David, ma non ne hai azzeccata una!» Detto questo, il giovane Castorp si ritirò nuovamente nel suo silenzio. Le tracce del recente spasso, però, rimasero impresse ancora a lungo sul suo viso.

David si lasciò cullare dal dondolio della carrozza, come un bambino deluso che trae conforto dall'abbraccio materno, riflettendo sul fatto che nessuna disciplina, in quanto frutto della mente dell'uomo, è infallibile. E in capo a un'ora la considerazione che pure il sommo Sherlock Holmes si era trovato a registrare qualche sonora battuta d'arresto, di tanto in tanto, lo sollevò definitivamente dal suo avvilimento.

Il viaggio proseguì dunque silenzioso, intervallato solo dai fischi della motrice e dagli scossoni dei vagoni che cozzavano l'uno contro l'altro.

Finalmente le curve cessarono e, risalendo il corso del fiume Aar, il treno attraversò una vallata pianeggiante, avanzando a mezza costa e raggiungendo, infine, la cittadina di Brienz, annunciata dalle scure acque del lago a cui dà il nome. Sulle rive ricoperte di boschi di pini, sulla guglia rossa del campanile, sulle case dalle facciate affrescate e dai balconi fioriti, su tutto dominava, come un severo e muto spettatore, la cima maestosa e innevata del Corno Nero di Aar, la vetta più elevata dell'Oberland Bernese.

La stazione di Brienz era piccola, con tre soli binari: uno per tornare indietro, uno per proseguire verso Berna ed un terzo a scartamento ridotto che saliva fino a Davos.

David, Calum e Hans Castorp scesero la scaletta rabbrividendo: il marciapiede era battuto da un vento feroce che trascinava con sé l'odore della neve. Un ferroviere passò loro accanto, inclinato in avanti per resistere alla forza del vento, tenendo fermo con una mano il berretto ben calcato sulla testa.

«Scusate» domandò Hans. «Sapreste dirmi qual è il treno per Davos?»

«È quello» rispose l'uomo indicando una specie di tram di legno e metallo. Sembrava un piccolo tram cittadino ed il suo aspetto era così ingenuo e fanciullesco che mai e poi mai si sarebbe detto in grado di salire tanto in alto senza scoppiare o sfasciarsi seminando pezzi lungo la strada. Hans osservò la stretta gola attraverso la quale, lassù in alto, i binari del treno sembravano perdersi o semplicemente svanire nel nulla, e al pensiero di dovercisi infilare si sentì parecchio a disagio.

«Devo salire fin lassù?» domandò (in realtà a se stesso) con la bocca asciutta per la preoccupazione.

«Se dovete andare a Davos, be', allora quello è il vostro treno» disse il ferroviere. «Ma se preferite farvela a piedi o a dorso di un mulo...»

«Non è che vi andrebbe di fare una gita a Davos con me?» chiese Hans ai due ragazzi.

«Grazie dell'invito, ma abbiamo di meglio da fare: dobbiamo raggiungere Meiringen» rispose Calum, felice di poter in qualche misura rifarsi dell'affronto subito dall'amico. «Sono comunque convinto che il vostro sarà un viaggio affascinante. Pieno zeppo di curve, salite e discese mozzafiato! Un vero piacere per il vostro *Bergkrankheit.*»

Hans Castorp grugnì.

«Perdonate, signore» disse David, rivolto al ferroviere.

«Che cosa c'è ancora?»

«Dove possiamo trovare una carrozza per Meiringen?»

«Meiringen? Ma non dovevate andare a Davos?»

«*Lui* deve andare a Davos. *Noi*, invece, si va a Meiringen.»

«E perché non andate tutti insieme a Davos? Il trenino parte tra mezz'ora appena!»

«Oh, bella! E perché dovremmo andare a Davos?»

«Siamo diretti a Meiringen!»

«C'è il sanatorio, a Davos» disse il ferroviere.

«Lo sappiamo, ma si dà il caso che noi non se ne abbia bisogno, grazie al Cielo!»

«Be', non si sa mai... Ci si può sempre ammalare.»

«Insomma, volete essere così gentile da dirci dove possiamo trovare una carrozza?»

«Per Davos?»

«Per MEIRINGEN!»

«Meiringen... Meiringen...» rimuginò il ferroviere. «Non saprei.»

«Come sarebbe a dire che non sapete?»

«Tra poco scenderà il sole e con questo vento... Non credo davvero che vi riuscirà di trovare una carrozza.»

«E dunque che dovremmo fare?»

«Andate a Davos!»

«Carrozza, zignori?»

David e Calum si voltarono. Alle loro spalle era giunta, tanto silenziosamente da non essere udita, una bellissima carrozza nera trainata da due stalloni bianchi, le cui criniere erano raccolte in piccoli ciuffi. Il vetturino a cassetta portava un ampio mantello allacciato stretto sotto la gola e un cappello a tesa larga.

«Cascate a puntino!» esclamò Calum. «Dobbiamo raggiungere Meiringen!»

«Allora che cosa aspettate? Zalite a bordo!»

Il vetturino fece schioccare la lunga frusta di cuoio, i cavalli nitrirono e la carrozza partì traballando. I sedili all'interno erano foderati di velluto rosso e sulla porta vi era uno stemma raffigurante un dragone.

Dopo qualche miglio, la vettura abbandonò la piana del lago di Brienz per arrampicarsi lungo il passo della Gemmi, a settemila e cinquecento piedi d'altezza, attraverso l'antico e sinistro sentiero medievale soprannominato l'*Alito del Diavolo* per via del vento gelido che lo percorre incessantemente.

Il sole era già nascosto alla vista dalle alte montagne e le ombre delle cime somigliavano ad ali nere di misteriose creature in agguato.

Calum guardava dal finestrino non riuscendo a celare un senso d'inquietudine.

«Che succede, vecchio mio?» gli chiese David, quando se ne accorse.

«Non lo so... Ho come l'impressione che ci stia aspettando qualcosa di malvagio. Ti è mai capitato» disse scrutando le ombre, «ti è mai capitato di... *sentire* il Male?»

«Sentire il Male? Cosa intendi per l'esattezza?»

«Avvertire la presenza di un essere malevolo, una creatura il cui veleno è in grado di intossicare le altre persone. Magari un intero paese!»

«Non mi è mai capitato, però penso di sapere cosa intendi. Presumo sia la medesima sensazione provata da mio padre ogniqualvolta aveva a che fare con il professor Moriarty.»

«Moriarty, ancora lui!»

«Già, sembra che il mio destino sia legato a doppio filo a quello di mio padre. Può darsi che anch'io, presto o tardi, mi ci debba confrontare...»

«Non sarai *tu* a doverti confrontare con lui, ma *noi*. Siamo una coppia, giusto?»

Un vero duo, pensò David. Toccato nel cuore da quelle belle parole, era sul punto di poggiare una mano sulla spalla del compagno in segno d'amicizia e gratitudine, quando ci fu uno scossone più forte degli altri e la carrozza si inclinò sollevandosi da un lato.

«Ehi! Cocchiere!» chiamò Calum sporgendosi dal finestrino. «Cosa state combinando? Non vi sembra di correre troppo? Cocchiere, dico a voi!»

«Zìììììì?...»

I due ragazzi inorridirono.

Seduto a cassetta, con il mantello che svolazzava nel vento e il cappellaccio a tesa larga calcato sul capo, Dracula il vampiro, pallido come una statua di cera, reggeva le redini dei cavalli ghignando e mandando bagliori dagli occhi iniettati di sangue.

«Ancora voi!» esclamò David.

«Ebbene zì! Questa volta non mi zfuggirete! Zarete miei zervi per l'eternità!»

«Ancora con questa storia dei servi. Dovete avere dei problemi irrisolti, signore...»

Dracula sorrise. Uno dei canini era spezzato in due, probabilmente a causa delle bastonate ricevute in quel famoso campo di Francia, ed anche uno degli occhi, a ben guardare, appariva più gonfio e più chiuso dell'altro, così come il naso che, visto di fronte, era indiscutibilmente deviato a sinistra.

«Giunge la notte» declamò il vampiro, «e con essa la mia gloria! Io mi satollerò con il vostro zangue, mi pascerò della vostra paura e voi alfine zarete miei!»

Così dicendo si sollevò, non nel senso di levarsi in piedi, ma letteralmente levitò, staccando i piedi dalla carrozza.

«Oooh!» esclamarono i due ragazzi.

Il buio della notte, come aveva detto Dracula, era giunto davvero. E il buio della notte, si sa, cela insidie e sorprese. Accadde dunque che procedendo con la schiena rivolta alla strada, il vampiro non si fosse avvisto dell'unico ramo sporgente sul sentiero; una vera sfortuna, poiché quello era l'ultimo pino prima della desolazione del passo. Si udì un rumore secco e il conte Dracula svanì nella sua amata notte senza nemmeno avere il tempo di dire *ba*.

Purtroppo David e Calum non poterono gioire nemmeno un istante di un tale *coup de chance* (come avrebbe detto Monsieur Poirot), giacché si trovavano a bordo di una carrozza lanciata in una corsa senza freni, di notte, lungo una mulattiera d'alta montagna, senza nessuno alla guida.

«Cerchiamo di salire a cassetta e di afferrare le redini!» gridò David.

«È impossibile!»

«Niente, o quasi, è impossibile!»

«Ma dovremo arrampicarci all'esterno della vettura!»

«Lo faremo! Non abbiamo altra scelta!»

«Saltiamo giù!»

«Pessima idea! Finiremo nella scarpata! Dammi retta, dobbiamo salire!»

I cavalli nitrivano, imbizzarriti, o forse felici di non avere più nessuno a guidarli. Fatto sta che correvano come diavoli dell'inferno, affrontando la discesa al galoppo sfrenato.

«Moriremo» piagnucolò Calum.

«No che non moriremo» ribatté David sgusciando fuori dal finestrino. «Non oggi!»

Il vento lo investì furioso cercando di ricacciarlo all'interno. David allungò un braccio e riuscì ad agganciarsi alla bagagliera sul tetto. Cercò di non guardare avanti: il sentiero scendeva a precipizio con una serie di tornanti contorti come le spire di una biscia morente, e tutt'intorno c'era il buio, e oltre il buio nudi speroni di roccia e burroni e precipizi senza fine. I due stalloni sbuffavano e scalciavano e i loro zoccoli stridevano contro il pietrisco del sentiero, provocando piccole scintille azzurre e un rumore come di denti digrignati.

«Ti ammazzerai!» strillava Calum da dentro la carrozza.

Ma David seguitava imperterrito nel tentativo di arrivare a cassetta. Non aveva mai guidato una coppia di cavalli, tantomeno una coppia di cavalli imbizzarriti, anzi, non aveva mai guidato nessun tipo di carrozza, né a uno né a due cavalli e non aveva idea di ciò che avrebbe fatto una volta afferrate le redini. Ma non aveva molta importanza, non in quel momento. L'importante era raggiungere il tetto. Una cosa alla volta, si disse.

Reggendosi saldamente alla bagagliera, cominciò a far scivolare il resto del corpo fuori dal finestrino.

Calum cercò di trattenerlo afferrandolo per un piede. «Ti sfracellerai!» gli urlò.

«Mi sfracellerò se non mi lasci andare!» gli disse David di rimando.

Quando le gambe furono entrambe all'esterno, i piedi persero la presa sulla porta della carrozza e David rimase appeso, dondolando come un fantoccio di pezza ad ogni curva e ad ogni sobbalzo.

I cavalli affrontarono un tornante ripiegato su se stesso e le ruote slittarono sulla terra e sui sassi. Il bordo del sentiero affacciato sul dirupo franò e la carrozza scartò bruscamente a sinistra.

«Ah!» David fu sbalzato per due volte contro la fiancata e poco ci mancò che finisse sulle rocce.

Quando la carrozza rientrò in carreggiata, David era esausto. Sentiva le forze venire meno e le dita delle mani scivolare sul freddo metallo della bagagliera. Si disse che aveva fatto un errore imperdonabile: sopravvalutare le proprie possibilità. Pensò anche che Calum aveva ragione e che sarebbe morto sfracellato, ma soprattutto non avrebbe mai saputo la verità su suo padre. La mano sinistra mollò definitivamente la presa e David chinò il capo. Presto anche le dita della destra si sarebbero arrese e lui sarebbe precipitato o, più facilmente, si sarebbe spezzato l'osso del collo contro una sporgenza acuminata.

Per quanto Calum si sforzasse, non riusciva ad afferrare nemmeno un lembo dei pantaloni dell'amico.

«David» piangeva Calum, disperato. «Resisti!...»

«Non... non ce la faccio più... amico... amico mio...»

La fine di David Pip sembrava segnata.

Accadde tutto in pochi istanti. La carrozza venne affiancata da un cavaliere misterioso in sella ad un destriero nero come la notte. Il cavaliere cavalcava velocissimo, chino contro il dorso del cavallo così da sembrare un tutt'uno con esso. Si avvicinò con grande abilità e sprezzo del pericolo alla coppia di cavalli bianchi e con mano sapiente agguantò la cavezza di uno di essi facendoli rallentare fino a ritmo di passo.

Poco prima che la carrozza si arrestasse del tutto, David si lasciò cadere a terra, sfinito. Subito Calum si precipitò a sincerarsi delle sue condizioni.

«David, amico! Credevo che non ti avrei più rivisto. Tutto intero, intendo...»

«Sto bene, Watson... Sto bene. Ma c'è davvero mancato poco. Non fosse stato per quel...»

Alzarono entrambi lo sguardo, ma il cavaliere in sella al destriero nero era scomparso, inghiottito dal buio della notte. Rimaneva solo il vento, impetuoso, che fischiava attraverso le gole e le fenditure delle rocce, e lo scalpiccio dei due cavalli, ora acquietati.

«Chi era?» domandò Calum continuando a fissare l'oscurità come se l'uomo misterioso potesse riapparire all'improvviso.

«Il nostro angelo custode» rispose David.

«Il nostro...?»

«Hai mai guidato una carrozza, vecchio mio?»

«Una carrozza?... Mai.»

«C'è sempre una prima volta, non credi?»

«Intendi dire che...»

«Che guiderai la carrozza, certo! Io non posso. Mi dolgono le braccia e ho le dita indolenzite.»

«Ma... ma...»

«Niente ma. Abbiamo una meta da raggiungere: Meiringen. E dunque, Meiringen sia!»

Calum brontolò qualcosa d'incomprensibile ma fece quanto David gli aveva chiesto. Salì a cassetta e afferrò saldamente le redini. Poi, dopo aver controllato che l'amico si fosse sistemato al suo fianco, urlò e lasciò andare le briglie. I cavalli scalpitarono e infine partirono a un trotto tranquillo.

Poche iarde e qualche tornante dopo, Calum se la godeva come il cocchiere di una diligenza del West, gridando a squarciagola *yahuuuuuuu* e *gid-app* e *hy-haaaa*, e peccato che non possedesse un cappello, altrimenti l'avrebbe sicuramente agitato nel vento.

«Calum, vecchio mio» disse ad un certo punto David, «direi che ci hai preso gusto!»

«Non è male, in fondo, condurre una carrozza.»

Lungo la strada, David rifletté sull'uomo misterioso che appariva e si dileguava nel momento del bisogno. Chi era? Perché aveva tanto a cuore il loro destino? Perché sembrava voler favorire il loro arrivo a Meiringen? E per quale motivo non desiderava rivelarsi? Aveva forse da nascondere qualcosa? Era qualcuno che lui o Calum conoscevano?

Con la mente infarcita di tali turbinanti domande (domande destinate a non avere ancora risposte), David rimase assorto per tutto il tragitto finché, al di là di una stretta curva delimitata da una parete di roccia altissima, apparvero delle deboli luci, sul fondo di una valletta così stretta che avrebbe potuto essere soltanto il letto di un fiume in secca.

«Quella dovrebbe essere Meiringen!» osservò.

«Peccato!» sbuffò Calum. «Cominciavo a divertirmi! *Hy-haaaa*!»

David lo osservò attentamente. Il suo viso risplendeva nella luce lunare, sprizzando vitalità e fiducia. E David se ne compiacque.

«Per quanto io creda di conoscerti, mio caro Watson» gli disse scuotendo il capo, «a volte tu davvero mi sorprendi!»

8. L'Englisher Hof

Giunsero in paese all'ora della cena. La strada principale era deserta, così come la piazza, dominata dalla chiesa e dallo smilzo campanile a guglia. Non c'erano lampioni a gas e le uniche luci erano quelle che filtravano dalle finestre delle abitazioni. Il vento tagliente spazzava il selciato con furia, infilandosi tra le case e ruggendo come un animale ferito.

«Questo posto mette i brividi» disse Calum.

Subito dopo la chiesa, trovarono la locanda indicata dal dottor Watson. L'insegna di metallo con la scritta Englisher Hof sbatacchiava contro la facciata dell'edificio dalla classica struttura a graticcio, producendo un rumore sinistro. Alcune imposte, liberatesi dai fermi a causa del vento, gemevano in un modo che pareva quasi un lamento umano.

«Devo dire che non convince troppo neppure me» convenne David.

Calum fermò la carrozza di fronte all'entrata e non appena lui e David misero i piedi a terra il campanile suonò otto rintocchi, così profondi e rimbombanti e improvvisi che i cavalli s'imbizzarrirono e, spaventati, fuggirono nella notte ventosa.

L'interno dell'Englisher Hof era, malgrado le apparenze, piuttosto accogliente. Le pareti di legno massiccio scurite dal tempo riflettevano la calda luce di un grande camino rivestito in pietra di fiume. Un'ampia scala, anch'essa di legno, si arrampicava in cima ad una balaustra sulla quale si aprivano le porte delle stanze. Contro la parete di fondo era sistemato un bancone scuro, e dietro ad esso una lama di luce filtrava da una porta socchiusa.

«C'è nessuno?» chiese Calum.

Udirono un cigolio provenire da dietro quella porta e qualcosa che si trascinava sulle assi sconnesse.

«C'è... c'è nessuno?» ribadì Calum con minor convinzione.

Il cigolio s'interruppe, e così lo strisciare. La porta si aprì lentamente e i due ragazzi furono sul punto d'infilare l'ingresso e fuggirsene appresso ai due stalloni bianchi, certi che affrontare il buio della notte sarebbe stato preferibile all'incontro con qualche altro bizzarro mostro.

Apparve una testa calva, che spuntava appena da sopra il bancone, e con essa ripresero anche il pauroso cigolio e l'inquietante strusciare.

«Chi siete?» intimò David. «Rispondete!»

«Sono Peter Steiler» disse una voce fina.

La testa calva si affacciò da dietro il bancone. Era un uomo di mezza età, stempiato, dalla fronte ampia, con un naso adunco che, girato al contrario, sarebbe potuto sembrare il gancio di un attaccapanni.

«Mi spiace di avervi spaventato. Dovrei mettere più spesso dell'olio su queste maledette ruote!» esclamò l'uomo, spingendo avanti la sedia a rotelle. «In ogni caso, benvenuti! È sempre un onore ospitare dei figli d'Inghilterra! La vostra camera è pronta.»

«La nostra camera?»

«L'uomo che ha prenotato per voi ha detto che avrei dovuto darvi la stanza migliore della pensione. E così ho fatto!»

«È stato il dottor Watson?»

«Il dottor Watson?»

«Vi ha avvertito lui che saremmo arrivati?»

«No, no. L'uomo di cui parlo è stato qui poco prima di voi. Un signore alto, dal portamento distinto. Ha pagato lautamente e in anticipo per il vostro soggiorno!»

David e Calum si guardarono sorpresi.

«Sapete come si chiama?»

«Non gliel'ho domandato. Pensavo fosse un vostro amico! Non è così, forse?»

«E siete riuscito a vederlo in volto?» volle sapere Calum.

«Non del tutto. Portava un cappello ed era avvolto dal fumo di una pipa...»

I due ragazzi sorrisero. Non avevano più di che stupirsi, ormai.

«Grazie, signor Steiler» disse David. «Mi chiamo David Pip e lui è Calum Traddles.»

«È un piacere conoscervi. Ma non siete un po' troppo giovani per viaggiare soli?»

«Può essere, signore. Ma il mondo è divenuto frenetico e i tempi sono difficili. Oggi si diventa uomini molto presto.»

«Sante parole, signorino! Sante parole! Ho una ragazza con me, la conoscerete presto, che ha pressappoco la vostra età, ed è orfana, poveretta lei. La tengo qui perché non ha nessuno. Un tempo viveva in cima alle montagne con suo nonno e le capre, ma ora lui è morto e lei... be', lei è già una donnina fatta. Si cresce presto nelle difficoltà!»

«Il dottor Watson ha speso belle parole su di voi.»

«Il dottor Watson! Un uomo generoso e simpatico. Peccato per quella disavventura capitata al suo amico, Sherlock Holmes...»

Un'ombra passò fugace sul viso di David. «Siamo qui per questo motivo» disse.

Il signor Steiler parve meravigliarsi nell'udire quelle parole. «Siete qui per Holmes?»

«Precisamente. Desideriamo far luce sulla sua scomparsa.»

Peter Steiler osservò i due ragazzi con attenzione, quasi soppesandone le capacità.

«Come si diceva» concluse, «oggigiorno si cresce in fretta. Ma adesso basta parlare! Di là, c'è una scodella di zuppa di ceci che vi attende. Polenta e patate arrostite sul fuoco e, se gradite, una fetta di torta meringata, la specialità di Meiringen!»

«È un invito a nozze, signore!» esclamò Calum. «Non mangiamo da ieri!»

«Allora, prego, seguitemi nella stanza da pranzo!» E cigolando sulla sua sedia a rotelle, Peter Steiler fece strada.

La sala da pranzo ospitava un grande tavolo di forma ovale attorno al quale erano state disposte dodici sedie. Non c'erano altri ospiti all'Englisher Hof quella sera, per cui la stanza appariva vuota e desolata. Ma non era difficile immaginarla piena di turisti dalle camicie a quadri e dai pantaloni di cuoio alla tirolese, seduti intorno a piatti di coniglio in salmì, di salsicce, o pancetta con crauti e fagioli e torte alla birra, e sentire le loro risate o i resoconti delle escursioni appena compiute. Addossata ad una delle pareti c'era una lunga e bassa credenza laccata e sul lato opposto una dispensa sormontata da una piattaia di abete scuro. In cima alla piattaia era appeso a due robusti ganci un elegante fucile da caccia. Tutt'intorno teste di cervi, rapaci, volpi e faine, come lapidi in un cimitero.

David e Calum presero posto a tavola nell'istante in cui, da una porta a doppio battente, faceva il suo ingresso nella stanza una ragazzina assai piccola di statura, dai capelli neri, tagliati corti alla maschietta, infagottata in due se non tre vestiti indossati l'uno sopra l'altro, con le spalle coperte da uno spesso scialle di lana rosso. Ai piedi calzava un paio di robusti scarponi da montagna, anch'essi di foggia maschile, con le suole chiodate.

«Lei è Heidi» la presentò il signor Steiler. «La ragazzina di cui vi dicevo. È brava e operosa e mi aiuta molto, qui alla pensione...»

Heidi non disse nulla. Si limitò ad un cenno del capo e solerte prese ad apparecchiare.

«Heidi è di poche parole. Come chiunque sia vissuto a lungo in montagna, ha un carattere chiuso e un po' introverso» spiegò Steiler, «ma, al bisogno, generoso. Lo si deve a Heidi se Clara, quella ragazzina di Francoforte, è ora in grado di camminare, e se ha potuto levarsi dalla sedia a rotelle sulla quale era intrappolata. Tuttavia la riconoscenza non è di questa vita. Il burbero nonno di Heidi è morto e Clara ha trovato marito, dimenticando la sua piccola amica.» Il signor Steiler scrollò la testa, deluso. «Non c'è giustizia a questo mondo, non trovate?»

David e Calum indossarono un'espressione di circostanza: non erano sicuri di aver compreso ciò di cui l'uomo andava parlando.

«E come se non bastasse, il destino ha voluto che anch'io mi trovassi bloccato su una sedia a rotelle per via di una rovinosa caduta durante una battuta di caccia. Così Heidi, che non aveva dove andare, si è offerta di occuparsi della mia locanda...»

«Il dottor Watson non ci aveva informati circa il vostro... incidente» disse David.

«La caccia è sempre stata la mia passione. Il mio grande amore, per così dire. Vedete? Eccolo lì, appeso sopra la piattaia. Quello è un Purdey, una doppietta a percussori interni, un vero gioiello! Prima possedevo un Holland & Holland, ma questo, questo signori miei, è tutta un'altra musica!»

«È molto bello» osservò Calum.

«Bello? È un'arma magnifica, la carrozza regale dei fucili da caccia! Pensate che ha il calcio modificato appositamente per i mancini! Quanto mi mancherà non poterlo più adoperare...»

Heidi rientrò nella sala portando le zuppiere. «Ecco» disse. E non aggiunse altro.

Calum la osservò da vicino. Aveva la carnagione rosea e sana e quando serrava le mascelle le comparivano due fossette al centro delle guance. Per un istante i suoi occhi neri incontrarono quelli azzurri del ragazzo e parvero sorridergli.

«Che cosa sapete della disgrazia occorsa a Sherlock Holmes?» chiese David senza troppi preamboli.

«Io? Quello che sanno tutti. Niente di più.»

«Il dottor Watson ci ha raccontato che siete stato voi a suggerirgli una deviazione a Reichenbach lungo la strada per il villaggio di Rosenlaui...»

«Naturale! Lui e Holmes avevano intenzione di attraversare le colline e pernottare a Rosenlaui e io dissi che sarebbe stato un peccato non fare una sosta alle cascate. Lo consiglio ad ogni mio ospite!»

«E che mi dite della signora inglese in fin di vita?»

«Quel pomeriggio vidi il dottor Watson rientrare precipitosamente in paese. Mi disse che un ragazzo incontrato lungo il sentiero gli aveva riferito di questa donna che si era sentita male e che aveva urgente bisogno di un medico, e che Holmes aveva proseguito da solo per Rosenlaui.»

«Conoscevate quel ragazzo?»

«No. Non era sicuramente del paese, poiché nessuno dei ragazzi corrispondenti all'età descritta dal dottor Watson si era allontanato, quel pomeriggio.»

«E la donna?»

«Non c'era nessuna donna in fin di vita a Meiringen, quel giorno.»

«Una trappola!»

«Dite bene, una trappola. Il dottor Watson se ne avvide immediatamente e tornò sui propri passi. Ma quando giunse a Reichenbach, la sorte di Holmes si era già compiuta...»

«Questo è da dimostrare» disse David, risoluto.

«Che intendete?»

«Vi risulta che sia stato trovato il corpo?»

«No, ma...»

«Senza corpo non v'è prova della morte» sancì il ragazzo.

Il signor Steiler rimase in silenzio, pensieroso.

«Posso farvi una domanda, signor Pip?» chiese infine.

«Certo.»

«Perché vi interessa tanto questa vicenda?»

Calum bloccò a mezz'aria il cucchiaio colmo di zuppa e trattenne il respiro in attesa della risposta dell'amico.

«Motivi personali, signor Steiler» disse David. «Preferirei non parlarne.»

«Come desiderate. Vogliate perdonarmi, ma sono alquanto stanco. Se non avete più bisogno di me...»

«Grazie, signor Steiler.»

«Heidi penserà al resto della cena, che spero sarà di vostro gradimento. Buonanotte.»

«Ah, signor Steiler?»

«Sì?»

«Domani vorremmo andare alle cascate. Quanto distano?»

«Un miglio e mezzo, in direzione nord. Basta seguire il sentiero per Rosenlaui.»

«Grazie, signor Steiler.»

«Fate attenzione, però. Ci sono dei tratti insidiosi e il terreno vicino alle cascate è scivoloso.»

«Faremo attenzione, grazie.»

«Buonanotte.» Peter Steiler fece compiere alla sua sedia un semicerchio e, accompagnato dal consueto cigolio, lasciò la stanza.

«Che te ne pare?» chiese David, quando lui e Calum furono soli.

«Mi sembra che meglio di così non potevamo capitare, non trovi?»

«Non lo so... Qualcosa non mi convince.»

«Cosa intendi?»

«Forse mi sbaglio. Magari sono solo prevenuto.»

«Ricominci a vedere ombre anche dove c'è luce, amico mio.»

«Può darsi che tu abbia ragione.»

«Questa volta *ho* ragione!»

Heidi rientrò e pose sulla tavola due piatti di polenta e patate fumanti e un cestino colmo di pane nero. Quando Calum la ringraziò con garbo, lei arrossì. Quindi si ritirò.

«È molto carina» disse Calum addentando una patata.

David lo guardò con aria divertita.

«Be'? Che c'è? Ho solo detto che è carina!»

«Certo, certo.»

«Non penserai che...»

«Non penso nulla, non ti preoccupare... Steiler è piuttosto loquace e curioso per essere un montanaro, non credi?»

«Non dimenticare che ha lavorato per molti anni a Londra, come ci ha detto il dottor Watson.»

«Già, è vero...»

«Queste patate sono deliziose.»

«Sei decisamente di buonumore, vecchio mio!»

«Perché non dovrei?»

«Ti ricordo che non più di un'ora fa un vampiro della Transilvania stava per renderci suoi zervi! Forse vedi luce dove invece regnano ombre e tenebre.»

Calum rise. «Devo darti ragione, amico! Sembra incredibile che siamo qui tranquilli, a mangiare polenta e patate!»

«Ti chiedo solo di non abbassare la guardia, amico mio. Non abbassare la guardia.»

«Non l'abbasserò, sta' tranquillo. Tu, piuttosto, perché non hai detto a Steiler che Sherlock Holmes è tuo padre?»

«Com'era quella faccenda delle ombre?»

Da dietro la porta a doppio battente che dava in cucina, Heidi osservava i due ragazzi e ne ascoltava i discorsi. Le ispiravano simpatia. Erano un po' strani, forse, ma decisamente a modo. Quando vide che avevano terminato anche l'ultima briciola di meringata, riaccostò la porta e in silenzio andò a dormire.

Calum e David salirono in camera ridendo. La pancia piena, come già detto, ha la straordinaria capacità di indurre il buonumore anche nei momenti più difficili.

La stanza era illuminata da una lampada ad olio posta sopra una scrivania, sulla quale si trovavano un blocco di carta da lettere e un calamaio. Quando David e Calum entrarono, si creò un'improvvisa corrente d'aria che sollevò il tendaggio della finestra e fece tremolare la debole fiamma della lampada.

«Qualcuno ha lasciato la finestra socchiusa» notò Calum.

«Chiudila. È già abbastanza freddo qui dentro!»

Calum scansò le tende che tentavano di avviluppargli il viso e bloccò la finestra. La porta della stanza si riaprì cigolando e subito dopo si richiuse con un botto.

«La prudenza non è mai troppa» sentenziò

David, cominciando a perlustrare la stanza. Guardò nell'armadio e sotto il letto, dietro le tende e nella stanza da bagno. Poi, terminata la breve ispezione, si avvicinò alla porta e diede due giri di chiave alla serratura.

Calum si sedette sul letto saggiandone la mollezza. «Non sospettavo potessero esistere materassi così morbidi! Pregusto una notte da re.»

«Arrivo!» David fece il gesto di tuffarsi sul letto ma ruzzolò malamente sul pavimento.

«Ah! Ah!» rise Calum. «Che impiastro!»

David si rialzò di scatto guardandosi intorno, come se cercasse qualcosa o qualcuno.

«Che volo! Lasciatelo dire, non hai un gran futuro come tuffatore.»

Ma David non pareva per nulla divertito dalle parole dell'amico. Si massaggiava il collo con aria perplessa.

«Cos'hai? Ti sei offeso, per caso?» gli chiese Calum.

«Mi è sembrato che...»

«Vuoi spaventarmi, vecchio mio?»

«Era come se... No, impossibile!»

«Va bene, ora però smettila. D'accordo?»

David si tolse la giacca e si stese sul letto. «Hai ragione, è davvero un letto degno di un re!»

«Ed ora» disse Calum balzando in piedi, «verificherò se anche il servizio è un servizio adatto a due re! Non mi pare vero potermi ritirare in un vero gabinetto!»

David sorrise osservando l'amico che raggiungeva baldanzoso la porta del bagno.

«Wow!» lo sentì esclamare. «Una vasca! Quasi quasi mi ci stendo dentro e ci dormo!»

Al momento del tuffo sul letto, aveva avuto la netta sensazione che qualcuno l'avesse spinto. Ma nella stanza, a parte loro due, non c'era nessun altro, aveva controllato lui stesso. E per quanto suo padre, Sherlock Holmes, sostenesse che *eliminato l'impossibile, tutto ciò che resta, per quanto improbabile è la verità,* poiché non credeva nell'esistenza dei fantasmi, né in quella di uomini invisibili, concluse che si era trattato di un caso di suggestione, provocato forse dall'eccessiva stanchezza. Sicché, raccolte le mani sotto la nuca, chiuse gli occhi e cercò di rilassarsi.

Doveva essersi assopito perché, quando aprì gli occhi, pur non ricordando di aver sentito Calum tornare a letto, avvertì il respiro dell'amico vicino a sé nella semioscurità e poi le sue mani che gli toccavano il collo.

«Calum, che ti prende?...» mormorò appena prima di sentirsi afferrare alla gola da quelle stesse mani. La voce gli si strozzò in un rantolo e un peso, forse un ginocchio, gli compresse lo stomaco.

Calum era sopra di lui e cercava di strangolarlo!

L'idea era folle, ma più folle ancora era il fatto che David non riusciva assolutamente a vedere nessuno sopra di sé!

Lottò disperatamente per divincolarsi, ma quell'essere (poteva davvero Calum possedere una tale forza?) era dotato di un vigore fuori dal comune. A tentoni afferrò qualcosa che somigliava a dei polsi, forti e pelosi, e capì, in un momento di lucidità, che non poteva trattarsi del suo amico.

Infatti Calum si affacciò dal bagno proprio in quel momento, ignaro di quanto stava accadendo.

«Che fai?» domandò asciugandosi il viso con una salvietta. «Vuoi mettermi paura? Sappi che stavolta non ci casco! Con i fantasmi ho chiuso!»

Rimase per qualche istante ad osservare lo strano balletto di David, disteso sul letto, rantolante, con le mani serrate intorno a qualcosa di invisibile sopra di lui. Il letto era scosso da tremiti. Come scherzo era alquanto strano e incredibilmente realistico.

«Ca... Calum...» gemette David. «Aiu... aiu... to!»

Calum reagì d'istinto, lanciando l'asciugamano contro la presenza invisibile che si trovava sopra David, e, come fosse il trucco di un abile illusionista, il tessuto, adagiandosi, andò a delineare la sagoma di una testa e il profilo di un volto.

L'uomo (poiché, per quanto dotato di un'inspiegabile invisibilità, di uomo si trattava) mollò la presa e con un gesto di stizza si tolse la salvietta dal viso. David fu lesto ad approfittarne e tenendosi le mani sulla gola scivolò giù dal letto.

Calum rimase fermo al centro della stanza, impietrito da quanto aveva veduto, e l'uomo invisibile, riavutosi dalla sorpresa, si scagliò contro di lui. Calum ricevette un colpo sotto l'orecchio sinistro che ebbe il potere di scuoterlo e, pur vacillando, tentò di fronteggiare l'invisibile nemico. Sferrò un pugno che andò a vuoto e ne ricevette un altro in pieno addome.

David provò a far funzionare il cervello. Se lui vede noi, si chiese, ma noi non possiamo vedere lui, allora perché non giocare la partita sullo stesso terreno? Così si lanciò sulla lampada con l'intenzione di spegnerla affinché il buio rendesse uguali le condizioni dei contendenti. Raggiunta con un balzo la scrivania, David scaraventò il lume contro la parete mandandolo in frantumi e l'intera stanza venne avvolta da un buio più nero delle ali di un corvo.

L'uomo invisibile imprecò con voce roca e stizzita. Poi calò il silenzio, rotto solo dai respiri affannosi dei presenti. Nessuno osava muovere un passo nel timore di essere individuato, neppure l'uomo invisibile, sorpreso di trovarsi in una situazione a lui sfavorevole.

L'*impasse* fu risolta da un improvviso e ormai ben noto cigolio nel corridoio oltre la porta. Una mano tentò di far ruotare la maniglia, inutilmente, poiché la serratura era chiusa dall'interno.

«Che succede?» domandò la voce del signor Steiler.

«Aiuto!» gridò Calum. «Aiutateci!»

Si udì un'esplosione e la serratura andò in mille pezzi. La porta si spalancò e una lama di luce penetrò nella stanza. La sagoma di Peter Steiler, tutt'uno con la sua sedia a rotelle, si stagliò in controluce sulla porta. Tra le braccia reggeva il fido Purdey a doppi percussori interni.

David avvertì un lieve spostamento d'aria alla sua destra e lesto afferrò il calamaio che si trovava sulla scrivania e lo gettò contro quel corpo fatto d'aria. L'oggetto cozzò contro qualcosa e l'inchiostro, schizzando fuori, tinse di nero un volto alterato dall'ira.

Calum non fu da meno dell'amico. Agguantato il copriletto, si gettò sull'uomo invisibile incappucciandolo e cingendolo strettamente.

Peter Steiler puntò la sua doppietta, pronto a far fuoco.

«Non sparate!» gridò David. «Potreste colpire Calum!»

L'uomo invisibile si dimenò come un vitello preso al laccio, sgroppando, scalciando e sbuffando, mentre il povero Calum, appeso alle sue spalle, veniva sbatacchiato di qua e di là. L'uomo infine riuscì a divincolarsi e in un volger di mano si lanciò violentemente contro la finestra schiantandola e finendo di sotto con un tonfo sordo.

David accorse sul balcone appena in tempo per vedere il copriletto ondeggiare nell'aria, sospinto dal vento come una gigantesca foglia, e i rami dei cespugli dietro la casa spezzarsi al passaggio di un corpo fatto d'aria.

«Che... che cos'era?» chiese Peter Steiler, pallido in volto.

David si voltò e dopo aver osservato attentamente il locandiere rispose:

«Per quanto difficile a credersi, quello, signor Steiler, era un uomo invisibile!»

«Cos'è accaduto?» Heidi stava sulla porta, a piedi scalzi, avvolta in una grossa coperta marrone, che il vento, penetrando dalla finestra infranta, faceva ondeggiare come un mantello.

«C'è stato un... un piccolo incidente, mia cara» disse Steiler. «Vorresti essere così gentile da preparare un'altra stanza per i nostri ospiti?»

David e Calum trascorsero il resto di quell'agitata notte nella stanza accanto, distesi sopra alcune coperte gettate sul pavimento (così da evitare di farsi trovare a letto nel caso che qualche altro malintenzionato fosse riuscito a penetrare nella camera) e con una pila di bauli, mobili e vecchie valigie accatastati contro la porta e la finestra.

«Ti confesso che comincio ad essere stanco di tutti questi contrattempi» disse Calum fissando le assi del soffitto.

«Mi compiaccio del tuo ottimismo, mio caro! Chiamarli contrattempi, e non sventure, è segno di grande adattabilità. Comunque sappi che le difficoltà rendono l'uomo più forte...»

«O più morto!»

«Mi pare invece che stiamo andando bene.»

«Diciamo che siamo ancora vivi, e questo è già un grande risultato.»

David sorrise e annuì.

«Mi chiedo» continuò Calum. «Se, come sostiene Hercule Poirot, tutti questi... *contrattempi* non sono opera del professor Moriarty, allora...»

«Allora chi ci sta ostacolando? Ci ho pensato spesso, negli ultimi due giorni, e devo ammettere che non so darmi una risposta. Tuttavia ritengo che il potere di scatenare contro di noi un tale numero di avversari così bizzarri non possa appartenere ad un comune malvivente. Mio padre ha sempre avuto molti nemici. Ogni individuo da lui reso alla giustizia avrebbe in teoria ragione di vendicarsi, ma si tratta perlopiù di rapinatori, assassini e ladri che operavano da soli. L'unico capace di organizzare una vera e propria rete di malviventi è stato il professor Moriarty, e dunque ogni ragionamento mi riporta inevitabilmente a lui.»

«E se fosse Sherlock Holmes?»

«Holmes?»

«Se veramente fosse vivo e non volesse essere rintracciato? Se la faccenda della sua morte fosse una messinscena per sparire e poter combattere il crimine indisturbato? Hai pensato a questa eventualità?»

«È un'emerita sciocchezza!» rispose bruscamente David.

«Ma…»

«Perdonami, amico mio, ma tu non sai quello che dici.» E con questo considerò liquidato l'argomento.

David rimase sveglio a lungo, ma non per il timore che qualcuno attentasse di nuovo alle loro vite. L'ipotesi di Calum meritava attenzione. Lui stesso aveva riflettuto su una possibilità del genere, ma aveva preferito considerarla improbabile, poiché gli sembrava a dir poco inverosimile che un paladino della giustizia come Sherlock Holmes considerasse nemici mortali due ragazzini evasi da un orfanotrofio. E soprattutto gli appariva inconcepibile l'idea che considerasse una minaccia il suo unico figlio.

Il mattino seguente Calum si svegliò per primo e dopo aver tolto i bauli e un comodino dalla finestra scostò le tende, scoprendo un cielo bigio nel quale, da qualche parte tra le nubi, si nascondeva il sole. Le montagne cingevano la vallata in un abbraccio sinistro, quasi soffocante. Più giù, oltre lo spiazzo erboso, un folto bosco di abeti gemeva e si agitava nel vento.

«È mattina!» esclamò, nonostante l'immagine tetra che aveva di fronte. «E siamo ancora vivi!»

«Un discreto successo» commentò David stiracchiandosi. «Mi sento come se fossi stato travolto dagli zoccoli di un branco di cavalli e dalle ruote di una dozzina di carrozze» disse con una smorfia.

«Dormire sul pavimento non mi è sembrato poi tanto peggio che stare sui giacigli di Montague Hall» osservò Calum. «Io mi sento bene!»

«Rischiare la pelle ogni giorno ti fa assaporare di più la vita. Questo è certo.»

Qualcuno bussò alla porta.

«La colazione è pronta» annunciò il signor Steiler.

La tavola della sala da pranzo era imbandita con pane, prosciutto di maiale e formaggio di capra. Due tazze di tè fumanti erano disposte una di fronte all'altra e in mezzo c'era un mazzetto di crochi infilati in un vaso di vetro a forma d'anfora.

«Quello è un omaggio personale di Heidi» spiegò il signor Steiler, alludendo ai fiori.

«Un pensiero squisito» disse Calum. «Possiamo ringraziarla?»

«È uscita di buon'ora. In paese oggi è giorno di mercato e Heidi ci va per far provviste.»

«È una buona idea» disse David. «Ci andremo anche noi, dopo colazione.»

«Avete bisogno di provviste?» domandò il signor Steiler.

«Non di provviste, ma di risposte.»

Come preannunciato, dopo colazione David e Calum uscirono dalla locanda. Il paese apparve loro fin da subito molto diverso dalla sera precedente. Le strade desolate e battute dal vento ora erano piene di banchetti ricolmi di merce d'ogni genere e di gente accorsa dai paesi e dalle valli vicine.

I due ragazzi si mescolarono volentieri ai pastori delle malghe, alle donne con le gerle sulle spalle e il fazzoletto sulla testa, ai contadini, ai bambini, alle galline che razzolavano libere, alle capre legate ai pali, ai venditori e agli acquirenti. C'era l'ortolano che declamava le virtù e la freschezza delle proprie verdure e delle mele di valle, e poi i formaggiai con i burri, i caci e gli stagionati, le merlettaie e le trinaie che spettegolavano da un banco all'altro con le loro colleghe filatrici di lana, l'artigiano delle terrecotte, il fabbro, il materassaio, il venditore di salumi e le donne con le loro marmellate e i dolci usciti quella stessa mattina dai forni. Sui banchetti improvvisati così come sui carretti o direttamente sul selciato si vedevano pentole, scaldaletti, catini di rame e conche per la lavorazione del formaggio, finimenti per cavalli, bisacce di cuoio, ceste di listarelle di nocciolo intrecciate, attrezzi da lavoro di pietra ollare, piatti, taglieri, mestoli, sgabelli, piccoli comò, culle, fusi per filare, stampi per il burro e zoccoli di legno d'acero o frassino, vesti di cotone, giacche di lana di pecora, cappelli di feltro e colorate *Stoffschuhen* in tessuto e corda di canapa.

Tutt'intorno un vociare frastornante, un andirivieni di colori e di suoni, giacché vi era anche un gruppetto di musici che si dava un gran daffare con fisarmoniche, pifferi e violini.

«Che risposte andiamo cercando tra queste persone?» chiese Calum, facendo la posta a una torta di mele ancora calda.

«Elementare, Watson! Risposte che facciano al caso nostro!»

«E quali sono le risposte che fanno al caso nostro?»

«Quelle che ci aiuteranno a comprendere cos'è

veramente accaduto quel giorno alle cascate.»

«Oh bella! La fai facile, tu.»

«Partiamo dalla descrizione del ragazzino fattaci dal dottor Watson. Il ragazzino che portò la falsa notizia della signora inglese che aveva urgenza di un medico.»

«Pensi che potremo trovarlo qui, al mercato?»

«Non lo so. Ma domanderemo se qualcuno ricorda di averlo visto, quel giorno. Chiederemo com'era il sentiero per le cascate, se qualcuno lo ha percorso, a qualsiasi ora, e se ha incontrato altre persone lungo la strada. Dovremo chiedere, chiedere e ancora chiedere.»

«E se non ci rispondono?»

«Elementare, Watson! Insisteremo!»

Queste le deposizioni raccolte dai due ragazzi gironzolando per il mercato di Meiringen quella mattina.

1) Una donna piuttosto anziana, che si era trovata lungo il sentiero nel tardo pomeriggio, di ritorno al paese, ricordò di aver scorto una figura che si arrampicava in senso opposto al suo lungo il fianco della parete di roccia, ad un'altezza di circa trenta piedi da terra, con un'agilità notevole. Credendo che si trattasse di uno scalatore, non vi aveva fatto particolare caso. Ricordava però che i suoi movi-

menti somigliavano in qualche modo a quelli di una scimmia.

2) Un pastore che stava riportando le sue pecore nella stalla, attraversando il sentiero che porta alle cascate in prossimità del villaggio di Rosenlaui, disse di aver notato un uomo di statura eccezionale camminare un centinaio di passi più sotto. Procedeva barcollando, tanto che il pastore aveva pensato che fosse ubriaco.

3) Una madre di famiglia disse di essere rimasta particolarmente turbata incrociando, di ritorno da Rosenlaui dove era andata ad acquistare una tovaglia di lino ricamata in seta per il corredo di sua figlia Brigitta che si sarebbe sposata quell'autunno, un uomo interamente vestito di nero, dal volto mortalmente pallido.

4) Un anziano, ch'era stato per lungo tempo guida alpina, sostenne di essere stato sfiorato lungo il sentiero da una specie di vento caldo, come un respiro, e di aver udito distintamente uno scalpiccio di passi sul pietrisco del sentiero alle sue spalle, ma di non essere riuscito a scorgere anima viva. (Quest'ultima dichiarazione andrebbe in ogni caso riconsiderata alla luce delle numerose testimonianze che danno il suddetto anziano per abituale frequentatore di osterie e locande, con una spiccata e smodata passione per il vino rosso).

5) Tre persone, due di Meiringen ed una di

Rosenlaui, non legate tra loro da alcun vincolo di parentela, affermarono infine che il ragazzino lungo il sentiero quel pomeriggio poteva essere, secondo la descrizione fatta, un certo Peter, un pastorello che fino a non molto tempo prima aveva lavorato con il Vecchio dell'Alpe, come era soprannominato il burbero nonno di Heidi, prima che questi morisse. Uno degli abitanti di Meiringen aggiunse che ora Peter viveva su una montagna dall'altro lato della valle.

«A quanto pare c'era un sacco di gente quel giorno sul sentiero per le cascate» osservò David.

«Forse troppa.»

«Che intendi?»

«Le testimonianze sono tutte molto diverse tra loro, come spesso capita, e tu m'insegni che quando ci si sforza di rammentare si confondono i ricordi. Dieci testimoni sul luogo di una rapina daranno probabilmente dieci descrizioni differenti del rapinatore.»

«Non hai tutti i torti, amico mio. Questa difatti è una ben nota teoria esposta in un articolo proprio da mio padre. Tuttavia sospetto che questa volta non sia esattamente così...»

«Dovremmo dunque cercare un uomo che si arrampica come una scimmia, alto quanto un lampione, pallido e che riesce a nascondersi alla vista?»

«Non dobbiamo affatto cercarlo, Watson» rispose David, sorridendo compiaciuto.

«Ah no?»

«Ho idea che lo abbiamo già trovato!»

Tornarono all'albergo in tempo per incrociare Heidi che usciva dalla cucina.

«Signorina Heidi» la fermò David. «Posso rivolgervi un paio di domande?»

La ragazzina esitò, imbarazzata.

«Nulla di sconveniente, rassicuratevi!» intervenne Calum.

Heidi annuì con un gesto quasi impercettibile.

«Sedete» disse David accennando alla sala da pranzo.

Presero posto ad una delle estremità: Heidi al centro e i ragazzi ai suoi lati, come due gendarmi in attesa della confessione.

«Non abbiate timore» iniziò David. «Vorremmo soltanto avere notizie di un certo Peter, un giovane pastore che lavorava con vostro nonno, su alla malga.»

Heidi s'irrigidì.

«Che succede?»

«Cosa volete sapere?» chiese la ragazza.

«L'avete veduto, di recente?»

Heidi scosse il capo una sola volta. Poi rimase immobile.

«Diciamo nelle ultime due o tre settimane?»

Heidi rispose ancora di no.

«È curioso» proseguì David, «perché almeno tre persone giurano di averlo visto qui a Meiringen, e in particolare lungo il sentiero che conduce alle cascate di Reichenbach!» Così dicendo si alzò e batté un pugno sul tavolo. Heidi sobbalzò ma rimase in silenzio. «Volete dunque farci credere che un vostro amico, un vostro caro amico, un ragazzo che lavorava ogni giorno al fianco di vostro nonno, un ragazzo in compagnia del quale voi stessa siete andata più e più volte al pascolo viene in paese e voi, dico voi, non ne siete a conoscenza? Ci prendete forse per allocchi?»

Calum fremeva. Non gli piaceva la piega che aveva preso la conversazione, né l'atteggiamento di David, che gli ricordava fin troppo quello di suor Ebenezer quando era intenta in uno dei suoi famigerati colloqui a Montague Hall.

«È così, quindi? Pensate di avere davanti due sciocchi sprovveduti?»

«No… non credo…»

«David, non pensi che…»

«Lasciami fare, Calum. Questa ragazza crede di avere a che fare con…»

«Io… io…»

«Voi… voi... cosa?»

«David, la stai spaventando!»

«So come vanno presi questi delinquenti!»

«Delinquenti? Ma che stai dicendo?»

«Io... io...»

«Che succede?» Peter Steiler era sulla soglia della sala da pranzo, e li guardava torvo dalla sua sedia a rotelle. «Tu che fai qui?» disse rivolto alla ragazza. «Non ti pago per fare conversazione con i clienti.»

A quelle parole Heidi scattò in piedi e sparì oltre la porta della cucina.

«Che cosa volevate da lei?» domandò infine.

«Solo qualche risposta.»

«Mi sembra che ne abbiate ottenute a sufficienza questa mattina» ribatté l'uomo con aria sarcastica.

«Prego?»

«So che avete fatto un mucchio di domande in paese.»

«È forse vietato fare domande?»

«No, non è vietato. Ma perché?»

«Elementare! Ci servivano delle risposte.»

«Ma così potreste aver spaventato qualcuno...»

«Voi, per caso?»

«La nostra è una piccola comunità dove la gente non è abituata a parlare troppo o ad occuparsi delle faccende altrui. Ma voi, voi venite da una delle città più grandi del mondo: che ne potete sapere?»

«Per l'appunto, non ne sappiamo nulla. È per questa ragione che facciamo tante domande.»

Gli occhi del signor Steiler incenerirono i due ragazzi.

«Ditemi» continuò David. «Che ne sapete dell'uomo invisibile di ieri sera?»

«Che dovrei saperne? Mi sembra una cosa impossibile!»

«E di vampiri? Di creature grandi quanto due uomini piene di cuciture, che cosa ne sapete?»

«Ma che andate dicendo? Vampiri? Mostri? Devono essere cambiati i tempi nella lontana Inghilterra, se due ragazzi perbene come voi perdono il loro tempo dietro a simili fandonie... Comunque ero venuto per consegnarvi questa» concluse poggiando sul tavolo una lettera. «L'ho trovata sul bancone dopo che eravate usciti, stamani.»

Saliti in camera, David e Calum aprirono la busta. Conteneva un foglio senza intestazione, sul quale era vergato un messaggio scritto a chiare lettere.

Ai due ragazzi che cercano la verità su Sherlock Holmes. Se davvero volete sapere come sono andate le cose, allora venite al tramonto alle cascate di Reichenbach.

Un amico

«È lui!» esclamò Calum.

«Lui chi?»

«Il nostro angelo custode! Chi altri?»

David osservò la lettera, pensieroso.

«È stata scritta da un mancino... Vedi queste sbavature verso destra? Sono provocate dalla mano che struscia sopra l'inchiostro fresco.»

«Bene, allora il nostro angelo custode è un angelo custode mancino!»

«Lo scopriremo al tramonto» concluse David, assorto.

«Piuttosto dimmi perché hai aggredito Heidi a quel modo.»

«Mi spiace di aver ferito la tua sensibilità.»

«Non è questione di sensibilità. Mi è sembrato solo che ti accanissi un po' troppo, ecco.»

«Quella ragazza ci nasconde qualcosa, Watson. Dammi retta. Sono più che convinto che sapesse della presenza di Peter in paese, e nulla mi toglie dalla testa che sia stata lei a dirgli di venire. E forse anche a convincerlo a tendere una trappola a mio padre!»

«Non ti stai spingendo troppo oltre? In fin dei conti il fatto che lo conosca non comporta che debba essere implicata in ogni sua attività. Non ti pare?»

«Perdonami, amico mio, ma tu su questa faccenda hai perso obiettività.»

«Obiettività?»

«Osservazione e deduzione, ricordi? Non c'è spazio per i sentimenti.»

«Che stai insinuando?»

«Non sto affatto insinuando. Sto dicendo che non vedi le cose in modo lucido, a causa del trasporto che provi per quella ragazza... Mi sembra più che evidente!...»

«Trasporto per...? David, tu...»

La discussione tra i due giovani si sarebbe probabilmente protratta a lungo, e di sicuro con toni sempre più accesi, se non fosse intervenuto un elemento inaspettato a distrarli. L'elemento fu un grido, così acuto che per poco i vetri degli specchi, quelli delle finestre, dei vasi e delle lampade dell'Englisher Hof non si frantumarono. E l'autrice di quel grido era indiscutibilmente la stessa responsabile di quel contendere: la piccola Heidi.

Quando David e Calum si affacciarono alla balaustra, videro un'ombra scivolare rapida al di là della finestra della sala da pranzo e un debole lamento provenire dal locale cucina.

«Heidi! Heidi!» gridò Calum caracollando giù dalle scale.

David invece uscì dalla porta principale e fece di corsa il giro della casa, nella speranza di scorgere l'uomo al quale apparteneva l'ombra. Ma non vide che un vicoletto vuoto. Tornò sulla strada principale ancora piena di gente e banchetti: chiunque fosse, il fuggiasco doveva essersi confuso nella ressa del mercato. Rientrò e raggiunse Heidi e Calum in cucina.

La ragazza, seduta su di una cassetta di patate, era pallida in volto, e le sue mani tremolavano come foglie in procinto di cadere dal ramo. Calum le aveva avvolto la giacca attorno alle spalle.

«Stai bene?» le chiese. «Cos'è accaduto?»

«Stavo... stavo rimettendo in ordine la dispensa quando qualcuno... mi ha afferrata per la gola...»

«Per la gola?...»

«Oh, mio Dio!» esclamò Heidi realizzando solo in quel momento il pericolo corso. «Qualcuno ha cercato di strangolarmi!»

Calum interrogò con lo sguardo l'amico.

«No» disse David. «Non sono riuscito a vedere nessuno.»

«E tu, Heidi. Hai idea di chi possa essere stato?»

Heidi fece segno no. «Qualcuno voleva uccidermi...» ripeté, incredula.

«Forse voleva solo spaventarti» fece notare David.

«Per quale motivo?»

«Questo ce lo dovresti dire tu!»

Calum fulminò l'amico con un'occhiata di riprovazione.

«E sia. Non insisterò» concesse. «Dio non voglia che la prossima volta quell'uomo decida di andare oltre un semplice avvertimento...»

Il cigolio della sedia a rotelle annunciò il sopraggiungere di Peter Steiler.

«Che c'è ancora?» disse, seccato. «Stavo riposando e... Heidi! Che ti è successo? Sei bianca come un cencio!»

«È stata aggredita» spiegò Calum.

«Aggredita? Com'è possibile?»

«Qualcuno ha cercato di strangolarla e poi è fuggito.»

«Un'aggressione qui, nella locanda... Non riesco a crederci!»

«Voi dov'eravate?» domandò David.

«Io? Ve l'ho detto, a riposare nella mia stanza. Non penserete che... Come avrei fatto a calarmi dalla finestra?»

David lo osservò senza dire nulla.

«Non vorrei essere scortese, signor Steiler» gli si rivolse Calum, «ma, visti i recenti accadimenti, ho l'impressione che l'Englisher Hof non sia un luogo per nulla sicuro.»

«Non riesco a capacitarmene...»

Le guance di Heidi, nel frattempo, andavano riacquistando la loro sana tinta rosea.

«Forse dovremmo avvertire la polizia» propose Calum.

«La polizia? E perché?»

«Ci sono state due aggressioni, signor Steiler.»

«E cosa racconteremmo alla polizia? Di un uomo invisibile e di un fantasma? Non abbiamo prove, né una descrizione!»

«Il signor Steiler ha ragione» disse David. «Ci prenderebbero per pazzi.»

«E allora che facciamo?»

«Elementare, Watson! Usiamo il cervello!»

Un'ora prima del tramonto, David e Calum lasciarono l'Englisher Hof, diretti alle cascate di Reichenbach. Convinsero Heidi a chiudersi a doppia mandata nella loro stanza con la raccomandazione di non fidarsi di nessuno ("Nemmeno del signor Steiler" le consigliò David sottovoce) e soprattutto di non uscire per nessuna ragione.

Mentre affrontavano a passo spedito la strada che conduceva al sentiero, i due giovani confidavano di tornare dalle cascate con la soluzione di tutti quei misteri stretta saldamente nelle loro mani.

Costeggiarono per un lungo tratto il corso del torrente Aar, che rumoreggiava impetuoso, facendo attenzione a dove mettevano i piedi a causa delle rocce rese scivolose dagli spruzzi. Il cielo a est si scuriva rapidamente e Calum si rallegrò sentendo sotto le dita la rassicurante sagoma delle torce che portava nella bisaccia.

«Perché credi che abbia voluto incontrarci al tramonto?»

«Il buio cela i misteri» rispose David in modo ambiguo.

«Molto divertente. Non sarebbe stato più semplice domattina?»

«Forse domattina potrebbe essere troppo tardi.»

«Tardi per cosa?»

«Risparmia il fiato, amico mio. Ne avremo bisogno!»

Il sentiero s'inerpicava scosceso e ben presto la mancanza di luce li costrinse ad accendere le torce.

«Speriamo di non perdere la strada» si lamentò Calum.

«Il sentiero va in una sola direzione, Peter Steiler ha detto che non ci sono bivi. Stai tranquillo...»

All'improvviso udirono un rombo cupo alle loro spalle e prima ancora che potessero capire di che cosa si trattava, un grosso masso, staccatosi da un costone, precipitò con fragore nel torrente.

«C'è mancato poco!» disse Calum, con le gambe che gli tremavano per lo spavento. «D'altronde» aggiunse, quasi a rassicurare se stesso, «la caduta di massi dovrebbe essere un fenomeno piuttosto frequente in alta montagna, non è così?»

David rimase a lungo ad osservare lo spuntone

da cui era franata la roccia e infine disse:

«Forse meno frequente di quel che si crede.»

Giunsero alla stretta gola che precede le cascate con il fiato corto, in parte per la fatica in parte per l'eccitazione. Le torce rischiaravano il sentiero e le rocce per un raggio di circa dieci piedi proiettando ombre inquiete tutt'intorno, simili ai neri tendaggi di un baldacchino funebre. Il vento, come spesso accade da quelle parti, era andato rinforzandosi e il rombo assordante delle cascate, ormai vicinissime, copriva ogni altro suono della notte.

«Stiamo vicini» suggerì David. «Non perdiamoci di vista per alcun motivo.»

Calum annuì, gli occhi sbarrati per la tensione.

«E attenzione a dove metti i piedi.»

«Starò attento...»

Oltrepassate le alte pareti della gola, si parò loro innanzi l'imponente e selvaggia cascata di Reichenbach, che urlando come una bestia ferita si tuffava in una voragine apparentemente senza fine. Lo spettacolo era insieme affascinante e terrificante, e i due ragazzi rimasero pietrificati e senza fiato. Sopraffatti da quella vista, non si avvidero che il sentiero, ruotando intorno alla cascata per consentire una veduta panoramica, s'interrompeva bruscamente, tagliando loro di fatto ogni possibile via di fuga. Quando David se ne rese conto e cominciò ad afferrare le implicazioni di quella sfavorevole situazione, vide una figura incappucciata farsi avanti lentamente. Nascondeva qualcosa dietro la schiena.

«Chi siete?» chiese David, alzando il tono per farsi udire al di sopra del mugghiare della cascata.

La nera figura non rispose. Si fermò a circa dieci passi dai due ragazzi e rimase immobile.

«Siete l'uomo della pipa?»

Con una calma esasperante l'uomo, o ciò che si celava sotto quel cappuccio, svelò quanto nascondeva dietro le spalle: una lunga pertica che pose in orizzontale di fronte a sé.

David e Calum lo guardarono sorpresi. Evidentemente non era l'uomo con la pipa, quello che in più di un'occasione li aveva aiutati e addirittura salvati. L'uomo senza pipa (così potremo definirlo, per distinguerlo dall'altro) mostrava infatti un comportamento che, anche essendo degli inguaribili ottimisti, non prometteva nulla di buono. Se a ciò si aggiunge il fatto che alle spalle dei due ragazzi vi era uno strapiombo di chissà quanti piedi che si concludeva in un ribollire d'acqua e rocce appuntite, la situazione appariva a dir poco problematica.

L'uomo senza pipa prese ad avanzare verso di loro. Il suo intento ormai era chiaro: li avrebbe spinti di sotto utilizzando quella pertica. Non fosse stato per le sue intenzioni omicide, si sarebbe potuto scambiare per un pacifico equilibrista che si accinge a traversare una corda reggendo il bilanciere.

Calum si voltò a valutare la profondità del precipizio e si sentì vacillare.

«Che cosa facciamo?» mormorò angosciato, osservando le torce spegnersi a causa degli spruzzi.

David era concentrato sui passi dell'avversario. Cercava di capire se vi fosse una possibilità di fuga, magari tra il bastone e la parete di roccia. Ma il fondo del terreno era assai scivoloso ed ogni tentativo si sarebbe potuto rivelare fatale.

L'oscurità incombeva e l'uomo era ormai a meno di cinque passi dai due ragazzi, che indietreggiando sentirono il terreno cedere sotto i loro piedi.

David cercò freneticamente di trovare una soluzione ma, purtroppo per lui e per il fidato Watson, per quanto la sua mente deduttiva si sforzasse, soluzioni sembrava non trovarne.

Per un istante Calum sperò che da un anfratto nella roccia, da un dirupo, dal fondo della cascata, da un buco nel terreno o da qualsiasi altro posto saltasse fuori l'uomo con la pipa. Mai come in quel momento ve n'era un disperato bisogno!

Ma l'uomo con la pipa, a differenza dell'uomo senza pipa, doveva essere occupato in altre questioni.

«Quanto vorrei trovarmi a Montague Hall in questo momento» disse Calum con le lacrime agli occhi.

David s'illuminò. «Hai ragione! Pensa a Montague Hall! Pensa al recinto dei maiali!»

I due ragazzi scattarono all'unisono, uno alla destra e uno alla sinistra dell'uomo. Impugnarono con entrambe le mani la loro porzione di pertica e, *voilà,* con una perfetta capriola furono dall'altra parte!

L'uomo rimase di stucco (perlomeno è quello che supponiamo, dal momento che il suo viso era celato dal cappuccio) e si voltò di scatto per comprendere quale diavoleria avessero mai combinato i due bambocci, che secondo i suoi piani dovevano già giacere defunti sul fondo di quella terribile e meravigliosa cascata. Ma nel compiere questa semplice operazione, l'uomo senza pipa ma con la pertica scivolò e cadde suo malgrado nell'orrido scavato da quella terribile e meravigliosa cascata (che ora doveva apparirgli solo terribile e ben poco meravigliosa).

David e Calum non rimasero a guardare la sua fine orribile e corsero via lungo il sentiero, verso il villaggio di Meiringen, lontani dalla cascata della morte, le braccia tese in avanti per evitare di sfracellarsi contro gli alberi.

Prima del prossimo capitolo urge un chiarimento. Vi domanderete in quale modo il recinto dei maiali possa aver salvato David e Calum da quella spiacevolissima situazione. Ebbene, sono qui per questo. Il cortile interno di Montague Hall ospitava una decina di maiali, piuttosto aggressivi, tenuti chiusi in un recinto di tronchi. Talvolta, durante l'ora d'aria, i ragazzi dell'Istituto ingannavano il tempo scommettendo piattole o pulci, o male che andasse scarafaggi, su chi saltando al di là del recinto sarebbe stato così abile da tornarsene indietro prima di essere azzannato. Non è questo il luogo né il momento per fornirvi precise statistiche di tale pratica. Vi basti sapere che i nostri due giovinetti erano tra i più agili di tutta Montague Hall.

Se non avete un recinto con dei suini a portata di mano o un uomo senza pipa che minaccia di gettarvi in una voragine utilizzando una lunga pertica, e volete cimentarvi anche voi nel salto della staccionata, potete sempre esercitarvi al parco giochi o nella palestra della scuola. Non si sa mai nella vita: un giorno potrebbe tornarvi utile.

9. Rivelazioni

La prima preoccupazione dei due ragazzi, una volta giunti all'Englisher Hof, fu di controllare se Heidi stesse bene. Salirono i gradini della scala tre alla volta e si precipitarono verso la porta trovandola, con loro grande sorpresa, aperta.

«Heidi!» gridò Calum entrando per primo. «Heidi, dove sei?»

«È scomparsa» disse Peter Steiler. Era seminascosto nell'ombra, vicino alla finestra.

«Come scomparsa?»

«Ho sentito dei rumori e sono venuto a vedere. La porta era chiusa dall'interno, così ho preso il *passe-partout* e sono entrato. Ma Heidi non c'era. Credo che sia scappata dalla finestra...»

«Scappata? Perché avrebbe dovuto scappare?»

«Temo che avesse qualcosa da nascondere.»

«Che intendete?»

«Qualcosa che riguarda la triste fine del signor Holmes...»

«Voi mentite!» ringhiò Calum, con il volto in fiamme.

«Non mento.»

«Il mio amico Calum ha ragione» intervenne David, che fino a quel momento se n'era rimasto in silenzio. «Voi mentite!»

Peter Steiler lo fissò con astio. «Come osate?»

«E non mentite soltanto a proposito della signorina Heidi. Voi mentite su tutto! Voi, signor Steiler, siete un impostore!»

«Oh, se solo potessi ve le suonerei! Siete un ragazzino presuntuoso.»

«E io vi ripeto che siete un impostore. Tanto per cominciare, non siete affatto costretto a stare su quella sedia a rotelle.»

«Come? Lo sanno tutti che ho avuto un terribile incidente!»

«Può darsi che l'abbiate avuto, ma l'entità del danno è stata minima, tant'è vero che voi, signore, siete perfettamente in grado di camminare. Anzi, di correre.»

«Cosa?»

«Avete inteso bene! Ieri sera, ricordate? Come potevate imbracciare il fucile da caccia dal momento che lo tenete appeso sopra la piattaia della sala da pranzo? Come potevate raggiungerlo senza l'aiuto di qualcuno?»

«C'era Heidi! È stata lei a passarmelo.»

«Heidi dormiva nella sua stanza ed è accorsa dopo che voi avevate già sparato alla serratura. E a proposito della signorina Heidi, come potevate sapere che il suo misterioso assalitore si era dileguato dalla finestra dal momento che né io né il mio amico Calum ne avevamo fatto menzione? Come?»

«Io… io l'ho immaginato!»

«E la lettera? Che dite della lettera? È stata scritta da un mancino, e voi lo siete! L'avete confessato vantandovi del calcio del vostro fucile!»

«Non sarò l'unico mancino del mondo, presumo.»

«Per non parlare delle scarpe!»

«Quali scarpe?»

«Le vostre! Sono sporche di fango! Il fango che si trova lungo il sentiero per Reichenbach! E avete i capelli umidi! Umidi degli spruzzi della cascata! Non so come diavolo abbiate fatto a riemergere dalla voragine, ma sono pronto a giurare che l'uomo che ha cercato di ucciderci alle cascate, l'uomo con la pertica, eravate voi, Peter Steiler!»

«Questo è… è semplicemente assurdo!»

«Trovate che sia assurdo? Allora spiegateci com'è possibile che voi andiate continuamente su e giù dalle scale come se niente fosse?»

Calum rimase folgorato. Come aveva fatto a non pensarci prima? Il signor Steiler appariva indistintamente al primo piano o al piano terra: com'era possibile? Le cose più evidenti sfuggono a chi le guarda per la loro eccessiva evidenza, gli aveva detto un giorno David. Era maledettamente vero!

«È il mio albergo!» tentò di difendersi l'uomo.

«Le scale sono scale in tutti gli alberghi, signore» precisò Calum.

«Ben detto, Watson. Ben detto!» si congratulò David. Poi, alzando l'indice, tuonò: «Peter Steiler! Questi sono i fatti: avete attentato alla vita della signorina Heidi per impedirle di rivelarci qualcosa di compromettente...»

«Non è vero!»

«... eravate d'accordo con l'uomo invisibile affinché ci eliminasse nella notte...»

«Non è vero!»

«... e constatato il suo fallimento, avete scritto quella lettera per attirarci alle cascate!»

«Non è vero!»

«E invece lo è! C'è una sola spiegazione a tutto questo vostro accanirsi contro di noi, e cioè che abbiate ragione di nascondere quanto accaduto a Sherlock Holmes. E questo perché, con tutta probabilità, siete stato voi a far sparire Sherlock Holmes.»

L'uomo questa volta non disse nulla. Rimase attonito a fissare David dalla sedia a rotelle.

«E non ho ancora terminato» riprese David. «Fin dalla nostra partenza da Londra siamo stati in tutti i modi ostacolati da bizzarre creature che sembravano uscite da libri o mondi fantastici: esseri scimmieschi, vampiri succhiasangue, giganti pieni di cuciture, uomini invisibili. E al mondo esiste un solo uomo che ha il potere di organizzare un simile complotto.»

Calum pendeva letteralmente dalle labbra dell'amico, affascinato ed eccitato al tempo stesso.

«Voi, Peter Steiler, ex cameriere del Grosvenor Hotel di Londra e locandiere dell'Englisher Hof di Meiringen, voi in realtà non siete che il famigerato professor Moriarty!»

Peter Steiler cambiò espressione. I suoi occhi si fecero piccoli e neri come quelli di una belva feroce che si prepara ad attaccare. Si levò lentamente dalla sedia sorridendo di un ghigno terribile.

«Sei più in gamba di quel che credevo» sibilò. «Ma tutto questo tuo argomentare purtroppo non ti servirà a niente.» Lasciò cadere a terra la coperta che gli avvolgeva le gambe e mostrò la doppietta a percussori interni Purdey. «Due colpi» disse. «Due ragazzini morti. Avrei preferito fingere che si trattasse di una disgrazia, ma pazienza...»

«Cosa ne avete fatto di Holmes?» pretese di sapere David.

«Holmes? Qualcosa nella tua arroganza e nella

tua saputaggine me lo ricorda. Holmes era uno sciocco pavone e ha fatto la fine che meritava.»

«Che ne è stato di lui?» gridò David. Aveva gli occhi gonfi di lacrime e una rabbia dentro che lo costringeva a serrare continuamente i pugni.

Steiler ridacchiò. «È finito giù come un sasso» disse. «È stato più facile del previsto, e le sue famose mosse di baritsu giapponese non gli sono servite a salvarsi la vita...»

«Maledettooo!» L'urlo disperato di David riempì la stanza come se fosse solido. Incurante della minaccia del fucile, il ragazzo si lanciò addosso a Peter Steiler con un balzo degno di un felino affamato. I due rovinarono sulla sedia a rotelle, che s'impennò con un tremendo cigolio, e infine caddero a terra in un groviglio di mani, braccia e gambe.

«David, attento!» strillò Calum.

«Non preoccuparti, mio caro. Il tuo amico non ha nulla da temere» disse una voce alle sue spalle.

«Chi?»

La porta era invasa da volute di fumo azzurrastro, e tra esse la rossa brace del fornello di una pipa ammiccò come l'unico occhio di un ciclope.

«L'uomo con la pipa!» esclamò Calum.

I due contendenti sul pavimento si bloccarono stupiti.

«Soprannome azzeccato!» rise l'uomo con la pipa. La sua figura longilinea, interamente vestita di nero, si stagliava netta come una sagoma di cartone sulla porta. L'unica candela della stanza ne illuminava debolmente il volto, reso irriconoscibile da un grande cappello calcato di traverso.

David si alzò in piedi, per un istante dimentico del nemico che gli giaceva al fianco. Mosse qualche passo verso il nuovo venuto come se fosse prigioniero di uno stato ipnotico, le braccia molli abbandonate lungo i fianchi, lo sguardo fisso.

«Chi siete?» chiese.

Era una domanda alla quale l'uomo sentì di non potersi più sottrarre.

«Prima di svelare la mia identità» rispose avanzando nella stanza, «consentitemi di occuparmi del nostro amico Peter.»

Steiler infatti aveva raccolto da terra il fucile ed ora lo puntava con sguardo folle sui presenti.

«State indietro!» gridò. «So chi siete, diavolo dell'inferno! State indietro, vi dico, o sparo!»

L'uomo con la pipa si fermò giusto al centro della stanza e infilò senza fretta una mano in una delle tasche della giacca.

«FERMO!» strillò Steiler.

«Tranquillizzati, Steiler. Non ho armi con me. Volevo solo mostrarti queste.» E così dicendo cavò dalla tasca due grosse cartucce da caccia. «Una delle regole basilari dei fucili» disse con calma serafica «è che sparano solo se caricati.»

Steiler aprì il fucile con uno scatto secco e guardò all'interno. Purtroppo non sapremo mai cosa vide. Non sapremo mai se l'uomo con la pipa stesse bluffando e David avesse davvero rischiato la propria vita scagliandosi contro Peter Steiler, oppure se quel misterioso individuo avesse in precedenza scaricato la doppietta rendendola innocua. Non sapremo mai tutto ciò perché, approfittando di quell'attimo di distrazione, l'uomo con la pipa fu addosso a Peter Steiler e lo colpì con un pugno potentissimo. Peter Steiler sfondò la finestra (anche lui!) e cadde di sotto. Lo videro rialzarsi, infilarsi nel bosco e sparire nella notte.

«Devo ammettere che siete stati molto bravi. Tutti e due. Molto più di quello che credevo. Certo, di tanto in tanto vi ho dato una mano, ma ritengo che ve la sareste cavata anche senza il mio aiuto. Avete dimostrato uno spirito di adattamento ed una caparbietà veramente fuori del comune!»

David, Calum e l'uomo con la pipa (abbiate ancora un briciolo di pazienza, sta per svelare il suo nome) sedevano nella sala da pranzo dell'Englisher Hof, circondati da un'intima oscurità. Al centro del tavolo, una lampada ad olio proiettava le loro ombre sulle pareti facendole danzare. L'uomo stava un po' discosto, in modo che il suo volto rimanesse celato alla vista. Di lui s'intravvedeva soltanto il mento, affilato e di carnagione chiarissima. E ogni tanto il riflesso della fiamma sulle sue vivaci pupille. Null'altro.

«La tua disamina, David, è precisa e le tue conclusioni abbastanza corrette, ma non del tutto.»

«Spiegatevi.»

«Ho cominciato a seguirvi da Londra, quando un mio collaboratore mi ha avvertito che alla stazione di polizia un giovanotto si vantava d'essere imparentato con Holmes. Ricordi la nostra conversazione notturna attraverso le sbarre di una cella, David? Fu in quell'occasione che nacque il mio interesse per la vostra causa, e quando quella piattola di Fagin si mise in mezzo, dovetti intervenire personalmente affinché vi rendesse la libertà. Fu abbastanza facile: in Inghilterra godo di un certo prestigio e il mio nome incute ancora rispetto e timore. Vi osservai lasciare il molo di Rotherhithe in compagnia di quello stravagante terzetto e mi sentii sollevato. Poi però giunse quel tale, Hyde. Lasciai correre la faccenda dei remi rotti, ma quando vidi che vi sparava dalla riva credetti davvero di avervi perduti. Per vostra fortuna, la sua mira è piuttosto scarsa.» L'uomo con la pipa rise e la pipa traballò tra le sue mani.

«Soffiargli la barca che vi aveva rubato» riprese

«fu un gioco da ragazzi. E per quanto riguarda il povero fantasma di Canterville, egli ha perso nei secoli gran parte del suo potere terrifico ed è ormai ridotto a far da attrazione per i turisti d'oltreoceano. Vi confesso tuttavia che da lì in avanti proteggervi cominciò a diventare un compito assai arduo. Persi infatti il piroscafo per la Francia e, non godendo di alcun fiduciario a bordo, temetti il peggio. Tuttavia, quando vi raggiunsi a Calais, potei constatare con sommo piacere che eravate riusciti a cavarvela. Partiste con quell'eccentrico aeronauta ed io vi seguii da terra, a bordo di una carrozza. In prossimità di Parigi riusciste ancora una volta a seminare i vostri inseguitori, mi riferisco al conte Dracula, un osso veramente duro, continuando a stupirmi. Alla Gare de l'Est ero con voi, a bordo dell'Orient-Express, ma non mi palesai perché non ve ne fu necessità. La presenza di Hercule Poirot mi garantiva che non avreste avuto problemi fino a Zurigo. E così fu. A Zurigo scesi dal treno e tagliai per le montagne a cavallo. Dovetti effettuare vari cambi, uno ad ogni villaggio, per riuscire a starvi dietro senza sfiancare quei poveri animali! Quando quell'indomabile di un conte v'intercettò nuovamente a Brienz io intervenni, come aveste occasione di vedere da voi stessi, al passo della Gemmi, arrestando la corsa dei vostri cavalli. Arrivai prima di voi a Meiringen facendovi trovare una stanza pronta ad accoglievi. Mi interessava molto il comportamento del signor Steiler, sul quale nutrivo io stesso alcuni dubbi, motivo per cui rimasi nascosto nell'ombra ad osservarlo.»

«E così scopriste che si trattava del professor Moriarty!» intervenne Calum.

«Ancora un istante, Watson! È così che ti chiama David, giusto? Dunque, mi apparve chiaro fin dall'inizio che il signor Steiler era un impostore: non esiste ancora una sedia a rotelle in grado di salire o scendere le scale. Così non lo persi d'occhio e ben presto scoprii come si comportava con voi due. La sera dell'aggressione dell'uomo invisibile stavo per intervenire in vostro soccorso quando vidi sopraggiungere Steiler. Si avvicinò alla porta e dopo aver origliato chiese se andava tutto bene. In realtà la sua domanda era rivolta al complice, all'uomo invisibile! Quando sentì la voce di Calum rispondere invocando aiuto, indossò i panni dell'eroico salvatore e fece saltare la serratura. Lo vidi scrivere la lettera che v'invitava ad andare alle cascate e vi giunsi in tempo per assistere al giochetto della capriola. Dopo che ve ne foste andati, mi affacciai sulla voragine e vidi Steiler sospeso alla sua pertica, incastrata tra due spuntoni di roccia. Vi confesso che mi venne la tentazione di dargli una mano a precipitare, ma poi desistetti. Lo vidi arrampicarsi e infine issarsi sul sentiero e da lì prendere una scorciatoia per giungere alla locanda prima di voi. Gli tenni dietro a fatica fino a qui. Salì le scale in preda ad un'agitazione frenetica e con il *passe-partout* aprì la porta della camera dove si era rinchiusa Heidi. Voleva eliminarla prima che lei potesse farsi sfuggire la verità.»

«Quale verità?» chiese Calum.

«Heidi obbediva a Steiler. Ma dopo il vostro arrivo aveva deciso di confessare...»

«Confessare cosa?»

«Che era stata lei, su ordine di Steiler, a interpellare Peter, il pastorello, affinché gettasse l'amo della finta paziente a Holmes e Watson.»

«Come sapete queste cose? E che ne è stato di Heidi?»

L'uomo con la pipa tirò una lunga boccata e poi indicò la porta della cucina. Apparve Heidi, e dietro a lei un ragazzotto con un cappello a campana da pastore e i pantaloni al polpaccio.

«Lui è Peter» disse l'uomo con la pipa, sorridendo.

«Non capisco» disse David. «Non avevate detto che Steiler era intenzionato ad eliminare Heidi?»

«L'ho detto. Mi sono volutamente dimenticato di aggiungere che, non appena Steiler uscì per incontrarvi alla cascata, io le feci cambiare stanza!»

«Geniale!»

«Sì, una discreta trovata, lo ammetto.»

«Io non sapevo che fosse una trappola» si scusò Peter, togliendosi il cappello e rigirandoselo tra le mani. «Mi dispiace... È che io... io voglio bene a Heidi e lei... se lei mi chiedesse di... sì, insomma, farei qualunque cosa per lei...»

Heidi lo confortò cingendogli amorevolmente le spalle con un braccio.

«Va bene, Peter» tagliò corto l'uomo con la pipa. «Crediamo alla tua buona fede. Ora, che ne diresti di preparare del buon tè caldo per tutti?»

«Ti aiuto io» disse Heidi, seguendolo.

Calum ci rimase male. David però non si avvide della cocente delusione dell'amico, preso com'era da quell'incredibile quantità di rivelazioni.

«E veniamo a noi» riprese l'uomo con la pipa. «Steiler fu l'autore materiale dell'aggressione a Sherlock Holmes. Con l'espediente della signora ammalata riuscì a far allontanare il fido Watson. Tuttavia, poiché egli temeva moltissimo le risorse di Holmes, non si presentò da solo alle cascate.»

«Aveva dei soci?»

L'uomo con la pipa annuì. «I soci di Steiler, dei veri sicari, in verità, li avete conosciuti tutti durante il vostro avventuroso viaggio: Hyde, Dracula, la Creatura e l'uomo invisibile.»

«Ecco perché le testimonianze erano così discordanti!» esclamò Calum. «Non si trattava di un uomo solo ricordato in modi differenti, ma di uomini differenti ricordati uno per uno!»

«Sono certo che David lo sospettasse. O sbaglio?»

«Non sbagliate, signore. Eppure ancora non mi spiego perché Moriarty abbia assoldato delle creature tanto insolite. Avrebbe potuto servirsi dei suoi scagnozzi, i peggiori avanzi di galera di Newgate! In questo ha sempre avuto un vantaggio rispetto a Sherlock Holmes.»

L'uomo con la pipa rimase in silenzio mentre la brace nel suo fornello avvampava.

«Questo è una faccenda nella quale, per così dire, non hai ancora centrato il bersaglio, David.»

«Che intendete?»

«Peter Steiler non è il professor Moriarty. Non può esserlo nel modo più assoluto.»

«Perché?» volle sapere Calum.

«Per un motivo molto semplice» disse l'uomo con la pipa.

David capì, e ne fu sconcertato. Con voce tremula mormorò:

«Perché il professor Moriarty siete voi!»

Nel silenzio incredulo dei due ragazzi, l'uomo con la pipa aveva svelato il suo volto offrendosi alla luce della lampada. Era estremamente magro, aveva la fronte bianca a cupola e gli occhi infossati. Le spalle gli ricadevano in avanti, curve sotto il peso di decenni di studio. In realtà sembrava ben più vecchio di quello che la voce suggeriva.

«Colpo di scena!» disse, e nel sorriso i suoi occhi divennero due fessure scure. «Magnifica deduzione, David!»

«Voi!... Moriarty?» balbettò Calum.

David lo fissava senza dire nulla.

Via via che l'uomo con la pipa andava spiegando gli antefatti, la mente di David si era convinta che sotto quel cappello si celasse Sherlock Holmes. Si diceva che in qualche modo era riuscito a sventare la trappola predisposta per lui dal professor Moriarty e, tornato a Londra, aveva preso a cuore la sorte del suo unico figlio. Ma ora che la verità si mostrava in tutta la sua sconcertante veste, la speranza coltivata gli apparve d'un tratto insopportabilmente ingenua, e le sue deduzioni al riguardo addirittura puerili. Come aveva potuto credere che una mente eccelsa come quella di Sherlock Holmes potesse perdere del tempo viaggiando attraverso l'Europa appresso a due ragazzini sprovveduti? Che logica avrebbe avuto un tale operare? Se l'uomo con la pipa fosse stato davvero Sherlock Holmes, che interesse avrebbe avuto nel fare ritorno a Reichenbach? Per scoprire la verità? Lui era la verità! Chi meglio di Sherlock Holmes poteva conoscere la sorte toccata a Sherlock Holmes? David si diede dell'idiota. Aveva permesso che le illusioni e i sentimenti togliessero lucidità al suo ragionare. Un errore imperdonabile, per chi aveva sempre fatto della deduzione una ragione di vita.

Dunque le conclusioni ormai erano semplici: Moriarty aveva avuto la meglio su Holmes. La prova stava lì, di fronte a loro, seduta, con una pipa in bocca, e di conseguenza Holmes giaceva morto in fondo a quella maledetta cascata.

«Voi» disse rompendo il silenzio. «Voi l'avete ucciso...» La sua voce era abbattuta, delusa. Non vi era traccia di rabbia nelle sue parole, solo sfiducia e stanca rassegnazione.

«Non esattamente» precisò il professor Moriarty.

«Come dite?»

«Confesso che in più di un'occasione mi sono augurato che gli potesse capitasse qualcosa di brutto. Capirete, la sua intelligenza ostacolava i miei piani. Le nostre strade si sono incrociate un numero infinito di volte, e Holmes mi ha sempre dato del filo da torcere. È vero, avrei desiderato levarmelo di torno, ma ho sempre ammirato e rispettato la sua mente brillante, e non è di sicuro in fondo a una cascata che avrei voluto vederlo finire.»

«Perché seguirci? Perché aiutarci quando eravamo in difficoltà?»

«Ancora non arrivate a capirlo? David, ricordi quanto mi dicesti quella notte in prigione? Volevi scoprire la verità su tuo padre. Ebbene, lo volevo anch'io. Ne avevo bisogno. Forse più di quanto ne avessi bisogno tu!»

«Avevate bisogno...?»

«Sapete cosa significa nemesi? Qualunque cosa ha un suo opposto. Il Bene è compensato dal Male in egual misura. Io esisto solamente se Holmes esiste. Sono la sua metà oscura. Siamo come il giorno e la notte, il caldo e il freddo, la vita e la morte. Ci rincorriamo incessantemente e non può esistere l'uno senza l'altro. Ecco perché dovevo conoscere la verità! E quando ho capito che tu, David, avevi la capacità e la determinazione per raggiungerla, ho semplicemente assecondato il tuo volere. Quando ho visto i tuoi occhi accendersi nel buio di quella prigione, per un breve momento mi è parso di avere di fronte il nemico di sempre...

«Non ho ucciso io Sherlock Holmes, né ho dato ordini in tal senso. Non avrei mai potuto...»

Dunque, chi aveva voluto la morte di Sherlock Holmes? Chi aveva manovrato Peter Steiler e la sua combriccola di mostruosità?

«Vi state chiedendo chi ci sia dietro a tutto questo, ho ragione? Se non è stato Moriarty, state pensando, chi ha ucciso Sherlock Holmes?»

David e Calum non risposero, ma il loro silenzio valeva come un sì.

«Sappiate che alla sua scomparsa rimasi sconcertato, come tutti del resto. E quando iniziò a circolare il mio nome come sospettato numero uno – grazie naturalmente alla pessima propaganda attuata dal confusionario dottor Watson – ci rimasi assai male. Ritengo che in casi come questo risulti più semplice e consolante incolpare un nemico ovvio piuttosto che cercare con tutti i mezzi la verità, non credete?»

Lo sguardo di Moriarty perse vivacità e si fissò in un punto indefinito, oltre la fiamma della lampada che ardeva sul tavolo.

«Be'» disse David, «a quanto pare io alla verità non ci sono arrivato. E voi?»

L'uomo annuì. «Sì» disse con voce grave. «Ed è quanto di più lontano potessi immaginare...»

A quel punto entrò Heidi portando il tè e, come i nostri protagonisti, anche la storia si prende una brevissima pausa.

Finito ch'ebbero di bere il tè, Moriarty continuò il suo racconto.

«Le mie indagini hanno portato ad una conclusione che ha dello stupefacente. Ieri notte ho torchiato l'uomo invisibile...»

«L'avete cosa?» domandò Calum.

«L'ho trovato in mezzo al bosco. Mi è bastato seguirne le tracce insanguinate! Saltando attraverso la finestra si è ferito, ed il sangue, rendendosi visibile a contatto dell'aria, l'ha tradito. Così l'ho preso e l'ho costretto a parlare. Si chiama Griffin ed è uno scienziato. Non ha tutte le rotelle a posto, ma è pur sempre uno scienziato ed io, in cambio di una confessione, gli ho promesso alambicchi e provette per il suo laboratorio.»

«È lui il responsabile della morte di Holmes?» chiese Calum.

«State a sentire. Mi ha parlato di una società che ha nome A.S.S.A.S.S.I.N.A.T.I.O.N. Un nome che è tutto un programma. I suoi membri hanno arbitrariamente deciso la condanna a morte di Holmes. A.S.S.A.S.S.I.N.A.T.I.O.N. significa Anonima Società Scrittori Alquanto Spazientiti dal Successo Immeritato Nonché Arbitrario del Tracotante Investigatore Ossuto e Nasuto.»

«Associazione scrittori alquanto cosa? Che assurdità è mai questa?» sbottò David.

Anche Calum si rianimò. Scattò in piedi ed esclamò:

«Non penserete che noi si possa credere a una simile corbelleria! State solo cercando di salvare voi stesso!»

«E invece è la verità, credetemi! Questi scrittori, riuniti si in una società segreta, sono i veri mandanti dell'ignobile assassinio di Sherlock Holmes! Essi scrivono le loro storie e creano i loro personaggi, in taluni casi veri e propri mostri. Fanno e disfano a loro piacimento e quando incrociano sulla loro strada qualcuno che ha più successo, ecco che lo invidiano e si augurano che cada in disgrazia. Sono pidocchi arroganti e ambiziosi! Alcuni tra essi, tutt'altro che anonimi a dire il vero, hanno deliberato di riunirsi e di eliminare colui che più di tutti li sopravanza in quanto a vendite di libri. Non potendo però uccidere il creatore di Sherlock Holmes, essi hanno pensato bene di assassinare la sua creatura!»

«Aspettate, aspettate un istante! Che dite ora? Il creatore? Il creatore di cosa?»

«L'ho appena detto, di Sherlock Holmes...»

«Voi... voi delirate!»

«Non deliro affatto. Si dà il caso che Arthur Conan Doyle sia per l'appunto lo scrittore che ha dato vita a Holmes e al sottoscritto. Capite ora? Se muore Holmes, muoio anch'io!»

David guardò Calum, notando nello sguardo vacuo dell'amico lo stesso smarrimento.

«Non... non credo di capire» disse.

«Nella loro sciocca e infantile presunzione, essi sono convinti che eliminando Holmes i loro personaggi ne trarranno beneficio e le vendite dei loro libri aumenteranno. Ma non è annullando gli avversari che s'acquista prestigio e si vincono i duelli, quanto migliorando se stessi. Anche se questa, ormai, è soltanto una mesta e inutile considerazione...»

David scrollò la testa. «Ci state davvero dicendo che Sherlock Holmes e anche voi siete i personaggi di un romanzo? Di un romanzo scritto da questo... Conan Doyle?»

«Non di un romanzo» rispose Moriarty, sfinito, come se il lungo monologo gli avesse prosciugato tutte le energie. «Bensì di racconti. Numerosi racconti, per l'esattezza...»

«Ma... ma è impossibile! Io vi vedo! Vi stiamo parlando! Voi siete reale! Holmes era reale!»

«Certo che siamo reali. I personaggi dei libri spesso lo sono. Sono reali per i lettori. Però, al tempo stesso, sono solo i personaggi di una storia...»

«Per me è tutta una burla!» irruppe Calum. «E queste chiacchiere mi fanno venire il mal di testa! Voi siete l'assassino di Holmes! Voi e nessun altro!»

Albeggiava sulla cima del Corno Nero di Aar, sulle cascate di Reichenbach, sulla sonnolenta cittadina di Meiringen, sui suoi abitanti e sulle meringhe bianche, specialità del luogo.

Quando le campane della chiesa batterono le sei (a sorpresa, dal momento che erano solo le cinque e tre quarti), Moriarty se ne andò, svanendo all'improvviso sotto agli occhi dei due ragazzi.

«La sua dipartita non fa che confermare la sua colpa» sentenziò Calum dal letto della camera al piano superiore, dove si erano ritirati a riflettere. «Moriarty ha ucciso Holmes!»

«È probabile» convenne David. «Ma perché inventare questa fantasiosa storia della società di scrittori?»

«È un pazzo, te lo dico io! Ma dico, hai visto che faccia?»

Calum borbottava le sue considerazioni come una teiera in ebollizione.

«Personaggi di romanzi! Mostri, creature, scrittori invidiosi! Persino Moriarty sarebbe uscito dalle pagine di un romanzo! E allora noi? Come sarebbe possibile per noi vivere in mezzo a dei personaggi di romanzi, eh? E tu, tu, come potresti essere il figlio di un personaggio di un romanzo? Ma ti pare?»

David andava su e giù per la stanza, meditando. Le braccia incrociate dietro la schiena, la testa reclinata sul petto, gli occhi aperti quel tanto che bastava per non andare a urtare da qualche parte o per non inciampare sul bordo sfrangiato di un tappeto.

«No, dico, ma ti pare?» ribadì Calum. «Hai mai sentito una scempiaggine più scempiaggine di questa? Ora magari salterà fuori qualcuno a dirci che anche il conte Dracula, Hyde, la Creatura e tutti gli altri sono frutto della penna di qualche annoiato romanziere! Che cosa assurda! Più che assurda! Non sta né in cielo né in terra! Vero, David?»

«Non lo so, Calum. Veramente, non lo so...»

«Come sarebbe a dire che non lo sai?...»

«Ho una gran confusione in testa...»

«Tu? Tu hai una gran confusione in testa? Questa poi! E quand'è stata l'ultima volta che ti è capitata una cosa del genere?»

«Devo riflettere, amico. Ho bisogno di riflettere...»

«Su cosa? Su cosa devi riflettere ancora? Sherlock Holmes è morto! L'hai sentito, Steiler, no? E quel folle di Moriarty dice di essere il personaggio di un romanzo! Ti dico io come stanno le cose: Moriarty si è inventato tutto per confonderci, per distoglierci dall'assassinio di Holmes, ovviamente commesso da lui. E in ogni caso, folle o non folle, assassino o meno, non possiamo più farci niente. Holmes è annegato in fondo alle cascate e noi non possiamo riportarlo in vita! Questo è quanto. E non c'è nulla su cui riflettere ancora. Torniamo in Inghilterra!»

«In Inghilterra? E dove? Ti manca così tanto Montague Hall?»

«È un posto dove poter tornare. Hai da proporre qualcosa di meglio?»

David abbassò lo sguardo e, dopo qualche attimo di silenzio, con voce appena percettibile disse: «No.» Poi sprofondò in una poltrona che stava in un angolo come un sacco vecchio.

Calum lo guardò provando una sensazione strana, come se qualcuno gli avesse afferrato il cuore e glielo stesse stringendo. Si alzò dal letto e si avvicinò all'amico.

«Vecchio mio» disse. «Ti ho seguito fin qui senza fare obiezioni perché avevo fiducia in te. Ho affrontato pericoli che non avrei corso per nessun altro al mondo. Ho creduto nella nostra missione e ho pregato affinché tu potessi riunirti a tuo padre, anche se questo poteva significare perderti per sempre. Ora, però, è tutto finito.»

David alzò lo sguardo su di lui.

«Sono addolorato per Holmes» continuò Calum. «Mi dispiace che sia morto. Mi dispiace che non ce l'abbia fatta. Avrei preferito anch'io scoprire che Moriarty o chiunque altro lo teneva prigioniero in una grotta o in una capanna tra i boschi. Mi sarebbe piaciuto intervenire e liberarlo e avere per sempre la sua riconoscenza. Mi sarebbe piaciuto vederlo tornare in azione, a Londra, a seminare il panico tra i criminali insieme al dottor Watson. Credimi, avrei pagato ciò che non ho affinché si realizzasse. Ma così non è stato, e il nostro compito, ora, è giunto al termine. Dobbiamo prenderne atto.»

Calum posò la mano sopra quella di David, abbandonata sul bracciolo.

«Torniamo in Inghilterra» sussurrò. «Torniamo a casa...»

In quel momento si udirono dei colpetti leggeri sulla porta.

Calum si voltò tendendo ogni singolo muscolo del corpo: che altra bizzarra e malvagia creatura li attendeva ancora?

«Chi è?» domandò simulando fermezza.

«Sono Heidi.»

Calum si rilassò. «Ah, Heidi!»

Aprì la porta. La ragazza stava sulla soglia, torturandosi con fare nervoso l'orlo della sopragonna.

Calum le si rivolse con gentilezza (ma non con il trasporto che le aveva riservato prima di conoscere la sua passione per il pastorello Peter). «Cosa desideri?»

«Non so se dovrei, ma...»

«Non sai se dovresti cosa?»

«Sento che è giusto così...»

«Cosa? Cosa è giusto?»

«Credo che dobbiate saperlo...»

«Sapere cosa?»

«Forse me ne pentirò, ma...»

«Pentirti di che? Vuoi farmi ammattire? Parla, in nome del Cielo!»

«Venite con me. Devo mostrarvi una cosa...»

10. *Un coup-de-maître*

Peter li attendeva di sotto. Senza dire una parola, prese la mano di Heidi e guadagnò la strada attraverso la porta della cucina. David e Calum li seguirono, altrettanto silenziosi.

Infilarono un sentiero nel bosco che ben presto si fece più ripido, inerpicandosi sulla montagna e costeggiando, ad un'altezza superiore rispetto a quella del sentiero tradizionale, il corso del torrente Aar. Il bosco si fece sempre più fitto, fino a costringerli a procedere curvi, con i rami che graffiavano loro le braccia e il viso. L'aria fredda e umida dell'alba si faceva sentire, penetrando sotto i vestiti e dentro la pelle.

«Ma dove stiamo andando, si può sapere?» esclamò Calum ad un certo punto.

«Fidatevi di me» rispose Heidi.

«Io di te mi fido… ma del ragazzo?»

«Peter conosce queste montagne come le sue tasche» disse Heidi, risentita.

«Ma se non ce le hanno nemmeno, le tasche, quei ridicoli pantaloni!»

«Calum» lo chiamò David.

«Sì, amico?»

«Chiudi il becco!»

«David, per quanto ne sappiamo questo innocente pastore potrebbe far parte della combriccola e volere la nostra morte!»

«Peter vi sta aiutando, e voi dovreste ringraziarlo, anziché dargli addosso!» intervenne Heidi.

«Guarda» disse David, osservando il paesaggio che si apriva a valle. «Siamo sopra le cascate! Questa è una scorciatoia!»

«Va be', e allora? Magari ha intenzione di spingerci giù da una rupe...»

«Piantala, Calum!»

«Peter ha scoperto una cosa che ora vuole mostrarvi...»

«Cosa? Il fondo di un burrone?»

Valicarono un piccolo passo e da lì presero a scendere verso una valle minuscola racchiusa da altissime cime, che sembrava essere uscita dall'illustrazione di una fiaba. Non vi erano altre strade per accedere a quella valletta se non il sentiero seminascosto dal quale i ragazzi erano giunti. Al termine della piana, in direzione nord, si scorgeva un boschetto di betulle, e in mezzo ad esso, come un coltello infilzato nel burro, scorreva un piccolo ruscello. Peter vi puntò senza indugi.

«Perché siamo qui? Volete spiegarci che cos'è

tutto questo mistero?» sbottò Calum.

«Ancora un po' di pazienza e avrete tutte le risposte» disse Heidi.

Peter la guardò sorridendo, grato per la sua strenua difesa, ed ella ricambiò il sorriso mostrando le due fossette sulle guance. Calum li osservò celando a stento una smorfia di disgusto: trovava ridicola e totalmente fuori luogo quell'assurda scenetta amorosa.

«Siamo arrivati» disse Heidi, fermandosi al limitare del bosco. «Ora dovete procedere nel massimo silenzio e seguire i passi di Peter.»

«Perché, finora cos'abbiamo fatto?»

Peter s'infilò tra gli alberi, guardingo, scrutando intorno a sé più e più volte, nascondendosi dietro i tronchi. Gli altri gli tennero dietro, preoccupati da tanta circospezione, ma attenendosi alle raccomandazioni fatte.

Si avvicinarono ad alcune strane costruzioni, simili a minuscole casette, fissate al terreno da pali di legno alti non più di tre piedi, dalle quali proveniva un ronzio conosciuto.

«Api!» esclamò Calum.

«Sssttt!» lo zittì Peter.

«Possono uccidere un uomo con il loro veleno» ammonì Calum, sottovoce.

«Dovresti farti pungere almeno trecento volte» gli disse David. «E adesso taci.»

Intorno agli alveari (di questo in effetti si trattava) le api danzavano incessantemente, intente alle loro quotidiane occupazioni di api.

«È per questo che siamo venuti fin qui?» domandò Calum in un sussurro. «Per farci pungere da queste stupide api?»

«Le api non sono affatto stupide!» disse una voce all'improvviso. «Gli stupidi piuttosto siete voi, che venite a ficcare il naso dove non dovreste.»

Un uomo alto e magro li osservava da dietro un albero poco distante. Indossava una specie di voluminoso cappello bianco la cui ampia tesa terminava con una tendina di tulle che gli avvolgeva completamente il volto. Portava una tuta, anch'essa di colore bianco, grossi stivali fino al ginocchio, e spessi guanti di pelle nera.

Peter si lanciò in una serie di frasi concitate in lingua tedesca che ritengo, per la vostra educazione, intraducibili. Vi basti sapere che ce l'aveva con Calum, responsabile, a suo parere, di averli fatti scoprire.

«Allontanatevi da lì» ordinò l'uomo. «Non vi consiglio di provare il pungiglione di un'ape arrabbiata.»

I ragazzi indietreggiarono all'istante.

«Siete giunti in un momento particolarmente inopportuno» proseguì l'uomo, avvicinandosi agli alveari. «Sto per raccogliere la cera, e le api mal sopportano gli intrusi. C'è una capanna da quella parte. Lì sarete al sicuro.»

Senza aggiungere altro, egli s'inginocchiò davanti all'apertura della prima arnia e introdusse una mano guantata all'interno. Poi si voltò verso i ragazzi.

«Allora, che aspettate?» disse loro. «Vi ho detto di allontanarvi!»

«Ma chi diavolo è quel tipo?» domandò Calum, mentre per primo raggiungeva la capanna di tronchi, una costruzione dal tetto spiovente ricoperto di corteccia in cima al quale sbucava un piccolo comignolo. Sulla facciata si aprivano la porta ed una finestra dai vetri spessi e irregolari, priva di tende.

David ruotò la maniglia e la porta si aprì.

«Andiamo dentro» disse. «Saremo più al sicuro.»

All'interno, spinto contro la parete, vi era un letto ricoperto di una candida coltre, accanto al quale era disteso un tappeto che occupava circa metà del pavimento dell'intera capanna. Nell'angolo opposto vi era una tavola, vecchia e rozza e un po' traballante, sopra cui si trovavano delle candele, alcuni piatti, dei libri (Shakespeare e Goethe, oltre ad alcuni volumi di chimica), quattro o cinque alambicchi, due becchi Bunsen e un fornelletto a spirito. Il camino era spento, ma l'odore e il tepore che si percepivano all'interno della capanna suggerivano che fosse stato acceso di recente. Completavano lo scarno arredamento una sedia a dondolo su cui era posato un violino completo d'archetto, un grosso baule chiuso da un lucchetto e una minuscola stufa a legna sulla quale era appoggiato un bricco per il tè con l'acqua ancora tiepida.

Dopo una ventina di minuti di attesa silenziosa, i ragazzi sentirono il rumore dei passi dell'uomo sull'impiantito davanti alla capanna. Quando entrò, portava ancora il copricapo di rete e i guanti.

«Prendo solo la cera per le candele» disse posando sul tavolo un recipiente che conteneva un materiale ambrato. «Niente di più. In cambio, chiedo alle api di essere studiate. Mi sto concentrando in particolare sulla loro danza. Sapevate che sono in grado di comunicare tra loro la localizzazione esatta di una fonte di cibo attraverso una danza a forma di otto, condotta con ritmi e direzioni differenti a seconda della distanza? Pensate che la distanza è indicata dalla velocità della danza: più questa è veloce, più la fonte è vicina. Ho calcolato che in quindici secondi un'ape esegue una decina di otto se la risorsa si trova nel raggio di cento iarde, cinque se è a cinquecento e solo due se si trova a più di tre miglia! Non vi sembra eccezionale?»

«Già» rispose Calum, «davvero eccezionale. Ora però credo che sia il caso di alzare i tacchi...»

L'uomo iniziò a sfilarsi lentamente i guanti, un dito alla volta.

«Ne deduco che non siete qui per le mie api. Giusto?»

«No, signore» rispose David, facendosi avanti.

Calum notò che l'amico era particolarmente agitato. La sua voce non era decisa come di consueto, ed egli spostava il peso da una gamba all'altra come se non fosse capace di rimanere fermo in un punto o di dominare i propri muscoli.

«Allora, perché siete venuti a disturbare il mio lavoro?» chiese l'uomo mentre appoggiava il primo guanto sulla tavola.

«Non volevamo affatto disturbarvi. In verità abbiamo fatto un lungo viaggio per giungere fin qui... Da voi, intendo.»

Calum strabuzzò gli occhi. «Per giungere fin qui? David, amico mio, ma che stai dicendo?»

Heidi gli mise delicatamente un dito sulle labbra per zittirlo e Calum, nel cui cuore ardevano ancora le ultime vampe della passione provata per la pastorella, desistette.

David riprese la parola. «Vedete, per molti giorni ho coltivato in me la speranza che questo viaggio avesse un senso, che servisse a scoprire la verità. E fino a poco più di un'ora fa temevo di aver rischiato e sofferto invano. Tutte le mie speranze si erano dissolte nel nulla e un senso di smarrimento si stava impadronendo della mia anima. Poi Peter e Heidi ci hanno chiesto di seguirli e attraversando il bosco ho cominciato a rischiararmi le idee.»

L'uomo si sfilò il secondo guanto. «Continua» disse con voce calda.

«Così ho pensato che se una certa persona fosse riuscita miracolosamente a cavarsela da una caduta nelle cascate di Reichenbach, avrebbe potuto risalire la montagna scalandone la parete e, superato il picco, sparire nei boschi, lasciando che tutti credessero alla sua morte. A un uomo abituato a difendere la giustizia e ad avere mille nemici giurati, fingersi morto porterebbe un beneficio enorme. Egli potrebbe continuare la sua attività in modo anonimo, un'occasione più unica che rara, contando sul fatto che i suoi avversari allenterebbero i freni, esponendosi maggiormente a passi falsi.»

L'uomo diede le spalle ai ragazzi, si sfilò il copricapo con la rete di tulle e prese un oggetto dalla forma ricurva da sopra la mensola del camino.

Ma David non s'interruppe. «Quando infine sono entrato qui dentro, le mie ipotesi hanno trovato una straordinaria conferma. I libri, gli alambicchi, il violino e quella pipa che tenete tra i denti: una calabash. Tutto qui dentro parla di voi. Questi oggetti vi appartengono e vi definiscono insieme, come una seconda pelle. Finalmente vi ho trovato! Voi, signore» esclamò, con una fiamma nuova negli occhi, «siete Sherlock Holmes!»

L'uomo si volse. Il suo sguardo era acuto e penetrante, il naso sottile ed aquilino conferiva all'espressione un'aria vigile e decisa. Il mento era prominente e squadrato, tipico dell'uomo d'azione. Serrava ritmicamente la mascella facendone guizzare i muscoli. A guardarlo bene, sembrava davvero una versione cresciuta e matura di David Pip. E Calum ne rimase sconcertato.

«Interessante deduzione, David.»

«Conoscete il mio nome?»

«Conosco il tuo come conosco quello del tuo impaziente socio Calum.»

«Come potete?»

«Moriarty non era l'unico ad osservare i vostri movimenti giù all'Englisher Hof. Due ragazzini soli non passano inosservati. Tuttavia mi dispiace doverti deludere, mio caro ragazzo. È vero, amo i libri, mi diletto nella chimica e fumo una pipa calabash. In quanto al violino, be', diciamo che lo strimpello. Tuttavia non sono l'uomo che cerchi. Magari lo fossi! Non me ne starei in questa capanna a studiare le api, ma nei salotti di Londra, o alla Royal Albert Hall, a godermi un concerto di Heinrich Schradieck. Holmes, a quanto mi è dato di sapere, è morto.»

«Questa volta non ci casco!» proruppe David. «E sono pronto a condurre fino a qui il dottor Watson per provarlo, se sarà necessario!»

L'uomo lo osservava con un sorriso divertito, simile, nella sua ambiguità, al ghigno di un gatto che gioca con il topo. Accese senza alcuna fretta la pipa, quindi tornò a posare lo sguardo su David, aspettando un seguito.

«Credo che abbiate avuto le vostre buone ragioni per fare quanto avete fatto, signore» riprese David. «Però ora vi chiedo di essere sincero con noi, per rispetto dei pericoli che abbiamo corso e della caparbietà dimostrata nel voler giungere alla soluzione della vostra misteriosissima scomparsa.»

«Tu sei convinto che io sia Sherlock Holmes» disse l'uomo, osservando attentamente David. «Ammettiamo allora, per puro amore di ragionamento, che io lo sia. Non basta il desiderio di risolvere un caso per spingere un ragazzino a fuggire da un orfanotrofio, affrontare i tentacoli di una piovra come Londra, discendere il Tamigi, attraversare la Manica, scavalcare mezza Europa e arrampicarsi in cima alle Alpi. Dunque, che altro c'è?»

«Che intendete?»

«Lo sai bene. Tu vuoi la mia verità? Ebbene, io voglio la tua. Perché stai cercando Sherlock Holmes?»

David guardò Calum, in piedi accanto a lui. E Calum gli sorrise, manifestando con quel semplice gesto la sua amicizia. Poi si voltò e uscì dalla capanna, seguito in silenzio da Heidi e da Peter.

La discrezione è una qualità che non dovrebbe mai difettare in ciascuno di noi, e poiché io mi ritengo particolarmente discreto, non vi rivelerò il dialogo che seguì tra l'uomo della capanna e il nostro David Pip. Non abbiatevene a male. Sappiate però che, quando alcuni minuti più tardi Calum, Heidi e Peter videro la porta aprirsi, il volto di David appariva disteso. I suoi occhi erano chiari e puliti e mostravano una serenità d'animo che da tempo sembrava aver smarrito.

«Quell'uomo non è Sherlock Holmes» disse, mentre riprendevano la strada per Meiringen. «Si chiama Sigerson, e alleva le api. Holmes è morto.»

Al bivio delle cascate di Reichenbach i quattro ragazzi si separarono.

«Che cosa farete?» chiese Calum a Peter e Heidi.

«Torneremo alla casa di mio nonno» rispose la ragazza. «Peter ha delle idee interessanti. Vuole allevare capre tibetane e struzzi. Dice che il futuro gli darà ragione.»

Dalle nubi uscì finalmente un raggio di sole, che illuminò il vapore ascendente della cascata formando un arcobaleno.

«Addio» disse Calum. «E grazie di tutto!»

«Addio» risposero Heidi e Peter. «E buona fortuna!»

«Dunque il nostro viaggio è stato vano?» volle sapere Calum infilando la discesa verso il villaggio.

«Le esperienze servono, mio caro Watson! Non direi che è stato inutile. Al contrario, lo ritengo altamente istruttivo!»

«Io a volte davvero fatico a capirti. Holmes è morto, e tuttavia tu appari in pace con te stesso...»

«Forse è davvero così, amico mio. Forse è davvero così.»

Calum scrollò la testa. «Io ci rinuncio!» sbottò. «Noi che faremo? Si torna in Inghilterra?»

«Direi che è la cosa più sensata da fare. Torneremo a Londra.»

«Con quale denaro?»

«Il signor Sigerson è stato generoso» disse David mostrando alcune banconote. «Ce n'è abbastanza per arrivare sani e salvi a Baker Street!»

«A Baker Street?»

«Esatto. Sono convinto che il dottor Watson saprà cosa farne di due giovani assistenti desiderosi di imparare.»

«Imparare? Imparare cosa?»

«Elementare, Watson! L'arte dell'investigazione!»

«Oh, questa poi!»

11. Epilogo

Un viaggio tranquillo, compiuto per terra e per mare, riportò una dozzina di giorni più tardi David Pip e Calum Traddles a Londra. Dalla stazione presero una carrozza che li condusse al 221 B di Baker Street.

«Sapevo che sareste tornati!» esclamò emozionato il dottor Watson. Persino l'arcigna signora Hudson sembrava contenta di rivedere i due ragazzi sani e salvi.

«Lo sapevate?» chiese Calum. «E come?»

«Non più tardi di due giorni fa è giunta al mio indirizzo questa lettera. È per David!»

«Per me?»

Sulla busta si leggeva:

Per il signor David Pip
Strettamente personale

«Dunque» chiese il dottor Watson, «quali notizie da Reichenbach?»

«Cattive, purtroppo» rispose Calum. «I nostri

presentimenti più cupi si sono avverati...»

«Intendi dire che...?»

Calum annuì con gravità. «Sì, dottor Watson. Holmes purtroppo è morto.»

«Oh, buon Dio!» disse l'uomo reggendosi alla cornice del camino. Poi, bianco in volto, si sedette sul divano. «Vieni qui, ragazzo. Devi racccontarmi ogni cosa...»

Così, mentre Calum ragguagliava il costernato Watson sugli esiti della loro lunga e difficoltosa indagine ed anche sul suo triste esito, David si appartò sulla poltrona ch'era stata di Sherlock Holmes e aprì la busta indirizzata a lui stesso. Si accorse che gli tremavano le mani e si volse in modo che Calum e Watson non se ne avvedessero.

La calligrafia era netta e precisa, la mano che l'aveva tracciata ferma e risoluta.

Caro David,

se stai leggendo questa lettera significa che hai seguito il mio consiglio e ti trovi nell'appartamento di Baker Street. Sono pronto a scommettere che sei seduto sulla comoda poltrona che per anni ha ospitato le mie magre membra e i miei complessi pensieri.

Ah, l'appartamento di Baker Street! Devo confessarti che ne avverto la nostalgia. Le chiac-

chierate con il fido Watson, i freddi pomeriggi riscaldati dall'eccellente tè della signora Hudson, le visite improvvise dell'ispettore Lestrade con un nuovo rompicapo da risolvere....

Conoscerti è stato un vero piacere, credimi. La tua mente brillante e aperta mi ricorda da vicino la mia quando avevo la tua stessa età. Dopo la tua partenza ho riflettuto a lungo, indeciso se scriverti o meno tutti i dettagli. Infine mi sono detto che avevi tutto il diritto di conoscere per intero la verità e dunque mi accingo a rivelartela. Te la sei meritata. Ti prego soltanto, dopo che avrai terminato questa lettera, di bruciarla immediatamente e di assicurarti che nessun pezzetto di essa sia leggibile. Non fare parola del testo con nessuno. Non dire nulla a Calum, che per molti versi mi ricorda Watson, né allo stesso Watson. Di' loro che Holmes è morto alle cascate di Reichenbach: meno cose sapranno, meno pericoli correranno.

Dunque ecco i fatti.

I miei successi in campo investigativo avevano riscosso già da parecchio tempo invidie e rancori e terribili propositi di vendetta. Tra i miei nemici annoveravo non solo il celebre e astuto professor Moriarty, ma anche semplici delinquenti di strada, poliziotti frustrati e, naturalmente, scrittori invidiosi del successo dei racconti che narravano le mie gesta. Quando proposi a Watson di raggiungere la Svizzera per sottrarci ad una possibile vendetta, ero alla ricerca, in realtà, di un espediente atto a concedermi una tregua temporanea.

Appena giunto a Meiringen, m'imbattei nella capanna che tu hai veduto, disabitata ma perfetta per il mio scopo. E quando venni a conoscenza del piano dell'A.s.s.a.s.s.i.n.a.t.i.o.n. per eliminarmi, lo favorii io stesso, inviando una lettera anonima a Steiler nella quale suggerivo lo stratagemma della signora ammalata al fine di allontanare Watson da Sherlock Holmes. Povero Watson, mi duole ancora di averlo ingannato!

Preparai nel precipizio della cascata una rete di corda di canapa assai resistente, circa trenta piedi sotto il bordo del sentiero, e lasciai che quel giorno Steiler e i mostri inviati dall'A.s.s.a.s.s.i.n.a.t.i.o.n. mi ci gettassero. Caddi nella rete e rimasi nascosto dal vapore degli spruzzi finché non se ne andarono. Quindi risalii la parete sino alla cima e scavalcatala mi diressi verso la valletta. Fu in quel frangente che con tutta probabilità Peter mi vide. Per mia fortuna è un ragazzo discreto, così come Heidi, e di loro non dovrò preoccuparmi. So che hanno deciso di allevare capre tibetane e struzzi su all'alpeggio, ma questa è un'altra storia.

Sono più che convinto che il tuo spirito di osservazione e la tua notevole ma ancora acerba capacità deduttiva ti abbiano condotto bene o male alle stesse conclusioni. Il tuo atteggiamento alla capanna, del resto, me lo ha indicato chiaramente. Sei un giovane con un luminoso futuro davanti a sé.

Tornando a me, sotto il falso nome di Sigerson ho scelto di dedicarmi ai miei passatempi preferiti: le api, la chimica ed il violino. Ho bisogno di un po' di tempo per me stesso, cosa che mi è mancata molto durante questi anni frenetici. Penso che presto intraprenderò dei viaggi. Ho intenzione di esplorare il Polo Nord e l'Oriente. Dopodiché potrei anche ricominciare a stanare malviventi. Ritengo che Moriarty ne sarebbe alquanto contento! A proposito, so che hai avuto il piacere (o il dispiacere?) d'incontrarlo. Lui è un temibile ma degno avversario e so che sta soffrendo per la mia scomparsa. Come ha avuto occasione di dirti, senza di me la sua battaglia perde d'interesse. Egli è, in tutto e per tutto, la mia nemesi.

In quanto a Watson, se lo conosco abbastanza non permetterà che voi torniate a Montague Hall e vi aiuterà a sistemarvi.

Dammi solo un po' di tempo, ragazzo, e ti

prometto che i criminali di mezza Europa ricominceranno a tremare!

Tornerò,

il tuo amico sincero

S.H.

«Povero Holmes» mormorava afflitto il dottor Watson. «Che fine atroce.»

Calum annuiva, ugualmente affranto. A vederli così sembravano padre e figlio o, alla peggio, zio e nipote. «Che fine atroce...»

«Ah, quel Moriarty! Ma se una giustizia divina esiste, ebbene, quel criminale avrà quel che si merita. Se penso che voleva raggirarvi con quella storia della Società Anonima Scrittori... Chi mai potrebbe essere così stolto da credere ad una simile fandonia?»

«Già» ribadì Calum. «Chi mai potrebbe?»

David li osservava divertito. Si alzò dalla poltrona e dopo aver appallottolato la lettera la gettò nel fuoco del camino.

«Ma che fai? Perché la distruggi?» chiese Calum.

«Chi ti ha scritto, ragazzo? A noi puoi dirlo!» esclamò Watson.

«Sicuro! A noi puoi dirlo! A chi altri, sennò?»

«Non era nulla» rispose David, osservando la carta avvampare e trasformarsi in cenere in un volger di mano. «Notizie da Meiringen» mentì. «La polizia è sulle tracce di Moriarty, e Peter e Heidi ci salutano.»

«Non lo prenderanno» osservò Watson.

«No, non lo prenderanno...»

«Personaggi di libri che commettono omicidi!» proseguì il dottore. «Questa è davvero bella! Magari anch'io sarei il personaggio di un libro! E anche voi! Ma vi pare possibile?»

Calum scrollò la testa, sdegnato. «Ci vuole un bel coraggio» disse.

«Altroché! Una bella faccia tosta, direi!»

«E anche una certa dose di fantasia...»

«E sfrontatezza...»

«E presunzione...»

«E un tocco di follia!»

«Parecchia follia!»

David ripensava a quando l'amico, soltanto pochi giorni prima, gli aveva domandato come poteva essere ch'essi vivessero in mezzo ai personaggi dei libri. La risposta era semplice: forse perché, senza saperlo, loro stessi erano i personaggi di un libro.

Hans Pfaal (l'accomodatore di soffietti, rammentate?) dopo aver lasciato David e Calum dalle parti di Parigi era ancora intento a girovagare per i cieli d'Europa con il suo pallone aerostatico. Un nuovo passeggero si era aggiunto da poco all'allegra combriccola formata da Hans e dai suoi due colombi: una vacca da latte recuperata in suolo germanico alla quale l'uomo aveva immediatamente appioppato l'illustre nome olandese di Rembrandt. Capirete bene che trasportare per aria una vacca del peso approssimativo di un migliaio di libbre non era una cosa semplice. Ma Hans Pfaal, che in quanto a determinazione non era inferiore a nessuno, aveva stabilito di portare sulla Luna anche lei, al fine di assicurarsi il necessario quantitativo di latte quotidiano. L'aveva perciò imbragata sotto la navicella con quattro robuste funi, costringendo il pallone a straordinari sforzi per rimanere sollevato in aria.

Mentre il pallone aerostatico volteggiava di nuovo sopra l'Inghilterra, una delle funi che reggevano l'imbragatura iniziò a sfilacciarsi. Quando Hans Pfaal avvertì lo strattone provocato dalla fune che cedeva, era ormai troppo tardi. Guardò fuori bordo appena in tempo per vedere la mucca Rembrandt scivolare verso destra e rendersi conto con orrore che anche la seconda corda di quel lato avrebbe fatto la stessa fine di lì a poco. Tentò di scendere precipitosamente in soccorso del povero animale, ma non vi fu nulla da fare.

La mucca germanica Rembrandt precipitò nel

cielo grigio a sud di Londra, sopra una landa inospitale denominata la Palude della Morte e del Tormento, una piatta e fradicia distesa intersecata da canali acquitrinosi che faceva desiderare, se non di morire, di essere almeno una rana o un'anguilla. La mucca germanica Rembrandt raccomandò la propria anima al creatore degli animali in una discesa che sembrava non avere mai fine. Povera mucca germanica Rembrandt: aveva visto tante e tali cose e non le avrebbe mai potute raccontare a nessuno (a meno che qualcuno non fosse riuscito ad interpretare i suoi lugubri muggiti).

La fine di Rembrandt si avvicinava rapidamente, iarda dopo iarda, inesorabile; una fine a dir poco orribile.

Suor Ebenezer, scoperto il doppio gioco di Willy Chuzzlewit III (ricordate che fu lui a consegnare la chiave del portone di Montague Hall a David e Calum?), aveva radicalmente mutato il proprio atteggiamento nei suoi riguardi. Sicché, da ragazzo-spia cui concedere graditi benefici egli era divenuto ragazzo-inutile-e-idiota nonché capro espiatorio di ogni malumore della madre superiora. Inoltre ella era molto amareggiata poiché il suo bel cucciolone, quel mastino feroce, quel figlio del diavolo, quella bestia immonda che vagava di notte nel cortile e con il suo solo nome aveva terrorizzato generazioni di bambini, dopo aver attutito con la propria testa la caduta della povera gattina Rubens precipitata dal pallone aerostatico di Hans Pfaal, si era completamente inebetito trasformandosi in un santo cagnone che inseguiva le mosche mordendo l'aria e scodinzolava ai gatti.

Quel pomeriggio suor Ebenezer era intenta a ciò che da parecchio tempo era divenuto il suo passatempo preferito: punire Willy Chuzzlewit III per futili motivi. La sua verga calava con impressionante ferocia e millimetrica precisione sui polpacci tumefatti del povero Willy Chuzzlewit III che, disteso sul pavimento, piangeva implorando una pietà che sapeva sconosciuta alla monaca.

«Santa Odillina» recitava ella in preda ad una sorta di trance, «aiutami tu ad estirpare il male da questo immondo e purulento peccatore. Fa' ch'io possa redimerlo, fa' di questa verga il braccio della tua redenzione e di me lo strumento della tua giustizia. Santa Odillina, aiutami a raddrizzare questo inutile idiota!»

Nel frattempo Willy Chuzzlewit III si raccomandava anch'egli alla santa. Santa Odillina, pregava tra sé e sé, fa' che io sopravviva a questa furia disumana, fa' che a questa folle invasata crolli il soffitto sulla testa. Fa' ch'io possa un giorno correre una corsa campestre, il mio sogno, poiché senza le gambe mi risulterebbe un tantino difficile. Lo so che a Montague Hall non si è mai tenuta alcuna corsa campestre, ma perché non sperarci? Santa Odillina, ti prego, sarò buono, mi farò monaco, non farò mai più la spia, non sostituirò mai più la gelatina di mele dei miei compagni con il catarro dei cani randagi, né li sveglierò d'inverno con secchiate di pipì gelata. Non dirò più parolacce e pregherò, pregherò tanto, pregherò praticamente sempre. Amen.

La suora lasciò cadere a terra la verga e con entrambe le mani afferrò una sedia. La alzò sopra la testa e chiuse gli occhi, apprestandosi a scaricarla sulla schiena del povero Willy.

Ma prima che l'irreparabile accadesse, qualcosa, qualcosa di molto pesante sfondò il tetto dell'Istituto. Attraversò il terzo piano sfondando il soffitto del secondo. Passò davanti agli occhi di alcuni ragazzi che sedevano in una delle camerate e fece a pezzi anche quel pavimento. Infine si affacciò dal soffitto della camera ad uso scrittorio di suor Ebenezer e la centrò in pieno, lasciando di lei soltanto gli scarpini neri sempre lucidi.

Willy Chuzzlewit III non credette ai propri occhi. La cosa pesante piovuta dal soffitto si rialzò, un po' stordita. Quindi muggì e ondeggiando uscì dalla porta.

I miracoli accadono, si disse Willy Chuzzlewit III, anche a Montague Hall, e inginocchiatosi incominciò a pregare.

Ma i miracoli non finirono lì. Una volta giunti a Londra e sistemati nell'appartamento di Baker Street, David e Calum non si dimenticarono dei loro disgraziati fratelli di sventura ch'erano ancora laggiù, confinati nella landa della morte e del tormento. Attraverso il dottor Watson e uno studio di brillanti avvocati amici del circolo Uomini Illustri, suor Ebenezer venne destituita con l'accusa di crudeltà e insensibilità grave e l'Istituto riverniciato e rimodernato. Si cercarono famiglie per bene che desiderassero adottare gli orfanelli e furono piantate piante e ingentilite le aiuole con fiori colorati e organizzate feste con barbecue e divenne abituale vedere il temuto mastino dei Baskerville portare sulla groppa i più piccoli, a passeggio per il cortile. A Montague Hall fu cambiato il nome, e l'orfanotrofio divenne la Pip & Traddles Hall. Se mai vi capitasse di andare da quelle parti date pure un'occhiata, e poi fatemi sapere che cosa ne pensate.

In quanto a me, che in tutta umiltà ho narrato questa storia, ho ancora le idee piuttosto confuse su quale sia la realtà e quale la finzione di un romanzo. Forse non vi è distinzione alcuna, se non nelle nostre menti, e tuttavia non passa giorno in cui, incontrando le persone che incontro, io non mi chieda se esse appartengano all'una o all'altra o se io stesso viva tra le pagine di un libro.

Nota dell'autore

Gentile Lettore, perdona se per esigenze narrative alcuni dei personaggi si ritrovano a vivere in un'epoca differente rispetto a quella originale. Sono sicuro che comprenderai.

Se desideri incontrare di nuovo alcuni dei personaggi del libro e approfondirne la conoscenza, allora prova a leggere:

Il Mastino dei Baskerville; Uno studio in rosso; Le memorie di Sherlock Holmes; Il ritorno di Sherlock Holmes di Sir Arthur Conan Doyle;
La palude della luna di Howard Phillips Lovecraft;
L'incomparabile avventura di un certo Hans Pfaal; Gli assassinii della Rue Morgue; Il mistero di Marie Roget; La lettera rubata di Edgar Allan Poe;
Cime Tempestose di Emily Brontë;
Oliver Twist di Charles Dickens;
Tre uomini in barca di Jerome Klapka Jerome;
Lo strano caso del dott. Jekyll e Mr. Hyde di Robert Louis Stevenson;
Il fantasma di Canterville di Oscar Wilde;

Dracula di Bram Stoker;
Assassinio sull'Orient Express di Agatha Christie;
Frankenstein di Mary Wollstonecraft Shelley;
La montagna incantata di Thomas Mann;
Heidi di Johanna Spyri;
L'uomo invisibile di Herbert George Wells.

Indice

Finito di stampare nel mese di giugno 2009
presso Nuovo Istituto Italiano
d'Arti Grafiche, Bergamo

RCS Libri

ISBN 978-88-17-03316-9